SCIENCE FICTION

STAR TREK – Die neue Grenze:

Peter David: *Captain Calhoun* · 06/6551
Peter David: *U.S.S. Excalibur* · 06/6552

Ein Verzeichnis aller weiteren im HEYNE VERLAG erschienenen STAR TREK-Romane finden Sie am Schluß des Bandes.

STAR TREK®
DIE NEUE GRENZE

PETER DAVID

CAPTAIN CALHOUN

Zwei Romane

Star Trek®
Die neue Grenze
Band 1

Deutsche Erstausgabe

WILHELM HEYNE VERLAG
MÜNCHEN

HEYNE SCIENCE FICTION & FANTASY
Band 06/6551

Titel der amerikanischen Originalausgaben
STAR TREK – NEW FRONTIER 1: HOUSE OF CARDS
STAR TREK – NEW FRONTIER 2: INTO THE VOID
Deutsche Übersetzung von Bernhard Kempen

Umwelthinweis:
Dieses Buch wurde auf
chlor- und säurefreiem Papier gedruckt

Redaktion: Rainer-Michael Rahn

Erstausgabe by Pocket Bocks/Simon & Schuster Inc., New York

http://www.heyne.de
Printed in Germany 2000
Umschlagbild: Pocket Books/Simon & Schuster, New York
Umschlaggestaltung: Nele Schütz Design, München
Technische Betreuung: M. Spinola
Satz: Schaber Satz- und Datentechnik, Wels
Druck und Bindung: Ebner Ulm

ISBN 3-453-17930-7

Für die Fans …
Ihr wißt schon, wer gemeint ist.

STAR TREK
DIE NEUE GRENZE

KARTENHAUS

ZWANZIG JAHRE ZUVOR ...

M'K'N'ZY

I.

Im grellen Licht der Sonne von Xenex musterte Falkar die Überreste seiner Truppen und beschloß, die Situation philosophisch zu betrachten. »Es kommt häufiger vor, daß jemand den Wunsch verspürt, einen Jugendlichen zu töten«, sagte er. »Nicht so häufig geschieht es, daß man Soldaten losschickt, um einen solchen Auftrag zu erledigen.«

Die Stimmung unter seinen Männern war erstaunlich gut, wenn man bedachte, daß der Kampf zwischen ihnen und den Xenexianern nicht nur brutal, sondern zudem äußerst unbefriedigend gewesen war. Wenn auch nicht sehr unbefriedigend für die Xenexianer.

Die überlebenden Soldaten waren ein ziemlich unordentlicher Haufen. Die Rüstungen und die Kleidung hingen ihnen in Fetzen vom Leib. Ihre Waffen verfügten kaum noch über Energie, und während der Flucht vom Schauplatz ihrer letzten Schlappe hatten sie in erster Linie ihre kurzen Schwerter und Messer benutzen müssen, um sich in Sicherheit zu bringen – obwohl es reichlich übertrieben gewesen wäre, von »Sicherheit« zu sprechen. Diese Waffen trugen sie eigentlich nur als Schmuck und Zierde bei sich, als Zeichen ihrer Verdienste. Die meisten Männer hatten sie bestenfalls in die Hand genommen, um sie zu polieren und zur Schau zu stellen. Kaum einer unter ihnen konnte auch nur halbwegs geschickt damit umgehen. Als Falkar die knapp zwei Dutzend Männer musterte, die ihm noch geblieben waren, hatte er das Gefühl, er wüßte genau, was ihnen durch den Kopf ging.

Falkar richtete sich zu seiner ganzen Größe auf, und da er fast zwei Meter groß war, wollte das durchaus etwas heißen. Seine Haut hatte eine dunkle Bronzetönung wie bei allen Völkern seiner Spezies. Seine Statur war eine interessante Kombination aus Kraft und Sparsamkeit. Seine ausgeprägten Muskeln waren nicht zu übersehen, aber sie verteilten sich auf so gleichmäßige Weise über den Körper, daß seine Stärke trotz der beeindruckenden Größe leicht unterschätzt werden konnte. Sein Haar war lang und schwarz und normalerweise ordentlich zurückgebunden, doch jetzt hing es ihm in wilden Strähnen über die Schultern. Wer gezwungen war, Hals über Kopf zu fliehen, konnte nur wenig Aufmerksamkeit auf den korrekten Sitz seiner Frisur verwenden.

Seine Augen waren tiefschwarz, seine Nase breit und seine Schneidezähne ausgesprochen scharf.

»Vielleicht haben wir dieses Schicksal verdient«, sagte er gepreßt.

Seine Männer blickten überrascht auf. Falls er beabsichtigt hatte, die zerstörte Moral der Truppe aufzubauen, würde er dies mit solchen Worten kaum erreichen.

»Wir haben die Xenexianer über dreihundert Jahre lang beherrscht«, sagte er. »In all dieser Zeit hat es niemals einen Aufstand gegeben, den wir nicht schon im Keim ersticken konnten. Niemals wurde unsere Autorität in Frage gestellt. Und aus diesem Grund sind wir nachlässig geworden. Wir sind viel zu sehr von Energiewaffen abhängig geworden.« Er ging vor seinen Soldaten auf und ab. »Wir sind irgendwann zu der unerschütterlichen Überzeugung gelangt«, sprach er weiter, »daß wir einen Kampf nach dem anderen gewinnen würden, nicht weil wir besser vorbereitet oder besser bewaffnet wären ... sondern nur, weil wir den *Anspruch* darauf hatten, als wäre es ein gottgegebenes Recht. Und jetzt haben die Xenexianer uns gezeigt, daß dem nicht so ist.«

»Es liegt nur an diesem verdammten Jungen«, murmelte einer seiner Soldaten.

Falkar wirbelte zu ihm herum und starrte ihn mit glitzernden Augen an. »Ja«, sagte er, während er die Worte zischend zwischen den Zähnen hervorpreßte. »Dieser verdammte Junge. Dieser *verdammte* Junge! Der sein Volk aufgewiegelt hat. Dessen Gedanken uns immer einen Schritt voraus waren. Der jede unserer Bewegungen vorausahnte, der sich nicht durch uns einschüchtern ließ, der seinem Volk Hoffnung gab. *Hoffnung,* meine Herren! Die furchtbarste Bedrohung jeder Herrschaft. Weil Hoffnung zu Taten führt und weil Taten Konsequenzen nach sich ziehen. Und die Konsequenzen dieser Taten sehen jetzt so aus, daß wir es mit einem Volk zu tun haben, das kurz vor der Befreiung steht. Immer wieder kämpfen wir gegen sie, und immer wieder kehren sie zurück, um uns Niederlagen zuzufügen. Meine Herren, unsere Regierung hat mir gegenüber keinen Zweifel daran gelassen, daß sie zur Ansicht gelangt ist, Xenex würde uns so viele Schwierigkeiten bereiten, daß diese durch den potentiellen Nutzen, den dieser Planet uns bringt, nicht mehr ausgeglichen werden kann. Und dieser verdammte Junge ist schuld an allem.«

Falkar hatte die ganze Zeit auf der höchsten Stelle eines Plateaus gestanden. Jetzt zeigte er auf die beeindruckende Landschaft, die vor ihnen lag. Sie erstreckte sich über Hunderte von Kilometern scheinbar endlos in jede Richtung. Der Boden war hart und zerklüftet. Kleine Berge waren über das Land verteilt, und überall gab es winzige Inseln der Vegetation, die verzweifelt zu überleben versuchten.

»Er ist da draußen, meine Herren. Irgendwo da draußen in der Öde. Die Vorsehung hat ihn uns gleichsam in die Hände gespielt. Es wurde beobachtet, wie sein Gefährt unkontrolliert in diese Richtung davontrudelte, während der Kampf nachließ. Er ist von seinen Truppen, seinen Anhängern getrennt. Er ist allein. Er ist zweifellos verängstigt. Aber er ist auch höchstwahrscheinlich sehr gefährlich, wie jedes verletzte und in die Enge getriebene Tier.« Falkar drehte sich um und sah wieder seine Männer an. »Ich will ihn haben. Lebend, wenn möglich. Oder tot, wenn es nicht anders geht. Aber wenn ihr ihn lebend faßt und er anschließend einem tödlichen ›Unfall‹ zum Opfer fällt, dann sorgt dafür, daß zumindest sein Gesicht unversehrt bleibt. Es darf keine einzige Schramme aufweisen, damit er mühelos identifiziert werden kann.«

Einer der Soldaten runzelte die Stirn. »Ich verstehe nicht. Er müßte sich doch jederzeit anhand der DNS-Aufzeichnungen identifizieren lassen.«

»Das ist richtig«, sagte Falkar. »Aber ich möchte, daß man sein Gesicht erkennen kann – wenn sein Kopf auf einen Pfahl gespießt auf dem großen Platz von Xenex ausgestellt wird.« Er blickte noch einmal über die trostlose Landschaft und sagte dann: »Sucht ihn. Findet M'k'n'zy ... und laßt uns dieser Rebellion ein für allemal ein Ende setzen.«

M'k'n'zy spürte, wie sich sein Arm wieder versteifte. Das Blut auf seinem Bizeps war schon seit längerer Zeit getrocknet. Er hatte sich eine schwere Schnittwunde zugezogen, als sich das große Metallstück in seinen Arm gebohrt hatte, und es waren höllische Minuten gewesen, während er versucht hatte, es aus dem Fleisch zu ziehen. Doch das war nicht sein größtes Problem. Viel schwerwiegender war die Tatsache, daß er sich das Schultergelenk ausgekugelt hatte. Die Schmerzen waren furchtbar gewesen, als M'k'n'zy die Zähne zusammengebissen und den Knochen wieder ins Gelenk gestoßen hatte. Er hatte solche Höllenqualen gelitten, daß er sofort das Bewußtsein verloren hatte. Als er wenige Minuten später wieder zu sich gekommen war, hatte er sich wegen dieser Schwäche verflucht.

M'k'n'zy genoß den winzigen Flecken Schatten, den er gefunden hatte, während er seine Finger ausstreckte und anspannte, sie zu einer Faust ballte, um sie wieder zu strecken. »Na los«, murmelte er mit aufgesprungenen Lippen, um seinem Mißfallen über diese unkooperativen Teile seines Körpers Ausdruck zu verleihen. »Na los!« Er bewegte die Finger, das Handgelenk und den Ellbogen, bis er mit den Reaktionen zufrieden war. Dann verschaffte er sich einen Überblick über die Umgebung, um zu einer Einschätzung seiner Situation zu gelangen.

Während Falkar durch die gegenwärtigen Umstände zu einer wilden Erscheinung geworden war, sah M'k'n'zy in jeder Lage genauso aus wie jetzt. Auch seine Haut hatte einen metallischen Schimmer, obwohl ihre Oberfläche ledriger als die von Falkar war, was in erster Linie daran lag, daß er so viel Zeit in der Sonne verbrachte. Sein Haar war zerzaust. Die Xenexianer standen im Ruf, ein wildes Volk zu sein, doch ein Blick in M'k'n'zys violette Augen verriet beträchtliche Intelligenz, Gerissenheit und Umsicht. Wer ihn für einen primitiven Wilden gehalten hätte, wäre durch einen einzigen Blick in sein Gesicht eines Besseren belehrt worden.

Kaum jemand hätte es für möglich gehalten, daß M'k'n'zy erst neunzehn Jahre alt war. Ein hartes Leben hatte ihm dieses wettergegerbte Aussehen verliehen, und in seine Stirn hatten sich bereits mehrere tiefe Falten eingegraben. Und noch mehr davon war in seinen Augen zu finden. Daraus war jegliche Unschuld, die er einmal besessen haben mochte, verschwunden.

Diese wilden Augen blickten nun über die Region von Xenex, die als Öde bezeichnet wurde. Dieser Bereich hatte einen ungefähren Durchmesser von fünfzig Kilometern und war den Menschen von Calhoun, der Heimatstadt von M'k'n'zy, als ein Ort bekannt, von dem man sich unter normalen Umständen fernhalten sollte. Erstens war es ein sehr unwirtliches Land, voller kleiner Lebensformen, die verschiedene unangenehme Fähigkeiten entwickelt hatten, die sie zum Überleben in dieser Wüstenregion benötigten. Zweitens war das Wetter äußerst launisch, da sich immer wieder verschiedene Fronten hierher verirrten und dann von den Bergen festgehalten wurden, die einen Teil dieser Region umringten. Heftige Sandstürme konnten jederzeit aufkommen, oder es gab wolkenbruchartige Regenfälle, die manchmal tagelang andauerten, gefolgt von Trockenheit und Stille, so daß man meinen konnte, hier hätte es seit Ewigkeiten keine Niederschläge mehr gegeben. In manchen Bereichen war der Boden von Rissen durchzogen, während er andernorts butterweich war.

Abgesehen von den äußeren Erschwernissen, die hier herrschten, gab es noch einen ganz anderen Aspekt. Hier geschahen Dinge, die an übernatürliche Erscheinungen grenzten. Die Befürworter der Pseudowissenschaften behaupteten immer wieder, daß es in der Öde einen Riß in der Realität gab. Daß sie eine Art Nexus darstellte, einen Schnittpunkt unterschiedlichster Wirklichkeiten, die sich hier ungehindert durchdrangen, so mühelos wie Staubkörnchen, die von flüchtigen Brisen aufgewirbelt wurden. Wer sich nicht zu den Anhängern der Pseudowissenschaften rechnete, glaubte einfach nur, daß dieser Ort verflucht war.

Wie dem auch sei, es handelte sich jedenfalls um den unberechenbarsten Landstrich von ganz Xenex.

Obwohl zeitgenössische Xenexianer einen möglichst

weiten Bogen um die Öde machten, hatte diese Region in früheren Zeiten eine wichtige Bedeutung für die Initiationsriten heranwachsender Jugendlicher besessen. Wenn ein Xenexianer ein bestimmtes Alter erreichte, marschierte er oder sie mitten in die Öde hinein, um mit der »Suche nach der Allzeit« zu beginnen, wie es genannt wurde. Wenn man lange genug durch die Öde wanderte, so hieß es, würden sich Visionen einstellen, in denen sich die Zukunft des Betreffenden offenbarte, so daß dieser den wahren Sinn seines Lebens erkannte.

Die Suche nach der Allzeit forderte jedoch einen immer höheren Tribut an Todesopfern, wenn junge Xenexianer den Gefahren erlagen, die in der Öde lauerten. Infolgedessen war die Suche weitgehend aus dem Brauchtum der Xenexianer verschwunden. Doch das bedeutete nicht, daß sie nun überhaupt nicht mehr praktiziert wurde. Sie hatte sich lediglich in den Untergrund verlagert und war zu einer Art Mutprobe geworden, um die Ausdauer und Persönlichkeit zu testen ... und in vielen Fällen geschah dies aus reiner Geltungssucht. Wer der Meinung war, er hätte eine Bestimmung – in welcher Form auch immer –, machte sich häufig aus eigenem Antrieb auf die Suche. Die Eltern versuchten ihre Kinder davon zu überzeugen, wie unsinnig ein solches Unterfangen war, genauso wie es zuvor ihre Eltern mit ihnen versucht hatten. Und in den meisten Fällen hatten sie genausowenig Erfolg, ihre Kinder davon abzubringen, wie ihre Eltern es bei ihnen gehabt hatten.

Als M'k'n'zy dreizehn geworden war, hatte er keine Eltern mehr gehabt, die ihn zur Vernunft hätten bringen können. (Doch es wäre ihnen höchstwahrscheinlich auch nicht gelungen, wenn sie noch am Leben gewesen wären.) M'k'n'zy hatte lauthals verkündet, daß er ein junger Mann mit einer großen Bestimmung sei, und sich auf den Weg in die Öde gemacht, um in Erfahrung zu bringen, was seine strahlende Zukunft für ihn bereithielt. Wie es die – inoffizielle – Tradition vorschrieb, brach er ohne Lebensmittel auf, nur mit einem kleinen Wasservorrat, der unter normalen Umständen einer Tagesration entsprochen hätte.

Auch bei strengster Einteilung hatte er diesen Vorrat am fünften Tag aufgebraucht.

Es war am achten Tag, als sein älterer Bruder D'ndai ihn fand, bewußtlos, halb verdurstet und vor sich hinmurmelnd. D'ndai brachte ihn nach Hause, und als M'k'n'zy sich wieder erholt hatte, berichtete er seinen Freunden von den denkwürdigen Visionen, die er erlebt hatte. Visionen, in denen sein Volk sich von der Herrschaft der Danteri befreit hatte. Visionen eines stolzen und ehrenhaften Volkes, das sich gegen seine Unterdrücker erhob. Und er erzählte von diesen Visionen mit solcher Eindringlichkeit, Kraft und Überzeugung, daß sie schließlich die Grundlage für den folgenden Aufstand des xenexianischen Volkes wurden.

In Wirklichkeit hatte er gar nichts gesehen.

Diese Tatsache war für ihn Anlaß zu tiefster Verzweiflung gewesen. Es war das letzte, was er eingestehen wollte. Und als seine Freunde ihn gedrängt hatten zu erzählen, was genau er gesehen hatte – falls er etwas gesehen hatte –, da hatte er sich ein Gespinst aus Lügen zurechtgelegt, das mit jeder Nacherzählung größer geworden war. Bis M'k'n'zy irgendwann selbst daran geglaubt hatte, daß seine Behauptungen der Wahrheit entsprachen.

Tief im Innern wußte er natürlich, daß dem nicht so war. Doch wie die meisten Männer mit einer Bestimmung würde er sich niemals durch Banalitäten wie Wahrheit von seinem Ziel abbringen lassen.

Die Danteri drangen langsam durch den nordwestlichen Korridor der Öde vor. Sie bewegten sich mit äußerster Vorsicht und untersuchten praktisch jeden Quadratmeter des Landes, der vor ihnen lag. Sie alle wußten, daß die Öde kein Erbarmen mit denen hatte, die nicht ständig auf der Hut waren.

Falkar behielt außerdem ständig den Himmel im Auge, um jede plötzliche Wetterveränderung rechtzeitig zu bemerken. Er hatte sich nie zuvor in der Öde aufgehalten, aber er wußte genau, für welche Art von Gefahren sie berüchtigt war.

Delina, Falkars Adjutant, erstarrte plötzlich, während er die Anzeigen eines Spürgeräts beobachtete. »Was gibt es?« wollte Falkar wissen.

Delina drehte sich zu ihm herum und blickte seinen Vorgesetzten mit grimmigem Lächeln an. »Wir haben ihn«, sagte er und tippte mit dem Finger auf die Anzeigen der Sensoren. »Er hält sich etwa hundert Meter westlich von uns auf und rührt sich nicht von der Stelle.«

»Er läßt keine Bewegung erkennen?«

»Nicht die geringste.«

Falkar runzelte die Stirn. »Das gefällt mir nicht. Ganz und gar nicht. Er könnte wissen, daß wir ihn suchen, und sich verschanzt haben, um uns in eine Falle zu locken.«

»Aber ist es nicht genauso möglich«, warf Delina ein, »daß er verletzt ist? Hilflos? Daß er sich versteckt hat und einfach hofft, daß wir ihn nicht finden? Woher soll er überhaupt wissen, daß er verfolgt wird?«

Falkar rieb sich nachdenklich das Kinn und starrte in die Richtung, die das Gerät anzeigte. Er starrte mit solcher Intensität, daß man hätte meinen können, er könnte M'k'n'zy tatsächlich mit bloßem Auge sehen. »Er weiß es, Delina.«

»Bei allem Respekt, Sir, aber das läßt sich nicht mit Gewißheit ...«

Falkars Blick wanderte zu Delina. »Als unsere Truppen zum Überraschungsangriff auf Calhoun ansetzten … da wußte er Bescheid, und die Verteidigungskräfte der Stadt konnten uns zurückschlagen. Als wir überzeugt waren, daß wir ihn auf der Ebene von Seanwin in die Enge getrieben hatten … auch da wußte er Bescheid, so daß er uns überlisten und fünf Schwadronen auslöschen konnte. Als meine besten Berater mir versicherten, daß sich die Schlacht von Condacin unmöglich vorhersehen ließ, daß der Plan vielmehr das genialste militärische Unternehmen des Jahrhunderts darstellte …«

Delinas Miene verdüsterte sich. »Mein Bruder starb in Condacin.«

»Ich weiß«, erwiderte Falkar. »Und zwar, weil M'k'n'zy auch diesmal Bescheid wußte. Ich habe keine Ahnung, wie er es anstellt. Vielleicht ist er mit der Geisterwelt im Bunde. Vielleicht besitzt er übersinnliche Fähigkeiten. Es spielt keine Rolle, wie er es fertigbringt. Er wußte es damals, und er weiß es auch heute.«

»Soll er doch!« sagte Delina grimmig. »Soll er sehen, was es ihm nützt! Wenn Sie es mir gestatten, Sir, werde ich ihm mit bloßen Händen das Herz herausreißen.«

Falkar musterte ihn anerkennend. »Sehr gut.«

»Vielen Dank, Sir.« Delina salutierte zackig.

Mit neuer Zuversicht setzten die Danteri ihre Verfolgung fort.

Diese Zuversicht hielt so lange an, bis sie sich durch einen schmalen Durchgang bewegten, der zum Versteck von M'k'n'zy führte. Denn plötzlich war ein leises Rumpeln von oben zu hören, das schon kurze Zeit später gar nicht mehr leise war. Als sie aufblickten, sahen sie, wie eine bedrohliche Steinlawine auf sie zurollte. Die Männer hasteten hektisch weiter, um der Falle zu entkommen. Schreie wurden laut und unvermittelt abgeschnitten, als Soldaten unter den schweren Steinen begraben wurden. Es gab einen kurzen Moment des

Zögerns, als die Danteri sich zu entscheiden versuchten – während weiterhin der Tod auf sie herabregnete –, ob sie vorrücken oder sich zurückziehen sollten. Falkar schrie Befehle, hatte jedoch Schwicrigkeiten, sich im Lärm verständlich zu machen.

Falkar wiederum hörte Delinas Warnruf nicht. Er wußte nur, daß sich Delina plötzlich gegen ihn warf und ihn gegen eine Felswand stieß. Für einen Moment protestierte sein angeborenes Ehrgefühl energisch gegen eine solche Behandlung, aber diese Empfindung hielt nur für einen Sekundenbruchteil an. Denn im nächsten Augenblick landete der Felsbrocken, der Falkar getroffen hätte, auf Delina, der es nicht mehr schaffte, rechtzeitig beiseite zu springen. Delina verschwand unter dem Brocken, während sein Gesichtsausdruck im letzten Augenblick zugleich Zorn und Befriedigung zeigte.

All dies geschah innerhalb von Sekunden. Schließlich überwanden die Danteri ihre Unentschlossenheit und rückten weiter vor – zumindest die Handvoll Überlebender, die noch dazu imstande war.

Sie glaubten, sie würden sich in Sicherheit bringen. In Wirklichkeit stürzten sie kopfüber ins Verderben, als nun der Boden unter ihren Füßen nachgab. Falkar, der die Nachhut bildete, konnte gerade noch rechtzeitig abbremsen, als er die erschrockenen Rufe seiner Männer hörte. Das Poltern der Steinlawine hinter ihm ebbte ab. Auf Händen und Knien schob sich Falkar langsam vor und blickte in das Loch. Tief unten erkannte er die Umrisse einer unterirdischen Höhle und die zerschmetterten Körper seiner Soldaten. Als er über die Schulter zurückschaute, sah er vereinzelte Hände und Füße, die zwischen den herabgestürzten Steinbrocken hervorragten.

»Mistkerl!« stieß er zwischen zusammengepreßten Zähnen hervor.

M'k'n'zy klopfte sich im Geiste auf die Schulter. Er hätte sich keine bessere Stelle für einen Hinterhalt aussuchen können. Im Verlauf der Woche, die er mit der vergeblichen (und doch auf seltsame Weise erfolgreichen) Suche nach der Allzeit verbracht hatte, hatte er sich mit einem großen Teil der Öde vertraut gemacht. Als er nun an diesem Ort Zuflucht gesucht hatte, tat er es in dem Bewußtsein, daß er jeden austricksen konnte, der so dumm war, ihm folgen und ihn jagen zu wollen. Eine kleine, simple Sprengladung, die er von seinem Versteck aus gezündet hatte, war mehr als ausreichend, die Felsbrocken in die Tiefe stürzen zu lassen.

Was die unterirdische Höhle betraf, so wäre M'k'n'zy ihr selbst vor einigen Jahren beinahe zum Opfer gefallen. Zum Glück war er damals allein gewesen, so daß sein wesentlich geringeres Gewicht dazu geführt hatte, daß er lediglich mit einem Bein durch die dünne Höhlendecke gebrochen war. Es hatte ihm seinerzeit einen furchtbaren Schrecken eingejagt, aber mehr war nicht geschehen.

Für die Soldaten, die ihn verfolgt hatten, war die Situation jedoch erheblich gefährlicher gewesen.

Dennoch war Vorsicht geboten. Er hatte nicht die Absicht, den gleichen dummen Fehler zu begehen, den sich seine Gegner erlaubt hatten.

M'k'n'zy verließ sein Versteck im oberen Bereich der Felsspalte und stieg langsam nach unten, um sich einen Überblick über die Verwüstung zu verschaffen. Er starrte hinunter. Zehn Meter tiefer schien sich nichts mehr zu rühren. Zwischen den Felsbrocken waren Gliedmaßen zu erkennen, und ein Stück weiter befand sich das große Loch, in das die übrigen Soldaten gestürzt waren.

Er nickte zufrieden, entschied jedoch, daß es vermutlich klüger wäre, nach Möglichkeit hier oben zu bleiben. Je höher der Weg lag, auf dem er sich bewegte, desto besser.

Also machte M'k'n'zy sich auf den Rückweg nach Calhoun. Er fragte sich, wie man ihn dort empfangen würde. Weiterhin fragte er sich – er hoffe es, er betete darum –, ob die Danteri nun endlich genug hatten. Daß diese letzte und bisher größte Niederlage sie endlich davon überzeugt hatte, daß die Xenexianer niemals aufgeben würden, niemals kapitulieren würden, niemals aufhören würden, an die Gerechtigkeit ihrer Sache zu glauben. Früher oder später mußte diese Botschaft die Danteri erreichen. Und wenn es nötig war, sie ihnen wiederholt einzuprügeln, dann mußte es eben so sein.

Er witterte eine Veränderung in der Luft, die ihm überhaupt nicht gefiel. Er hatte das unangenehme Gefühl, daß sich ein Sturm zusammenbraute, und er wußte aus persönlicher Erfahrung, wie schnell sich solche Veränderungen vollziehen konnten. In seiner Nähe gab es mehrere Felsvorsprünge, jede Menge sicherer Nischen, in denen er Schutz finden konnte, um zu verhindern, daß er durch die heftigen Winde davongerissen wurde, die für einen Sturm in der Öde typisch waren. Er war sogar erst vor wenigen Minuten an einer Stelle vorbeigekommen, wo es höchstwahrscheinlich einen sehr gut geschützten Bereich gab. Es wäre wohl klüger, umzukehren und sich dort in Sicherheit zu bringen, bis der Sturm weitergezogen war.

Er drehte sich um, und als er plötzlich Gefahr spürte, war es höchstens ein Millimeter, der ihm das Leben rettete.

Die Klinge berührte sein Gesicht. Sie kam geflogen und zielte genau auf seinen Hals. Wenn er sich nicht in genau diesem Augenblick unverhofft umgedreht hätte, wäre seine Halsschlagader durchtrennt worden. Doch so rettete seine Reaktion ihm das Leben, während die glitzernde Klinge über sein Gesicht schnitt, von der rechten Schläfe nach unten über die Wange, und bis auf den Knochen ging. Blut strömte aus seiner rechten Gesichtshälfte, als M'k'n'zy hektisch zurückwich. Doch er wurde durch sein eigenes Blut geblendet, während Schmerzen in seinem Kopf explodierten, so daß der normalerweise trittsichere M'k'n'zy den Boden unter den Füßen verlor. Er stürzte und schlug unglücklich auf, wobei seine bereits verletzten Arme zusätzlich in Mitleidenschaft gezogen wurden.

Und während dieser gesamten Szene drang nicht ein Laut über seine Lippen.

»Kein Schmerzensschrei«, stellte Falkar fest, als er innehielt, um das Ergebnis seiner Arbeit zu begutachten. Erst dann besann er sich und wischte die Klinge seines Kurzschwertes an seinem Gewand ab. »Ich bin beeindruckt, junger Mann. Genauso beeindruckt, hoffe ich, wie du von meiner Fähigkeit beeindruckt bist, daß ich mich völlig unbemerkt an dich anschleichen konnte. Als wilder Kämpfer bildest du dir zweifellos einiges auf deine Instinkte und dein Geschick ein, dich niemals überraschen zu lassen ... Bist du jetzt überrascht, daß du überrascht wurdest?« setzte er hinzu, ohne seine Selbstgefälligkeit verbergen zu können.

M'k'n'zy sagte kein Wort. Er war viel zu sehr damit beschäftigt, seinen Drang zu unterdrücken, laut aufzuschreien. Er kämpfte um seine Beherrschung, er atmete regelmäßig und verdrängte die Qualen, die ihm zusetzten, die seine Sinne betäubten, die es ihm fast unmöglich machten, sich auf die einfache Aufgabe zu konzentrieren, am Leben zu bleiben. Seine rechte Hand war blutüberströmt. Er mußte buchstäblich sein Gesicht zusammenhalten.

»Hast du das Auge verloren?« fragte Falkar, der keine Eile hatte, diese Arbeit zu Ende zu bringen. Er hatte schon zu viele Verluste hinnehmen müssen, die auf das Konto dieses jungen Einfaltspinsels gingen. In gewisser Weise war er sogar froh, daß sein erster Angriff nicht tödlich verlaufen war. Eigentlich hatte er ihn sofort töten wollen, aus Wut und – auch wenn er es sich nur widerstrebend eingestehen mochte – aus einem Hauch von Furcht, diesem geübten Killer von Mann zu Mann gegenüberzutreten. Doch so war es besser. So war es der Sache angemessener. Auf diese Weise konnte er beides haben: Er konnte seinem Opfer gegenübertreten und mußte sich gleichzeitig keine Sorgen machen. »Vielleicht nehme ich dir auch das zweite. Ich könnte dich vor eine interessante Wahl stellen. Ich könnte dich töten … oder dich lebend, aber blind zurücklassen.«

Doch da war so viel Blut und so viel Schmerz, daß M'k'n'zy gar nicht sagen konnte, ob er das eine Auge tatsächlich verloren hatte. Mit blutverschmierter Hand hielt er seine rechte Gesichtshälfte fest. Er spürte, daß nicht mehr viel fehlte, bis er von den gottlosen Qualen überwältigt wurde, die ihn zu lähmen drohten. Und er wußte auch, daß Falkar ihn auf keinen Fall am Leben lassen würde, auch wenn er soeben etwas anderes gesagt hatte. Sicher, er würde ihn vielleicht vorher blenden. Er würde ihn mit sadistischer Befriedigung beobachten und ihn dann töten. M'k'n'zy beschloß, auf Zeit zu spielen, und sagte: »Mir liegt nichts … an meinen Augen.«

»Wirklich nicht?« fragte Falkar zurück. Die Sicherheit in M'k'n'zys Stimme beunruhigte ihn ein wenig. »Und warum nicht?«

M'k'n'zy begann zu reden. Jedes Wort war mit einer gewaltigen Kraftanstrengung verbunden, aber er sprach immer weiter, um nicht die Konzentration zu verlieren, um die Schmerzen zurückzudrängen, um Zeit zu schinden … vielleicht sogar, um sich selbst davon zu überzeugen, daß er noch am Leben war.

»Diese Augen«, sagte er, »sahen in ihrer Jugend …

wie Rebellenführer bestraft wurden ... indem man ihre ungeborenen Kinder aus ... den Bäuchen ihrer Mütter riß. Sie sahen Dörfer, die dem Erdboden gleichgemacht wurden. Sie sahen ... sie sahen sogenannte Kriminelle, die kleinere Vergehen begingen ... und bestraft wurden, indem ihnen die Gliedmaßen mit Energiewaffen abgetrennt wurden ... Stück für Stück, während sie um Gnade schrien ... doch ohne Hoffnung auf Gnade. Sie sahen ... wie mein Vater auf dem großen Platz gefoltert wurde, wie er für Verbrechen gegen den Staat bestraft wurde ... eine Bestrafung, die von dir befohlen wurde, du Schweinehund ... Mein Vater wurde geschlagen und ausgepeitscht, bis ein ehemals stolzer Mann ... zu einem wimmernden Häufchen Elend geworden war, das schon schrie, wenn es den nächsten Schlag ahnte ... Diese Augen ... sahen den Schock und das Entsetzen in seinem Gesicht ... kurz bevor sein kräftiges Herz zu schlagen aufhörte ... Das letzte, was mein Vater in seinem Leben hörte ... war mein Flehen, mich nicht alleinzulassen ... mein Flehen um ein Versprechen, das er niemals halten konnte ...« Seine Stimme klang erstickt, als er weitersprach. »Diese Augen ... haben die Hand der Tyrannei gesehen ... und bevor ich zu einem Mann herangewachsen war, wollte ich diese Hand abhacken ...«

Diese Worte machten Falkar sehr nervös. Obwohl es M'k'n'zy wiederholt gelungen war, schneller und klüger als Falkars Kriegsführer zu sein, hatte er von ihm immer das Bild eines grunzenden Wilden gehabt, dessen Erfolge hauptsächlich auf Glück und einen instinktiven Verstand zurückzuführen waren, der weit über das hinausging, wozu seine Artgenossen jemals imstande wären.

Doch was er soeben gehört hatte, war keineswegs das Gestammel eines kaum artikulationsfähigen Wilden gewesen. Dieses Wesen war in der Lage, intelligente Worte zu formulieren, während literweise Blut aus seinem Gesicht floß. Plötzlich verflüchtigten sich alle Vorstellungen, mit seinem Opfer zu spielen und das Ende in die Länge zu ziehen. Er wollte nur noch eins ... daß diese Mißgeburt tot war, mehr nicht. Tot und erledigt – sein Kopf nur noch eine Trophäe.

Was Falkar jedoch nicht erkannte, war, daß M'k'n'zys kleine Rede einem zusätzlichen Zweck diente. Er wollte Zeit gewinnen, bis der Sturm einsetzte. Der Sturm, dessen Herannahen M'k'n'zy gespürt hatte, während Falkar offensichtlich nichts davon bemerkte. Dies wurde in dem Moment offensichtlich, als der Sturm unvermittelt mit voller Gewalt über sie hereinbrach.

Er tobte über die nahe Ebene, raste durch die Schluchten und packte beide Männer gleichzeitig, als Falkar sich gerade M'k'n'zy nähern wollte, um ihn in Stücke zu schneiden. Der Wind brauste heulend um Falkar herum, der nicht mehr wußte, in welche Richtung er schauen sollte. Ihm war überhaupt keine Zeit geblieben, sich darauf gefaßt zu machen, und im nächsten Moment stand Falkar im Zentrum eines Wirbelwinds. Er taumelte, als die Naturgewalten an ihm zerrten, und er versuchte in seiner Verzweiflung sogar, sich mit Schwerthieben dagegen zu wehren. Der Wind jedoch riß ihm das Schwert aus der Hand. Er hörte, wie es klirrend davonwirbelte. Er drehte sich in die Richtung, die es seiner Ansicht nach genommen hatte, doch er konnte es nirgendwo mehr sehen. Statt dessen tappte er hilflos ohne jede Orientierung umher. *»Ich hasse diesen Planeten!«* fauchte er, und in diesem Augenblick gelangte er zur Schlußfolgerung, daß niemand außer den Xenexianern etwas auf diesem Planeten zu suchen hatte. Wenn Falkar ihn nach diesem Tag niemals wiedersah, konnte er sich für den Rest seines Lebens glücklich schätzen.

Er konnte nichts mehr sehen. Er ging in die Knie, blinzelte angestrengt und senkte den Kopf, um dem Wind eine geringere Angriffsfläche zu bieten. Er streckte die Hände aus und tastete, während er gegen jede Hoffnung hoffte, daß er seine Waffe wiederfand. Wahrscheinlich mußte er die Suche nach M'k'n'zy noch einmal ganz von vorn beginnen, weil der kleine Barbar diese Deckung bestimmt für einen Fluchtversuch nutzen würde. Das war das Problem mit Xenex: Ganz gleich, worum es ging, auf diesem Planeten war nichts einfach.

Und dann geschah das Wunder, als seine suchenden Hände plötzlich die Waffe berührten, die ihm entfallen war. Während der Wind ihm in die Ohren schrie, spürten seine Finger die vertrauten Konturen der Metallklinge auf dem Boden. Er stieß einen Triumphschrei aus und tastete nach dem Griff, damit er es aufheben konnte.

Plötzlich bewegte sich die Klinge, und zuerst glaubte er, daß der höhnische Wind sie ihm erneut entrissen hätte. Um sie nicht wieder zu verlieren, setzte er nach …

… und stellte mit einem Mal fest, daß die Klinge bis zum Griff in seiner Brust steckte.

Und da war eine Stimme, die leise in sein Ohr sprach, aus einer beinahe intimen Nähe. Eine Stimme, die flüsterte: »Hast du das hier gesucht?«

Falkar wollte antworten, doch er brachte nicht mehr als ein abgehacktes Gurgeln zustande. Der Lärm des Sturmes ließ nach und wich einem Pochen in seinem Kopf, das jedes andere Geräusch übertönte. Dann fiel er auf den Rücken, und der letzte Gedanke, der ihm durch den Kopf ging, war genau derselbe, den er nur wenige Augenblicke zuvor gehabt hatte …

Ich hasse diesen Planeten …

II.

Er wollte nicht darüber nachdenken, was er tat … er wollte sich nicht völlig vom Schmerz überwältigen lassen … M'k'n'zy hielt sein Gesicht fest, bis er einigermaßen sicher war, daß sich das Blut nicht mehr in Strömen aus der klaffenden Wunde ergoß. Allerdings hatte er keine Ahnung, ob die Blutung dauerhaft zum Stillstand gekommen war. Er vermutete, daß nur der Druck, den er auf das Gewebe ausübte, dafür verantwortlich war, und in Anbetracht der Tatsache, daß er ständig gegen die Bewußtlosigkeit ankämpfen mußte, konnte er diesen Druck möglicherweise nicht mehr lange ausüben. Er hatte immer wieder das Bild vor Augen, wie er zusammenbrach und aufgrund seiner Gesichtswunde verblutete.

Er fragte sich, ob er in diesem Zustand träumen würde. Er fragte sich, wovon er träumen würde. Würden sein Vater und seine Mutter aus wirbelnden Nebeln hervortreten, ihm einladend die Hand reichen und an jenen Ort bringen, an dem ihre Seelen Zuflucht gefunden hatten (wie die Priester von Calhoun predigten)? Oder würde nur Dunkelheit und Vergessen folgen (wie M'k'n'zy vermutete)? Dann wurde ihm bewußt, daß seine Gedanken abschweiften, worauf er sich zusammenriß und sich wieder zu konzentrieren versuchte.

Der Sturm hatte bereits etwas nachgelassen, und M'k'n'zy untersuchte nun Falkars Leiche. Er benutzte nur eine Hand, während er die andere weiterhin gegen sein Gesicht preßte. Zu diesem Zeitpunkt war er einigermaßen davon überzeugt, daß sein rechtes Auge noch intakt war, hauptsächlich aus dem Grund, weil offenbar keine Flüssigkeit aus der Augenhöhle zu sickern schien. Trotzdem konnte er fast nichts sehen, und er mußte sich mehr auf seinen Tastsinn als auf seine Augen verlassen.

Falkars Schwert hatte er sich bereits in den Gürtel gesteckt. Als seine Finger den kunstvoll gearbeiteten Griff spürten, gelangte er zur Schlußfolgerung, daß dieses Ornament vermutlich in irgendeiner Weise mit dem königlichen Haus zusammenhing, dem Falkar diente. Er untersuchte Falkars Gürtel und entdeckte eine Art Beutel, der daran befestigt war. Er zerrte daran, doch er wollte sich nicht lösen. Er riß erneut und lenkte einen Teil der Schmerzen, gegen die er kämpfte, in diese Bewegung um, und nun riß der Beutel ab. Er durchsuchte ihn, weil er hoffte, darin etwas wie eine Erste-Hilfe-Ausrüstung zu finden. Aber seine Hoffnung wurde enttäuscht. Es schien sich vielmehr um eine Art Werkzeugtasche zu handeln. Nichts Ungewöhnliches, auch wenn jemand von Falkars Rang wohl kaum zu simplen Reparaturarbeiten herangezogen wurde. Die Danteri bildeten sich einiges darauf ein, auf alle möglichen Situationen vorbereitet zu sein, und die Befähigung zu schnellen Instandsetzungsarbeiten fiel zweifellos unter diese Art von Vorkehrungen.

Dann schlossen sich seine Finger um etwas, von dem er unverzüglich erkannte, daß es ihm von großem Nutzen sein konnte. Es war ein kleiner Schweißlaser, dazu geeignet, metallische Oberflächen zu reparieren – zum Beispiel ein zerbrochenes Schwert oder möglicherweise ein Fahrzeug mit einem Loch in der Seite.

Natürlich war es nicht zum Versiegeln von Fleischwunden gedacht. Dennoch hatte M'k'n'zy die Absicht, das Gerät genau zu diesem Zweck einzusetzen.

M'k'n'zy setzte sich auf den Boden und lehnte sich mit dem Rücken gegen einen Felsen. Er zog das Schwert und steckte sich den Griff zwischen die Zähne, um darauf zu beißen. Dann hob er den Laser vor sein Gesicht und betätigte den Schalter. Von den zwei Zinken, die aus der Oberseite hervorragten, ging ein feiner, aber intensiver Lichtstrahl aus, zunächst flackernd, dann beständiger. M'k'n'zy regulierte die Kontrollen, um die Energieabgabe auf die niedrigste Intensität einzustellen, obwohl der Strahl in diesem Zustand immer noch gefährlich wirkte. Doch er durfte sich kein Zögern erlauben, denn er spürte, daß nun wieder Blut aus der Wunde sickerte. Er hatte keine Ahnung, wieviel Blut er bereits verloren hatte, aber wenn er nicht bald etwas unternahm, stand es außer Frage, daß er in absehbarer Zeit an Blutverlust sterben würde.

Sein einziger Trost war, daß sein Gesicht bereits so gefühllos war, daß die Nerven vermutlich kaum noch zu Schmerzempfindungen imstande waren.

Er hob den Schweißlaser vor das Gesicht und atmete einige Male ein und aus, um sich auf das vorzubereiten, was er möglicherweise doch spüren würde. Dann legte er den Laser an die Schläfe, wo der Schnitt begann.

Er stellte sofort fest, daß er schmerzempfindlicher war, als er angenommen hatte. Ein lautes Zischen drang explosionsartig zwischen seinen Zähnen hervor, während er sich darauf konzentrierte, seine Hände ruhig zu halten, und darum kämpfte, den Kopf nicht zu bewegen. Er biß noch stärker in den Schwertgriff. Er nahm den Geruch von verbranntem Fleisch wahr und erkannte, daß es sein eigenes war. Er sagte sich immer wieder: *Löse dich davon. Ignoriere es. Jemand anderer, der ganz weit weg ist, spürt diese Schmerzen. Du hast damit nichts zu tun. Beobachte alles aus großer Ferne und laß dich nicht davon beunruhigen.* Und während er diese Litanei aufsagte, bewegte er den Laser langsam über sein Gesicht nach unten. Es war eine schwierige Aufgabe, denn er konnte sich nur nach seinem Tastsinn richten; er mußte die Teile seines zerstörten Gesichts zusammenhalten, während er die Wunde versiegelte, und gleichzeitig dafür sorgen, daß seine Finger nicht in Berührung mit dem Laser kamen. Einmal verschätzte er sich und hätte sich beinahe den Daumen abgetrennt.

Er konnte nicht sagen, wie lange er brauchte, um diese scheußliche Arbeit zu erledigen. Als er fertig war, fiel ihm der Schweißlaser aus den tauben Fingern. Er kippte nach vorn, während sich die Welt um ihn drehte, und erst dann wurde ihm bewußt, daß er immer noch auf den Griff des Schwertes biß. Er öffnete den Mund ein wenig, und das Schwert fiel scheppernd zu Boden. Er bemerkte mit grimmiger Befriedigung, daß er so fest zugebissen hatte, daß seine Zähne tiefe Spuren im Griff zurückgelassen hatten.

Er amüsierte sich immer noch leise kichernd darüber, als er schließlich in Ohnmacht fiel.

Als er erwachte, war sein erster Gedanke, daß er ungefähr eine Woche lang so dagelegen haben mußte. Er konnte seinen Mund überhaupt nicht mehr spüren. Seine Lippen waren angeschwollen und völlig taub geworden. Befriedigt stellte er fest, daß es Nacht war. Die kühle Luft umströmte ihn, sanft wie die Umarmung einer Geliebten.

Sein Verstand teilte ihm mit, daß es Zeit war, sich auf den Weg zu machen. Jetzt war die Zeit, sich zu erheben und so schnell wie möglich die Öde hinter sich zu lassen. In der Nacht war es am einfachsten, sich fortzubewegen. Und er beschloß, daß er genau das tun würde … nachdem er sich noch ein wenig ausgeruht hatte. Er schloß die Augen – und als er sie wieder öffnete, ging die Sonne gerade über dem Horizont auf.

Und ein Geschöpf kam direkt auf ihn zu.

Es war klein und lief mit trippelnden Schritten. Wie es schien, war es sehr an der Blutpfütze interessiert, die unter M'k'n'zys Kopf geronnen war. Und als zweites Objekt der Neugier hatte es sich offenbar die frisch verschweißte Wunde in seinem Gesicht ausgesucht. Das Tier besaß einen harten Panzer, schwarze Knopfaugen und kleine pinzettenartige Krallen, die sich klickend M'k'n'zys Augen näherten. Wenn nichts geschah, würde es in wenigen Sekunden sein rechtes Auge auslöffeln, als wäre es eine Portion Eiscreme.

M'k'n'zy war sich gar nicht bewußt, daß er immer noch das Schwert umklammert hielt. Er wußte nur, daß sich seine Hand instinktiv in Bewegung setzte, daß er die glitzernde Klinge hob und niederfahren ließ, wodurch das Geschöpf in zwei Hälften geteilt wurde, mit solcher Wucht, daß diese beiden Hälften buchstäblich in entgegengesetzte Richtungen flüchteten.

Er lächelte grimmig – oder glaube zumindest, daß er es tat, denn er hatte immer noch kein Gefühl in seinem Gesicht.

Langsam zwang er sich aufzustehen, wobei seine Beine immer wieder einknickten, bis es ihm gelang, sie gerade auszustrecken. Er rieb sich vorsichtig das angetrocknete Blut aus dem Auge und stellte – nach mehrmaligem Blinzeln – zu seiner tiefen Genugtuung fest, daß das Auge noch ganz war. Er musterte seine Umgebung, während er nicht daran zweifelte, daß er einen Weg durch die Öde finden würde.

Diese Zuversicht hielt nur so lange an, bis er sich einen Überblick verschafft hatte. Denn in diesem Moment gelangte er zur plötzlichen, entsetzlichen Erkenntnis, daß er keine klare Vorstellung hatte, wo er sich befand. »Das kann nicht sein«, murmelte er mit geschwollenen Lippen. »Es kann nicht sein.« Er war überzeugt gewesen, daß er jeden Quadratkilometer, jeden Quadratmeter dieses Geländes kannte.

Aber er war doch an Ort und Stelle zusammengebrochen … oder nicht? Nein. Offensichtlich doch nicht. Denn als M'k'n'zy sich nun die jüngsten Ereignisse noch einmal durch den Kopf gehen ließ, erkannte er, daß es immer wieder kurze Augenblicke der Klarheit inmitten der Bewußtlosigkeit gegeben hatte. Ihm wurde klar, daß er begonnen hatte, sich auf den Heimweg zu machen, obwohl er kaum bei Bewußtsein gewesen war. Es war, als hätte er seinen Autopiloten eingeschaltet. Doch weil sein Gehirn in dieser Situation nicht zuverlässig arbeitete, hatte er keine sinnvolle Richtung eingeschlagen. Vermutlich konnte er sich sogar noch glücklich schätzen, daß er nicht von irgendeiner Klippe gestürzt war. Trotzdem hatte er genug Blut verloren, um darauf eine Armada schwimmen zu lassen. Er hatte eine klaffende Wunde im Gesicht, er hatte bohrende Kopfschmerzen, und sein Puls raste. Es sah ganz danach aus, daß er fieberte. Das war ausgezeichnet, einfach ausgezeichnet. Nach allem, was er bereits durchgemacht hatte, hatte er sich zu allem Überfluß auch noch eine Infektion eingefangen.

Er blickte nach oben, um die Position der Sonne am Himmel zu bestimmen. Da er mit absoluter Sicherheit wußte, daß er nach Osten gehen wollte, schlug er entschlossen diese Richtung ein. Doch ihm war nicht bewußt, daß er eine Gehirnerschütterung und einen schweren Schock erlitten hatte. Infolgedessen kämpfte er sich erschöpft und todmüde fast einen Tag lang nach Osten vor, bis ihm plötzlich klar wurde, daß er eigentlich nach Westen hatte gehen wollen.

Zu diesem Zeitpunkt konnte er seinen Arm überhaupt nicht mehr bewegen, und sein Gesicht fühlte sich an, als würde es in Flammen stehen. Aber die Sonne war aufgegangen, und er wußte, daß er keinen weiteren Tag überleben würde, wenn er durch die Hitze marschierte. Er konnte allerdings auch nicht bleiben, wo er war, was wiederum bedeutete, daß seine einzige Chance darin bestand, während der Nacht weiterzugehen. Das kam ihm sogar entgegen, denn trotz seiner Erschöpfung hatte er Angst vor dem Schlaf, weil er befürchtete, daß er nicht wieder aufwachen würde. Diese Besorgnis war nicht ganz unberechtigt. Also prägte M'k'n'zy sich den Punkt über dem fernen Gebirgsrücken ein, wo die Sonne aufgegangen war, und machte sich auf den Weg nach Westen, indem er sich an den Sternen orientierte.

Er hörte das Heulen des Sturmes nur wenige Momente, bevor er ihn packte, so daß ihm keine Zeit mehr blieb, einen sicheren Unterschlupf zu suchen. Der Wind riß gnadenlos an ihm. M'k'n'zy wurde zu Boden geworfen wie ein Stein, der über die Oberfläche eines Sees hüpfte. Und nachdem er so vieles schweigend ertragen hatte, stieß M'k'n'zy endlich einen Schrei der Verzweiflung aus. Wieviel sollte er noch einstecken? Nach allem, was ihm die Danteri angetan hatten, wollten sich jetzt auch noch die Götter an ihm rächen? Gönnten sie ihm nicht mehr die winzigste Portion Glück?

Die Götter antworteten ihm. Doch ihre Antwort bestand leider darin, daß er sich bewußt machen sollte, daß er äußerst undankbar war. Schließlich war er immer noch am Leben. Die Götter – falls es sie gab – hatten ihn überleben lassen, und wenn ihm das nicht genügte, dann wollten sie ihn daran erinnern, wie dankbar er ihnen sein sollte. Worauf der Sturm ihm buchstäblich den Boden unter den Füßen wegriß. Seine Hände versuchten sich in der Luft festzukrallen, was jedoch wenig nützte.

»*Haaaalt!*« rief er, und dann kam er wirklich zum Halt … als der Wind ihn gegen einen Felsen schleuderte. Und wieder stürzte M'k'n'zy in Dunkelheit.

Auch diese Dunkelheit wollte ihn nicht mehr loslassen. Nachdem er sich scheinbar eine Ewigkeit in ihrem Griff befunden hatte, konnte er sich endlich ins Bewußtsein zurückkämpfen. Als er erwachte, war es wieder Tag. Er hatte hohes Fieber, und seine Wunde war entzündet. Es fühlte sich an, als gäbe es innerhalb seines Schädels nur noch zwei Dinge: ein konstantes Pochen und eine Zunge, die auf das Dreifache ihrer normalen Größe angeschwollen war. Jetzt hatte er auch noch einen furchtbaren violetten Bluterguß auf der linken Seite des Kopfes, gewissermaßen als Ausgleich zur tiefen Schnittwunde in seiner rechten Gesichtshälfte.

An diesem Punkt hatte er keine klare Vorstellung mehr, in welche Richtung er gehen sollte, wo es für ihn Sicherheit gab – nicht einmal, was überhaupt Sicherheit war. Seine Identität begann zu verschwimmen. Er strengte sich an, sich an seinen Namen zu erinnern, an seine Heimat, sein Ziel. Er war … er war M'k'n'zy von Calhoun … und er …

Und dann entglitt es ihm, bevor er es festhalten konnte, wie ein Insekt, das von einem Windstoß davongetragen wurde. Er versuchte es zu jagen, als wäre es ihm möglich, tatsächlich einen flüchtigen Gedanken mit den Händen zu fassen, und schließlich brach er auf einer niedrigen Hügelkuppe zusammen. Er stürzte vornüber und rollte über den Schotter hinunter, der seinem ohnehin geschundenen Körper weiter zusetzte. Als er wieder zum Stillstand kam, war ihm alles gleichgültig geworden.

Er mochte dort stunden- oder tagelang gelegen haben. Er war sich nicht sicher. Es war ihm egal. Er wollte nur, daß das Pochen aufhörte, daß die Hitze aufhörte, daß die Schmerzen nachließen. Wieviel sollte er noch ertragen? Wieviel stand ihm noch bevor?

Er hatte genug. Er wollte nicht mehr, daß sich andere auf ihn verließen, daß er für andere entscheiden sollte.

Sein ganzes Leben, so weit er sich zurückerinnern konnte, war er von Entschlossenheit und einer einzigartigen Vision erfüllt gewesen. Manche hätten vermutlich von Besessenheit gesprochen. Und andere hätten ihn als wahnsinnig abgestempelt.

Doch hinter dieser Besessenheit, diesem Wahnsinn oder wie auch immer man es nennen wollte, steckte seine tief verwurzelte Angst, daß ihm jemand »auf die Schliche kam«. Daß er tief drinnen nicht mehr als ein verängstigter junger Mann war, der versuchte, den Forderungen oder Erwartungen gerecht zu werden, die er selbst oder andere an ihn stellten. Während er dort lag, während er fiebernd dem Tod entgegendämmerte, suchten ihn all seine mitternächtlichen Ängste heim und zeigten sich unverhohlen in der Hitze der mittäglichen Sonne. Die Angst vor der Unzulänglichkeit, daß er sich zu hohe Ziele gesteckt hatte, daß andere die Meßlatte für ihn nun zu hoch gelegt hatten.

Zu Anfang war alles so einfach gewesen. Es hatte keine Erwartungen gegeben. Er hatte seine Anhänger nur durch Überzeugungskraft und Ausstrahlung angefeuert. Er hatte einen erfolgreichen Kampf vorhergesagt und ihn dann wahr werden lassen. Er hatte seinem Volk gesagt, daß sich die Danteri bald in der Defensive befinden würden, und auch dieses Versprechen hatte er gehalten.

Doch während er die Xenexianer langsam und mühevoll Schritt für Schritt ihrem Ziel näher gebracht hatte, war dieses Ziel paradoxerweise immer erschreckender geworden. Denn zwei Ängste waren es, die ständig in ihm brannten. Die eine war die Befürchtung, daß man ihnen nach all den Mühen und Entbehrungen im letzten Augenblick das Ziel vor der Nase wegschnappte. Und die zweite setzte an dem Punkt in der Zukunft an: Wenn das Ziel erreicht war… wenn die Xenexianer die Freiheit von den Danteri zurückerobert hatten …

Wenn es soweit war … was dann?

Er hatte niemals darüber hinaus gedacht. Und diese Tatsache hatte ihn oft zu der Frage geführt, ob er selbst insgeheim vielleicht gar nicht daran glaubte, daß es sich jemals verwirklichen ließ.

Steh auf!

Er öffnete mühsam die Augen, verblüfft über die Stimme in seinem Kopf. Es war das erste, was er seit unvorstellbar langer Zeit neben dem Pochen innerhalb seines Schädels registrierte.

Sein Vater stand nicht weit von ihm entfernt. Er sah ihn im Profil. Sein Rücken war von Peitschennarben gerötet. Die Sonne schien durch seinen Kopf hindurch, und ein kleines Tier huschte durch einen Fuß, als wäre er gar nicht vorhanden. Sein Vater schien nichts davon zu bemerken. *Steh auf, verdammter Bengel*, sagte er, ohne daß sich seine Lippen bewegten.

»Geh weg«, sagte M'k'n'zy. »Verschwinde. Ich will nur noch schlafen.«

Steh auf. Ich befehle es dir …

»Erspare dir deine Befehle!« gab M'k'n'zy zurück. Zumindest klangen seine Worte für ihn so. Doch in Wirklichkeit war er so dehydriert, seine Lippen derart spröde und angeschwollen, seine Zunge nur noch ein nutzloses Stück weichgekochten Fleisches, daß jeder, der ihm zugehört hätte, nicht mehr als ein unverständliches Krächzen wahrgenommen hätte. »Ich habe dich angefleht, bei mir zu bleiben! Ich habe dich angefleht! Wo waren deine Befehle, dein Stolz, als ich dich gebraucht habe? Wo? Sag es mir!«

Steh auf!

»Geh zur Hölle!« sagte er und drehte sich herum, kehrte seinem Vater den Rücken zu.

Neben ihm stand eine Frau. Eine nackte Frau mit

dichtem blondem Haar und einem verschmitzten Grinsen auf dem Gesicht. Sie glitt mit körperlosen Fingern über seine Brust.

Steh auf, Schlafmütze, sagte sie. In ihrer Stimme war eine gewisse Verspieltheit, und irgend etwas verriet ihm, daß dies nicht ihr normaler Tonfall war. Daß er nur ihm allein vorbehalten war. Daß sie im wahren Leben hart, unnachgiebig und kompromißlos war. Nur in seiner Gegenwart konnte sie ihre Abwehrhaltung aufgeben.

Er blinzelte verwirrt. Er hatte sie noch nie zuvor gesehen, und doch war ihm, als würde er sie bestens kennen. Es war, als würde sie eine Leere ausfüllen, von der er nicht einmal wußte, daß sie in ihm war. »Wer ...?«

Steh auf, Mac, ermahnte sie ihn. *Für uns gibt es noch viel zu tun ...*

Er starrte sie an. Sie hatte einen wunderschönen Körper. Einen flachen Bauch und feste Brüste. Um genau zu sein: M'k'n'zy hatte noch nie zuvor eine nackte Frau gesehen. Natürlich hatte es in seinem Leben Frauen gegeben, doch die Begegnungen waren immer hastig, fast verstohlen verlaufen, im Schutz der Dunkelheit oder fast gänzlich bekleidet. Aber er hatte sich niemals einfach nur mit einer Frau entspannt. Niemals nackt neben ihr gelegen, niemals müßig ihren Körper gestreichelt, ihre Rundungen nachgezeichnet. Niemals hatte er die Muße dazu gehabt ... mit niemandem ...

Woran denkst du, Mac? fragte sie ihn.

Er hob zögernd eine Hand, um ihre Brust zu berühren, doch seine Hand drang ohne Widerstand durch sie hindurch, und mit den Fingern spürte er nur Sand. Es war nichts mehr von ihr zu sehen.

Er heulte frustriert auf (oder er krächzte erstickt, um etwas realistischer zu sein) und warf sich auf die Stelle, wo sie gewesen war, als würde er hoffen, daß sie im Sand versunken war und sich knapp unter der Oberfläche versteckte. Er bekam ein wenig Sand in die Augen, und es fühlte sich an, als hätte ihm jemand Glasscherben ins Gesicht geschleudert. Er blinzelte schnell, bis er die Sandkörner herausgespült hatte, doch nun war sein Sehvermögen getrübt.

Die Welt rotierte um ihn, und diesmal unternahm er nichts, um sich dagegen zu wehren. Er brauchte nur etwas Ruhe, dann war er wieder in Ordnung. Das war etwas, dessen er sich völlig sicher war.

Ja … ja, nur ein wenig Ruhe …

Der Boden kam ihm weicher vor, als er es für möglich gehalten hätte. Alles um ihn herum entspannte sich, verlockte ihn dazu, sich zu entspannen, einfach … zu entspannen. Mehr mußte er nicht tun.

Das ist keine Option!

Es war eine andere Stimme, die gesprochen hatte, und es war eindeutig nicht die Stimme einer Frau. Er blickte verwirrt auf.

Ein Mann stand vor ihm. Seine Gestalt schimmerte, als käme er von einem zeitlich und räumlich weit entfernten Ort. Er trug eine Art Uniform, in Rot und Schwarz, dazu ein Abzeichen aus glänzendem Metall auf der Brust. Sein Kopf war fast völlig kahl, und sein Gesicht war streng. Doch es war auch Mitgefühl in seinem Ausdruck.

»Geh weg«, flüsterte M'k'n'zy.

Sie sind Starfleet-Offizier. Ganz gleich, was Sie jetzt sind – das ist es, was Sie immer sein werden. Dem können Sie sich nicht entziehen.

M'k'n'zy hatte nicht die geringste Ahnung, was vor sich ging, und er wußte auch nicht, wovon dieses … dieses transparente Wesen sprach. »Was … was ist Starfleet? Was … wer sind Sie? Was …«

Sie haben eine Bestimmung. Wagen Sie nicht, vor ihr davonzulaufen. Stehen Sie endlich auf. Stehen Sie auf, wenn Sie ein Mann sind.

Tief in M'k'n'zys Kehle erklang ein wütendes Grollen. Er wußte nicht, wer dieser Schemen war, und verstand nichts von dem, was er sagte. Aber niemand durfte M'k'n'zys Mut in Frage stellen! Niemand … nicht einmal ein Halluzination!

M'k'n'zy kämpfte sich auf die Beine, von einem Adrenalinschub angefeuert. Er taumelte los, und der höhnische Kahlkopf verschwand nicht, wie dies mit der Frau geschehen war. Statt dessen schien er nun genau vor M'k'n'zy zu schweben, immer im gleichen Abstand. M'k'n'zy lief unbeirrt auf ihn zu. Der Mann sprach immer noch zu ihm, aber er achtete gar nicht mehr auf die einzelnen Worte. Sie schienen immer mehr ineinander überzugehen.

Und er hörte auch die Geister anderer Stimmen, obwohl er niemanden sah, von dem sie ausgingen. Stimmen mit seltsamen Akzenten, die fremdartige Namen sprachen …

… und ein Wort, das ständig wiederholt wurde. Es schien an seine Adresse gerichtet zu sein, weswegen es seine Aufmerksamkeit erregte. Und das Wort lautete …

… *Captain.*

Er versuchte, dieses unbekannte Wort nachzubilden, prüfte mit Lippen und Zunge seinen Geschmack. Doch wie zuvor brachte er keinen verständlichen Laut hervor.

Zeit und Raum schienen ihre Bedeutung zu verlieren, während er der schwebenden Geistererscheinung folgte. Jeder Schritt verlieh seinen Beinen neue und größere Kraft, und bald waren seine Schmerzen und seine Benommenheit vergessen. Alles war vergessen. Das einzige, was noch zählte, war sein Wille, diese Vision einzuholen.

Seine Erinnerungen und Gedanken überschlugen sich. Die Geschichten über die Allzeit, die Visionen der eigenen Zukunft, die man in der Öde finden konnte, wenn man offen genug dafür war. Die Visionen, die sich ihm verweigert hatten, als er nach ihnen gestrebt hatte. Und jetzt, wo es ihm gleichgültig geworden war, wo ihm selbst sein Überleben nichts mehr bedeutete, da geschah es, daß ihm ein Blick in seine Zukunft gewährt wurde.

Aber war es wirklich die Zukunft? Oder waren es nur ... nur phantasievolle Ausschmückungen von Dingen, die tief in seinem Unterbewußtsein geschlummert hatten? Das war zweifellos die vernünftigere Erklärung. In seiner Jugend (seltsam, daß ein Mann, der gerade neunzehn Sommer erlebt hatte, bereits in solchen Begriffen dachte) war sein Glaube eher ein phantasievoller Mystizismus gewesen. Doch dann hatte er zu viel gesehen, vor zu vielen blutüberströmten Leichen gestanden. Die Phantasien seiner Kindertage hatte er weit hinter sich gelassen.

Trotzdem war es ihm sehr real vorgekommen ...

Und es war immer noch da.

Immer noch da.

Dieses schwebende, kahlköpfige Scheusal war immer noch da, schwebte vor ihm her, führte ihn an der Nase herum. M'k'n'zy stieß einen Schrei der Verzweiflung aus, der diesmal nicht nur ein ersticktes Krächzen war, und er lief weiter. Wenn er sich bewußt gemacht hätte, was er tat, hätte er erkannt, daß es eigentlich völlig unmöglich war. Er litt unter Erschöpfung, Blutverlust, Dehydration und Fieber. Es war einfach undenkbar, daß jemand in so schlechter Verfassung in der Lage sein sollte, im Dauerlauf durch die glühende Öde zu hetzen. Dennoch war es genau das, was M'k'n'zy tat. Und es geschah nur deshalb, weil er sich weigerte, sich auf diese Weise von einem Geist verspotten zu lassen.

»Wer bist du?« schrie er. »Woher kommst du? Wo ist das Mädchen? Was geschieht hier? Was wird geschehen? Du verdammtes Miststück, ich bin M'k'n'zy von

Calhoun, und du wirst nicht einfach vor mir davonlaufen!«

Im Boden war ein Loch, das genau in seinem Weg lag. Wenn er hineingefallen wäre, hätte er sich vermutlich ein Bein gebrochen. Es war anderthalb Meter breit und fast drei Meter tief. Er sprang darüber hinweg, ohne langsamer zu werden, und er wurde sich nicht einmal richtig bewußt, daß es da war.

Und dann sah er, wie das Phantom, das immer noch einige Meter von ihm entfernt war, zu flimmern begann. Er hatte das Gefühl, daß es sich nun völlig in Luft auflösen würde, und diese Ahnung entfachte seine Wut zusätzlich. »Komm zurück!« schrie er. »*Komm sofort zurück!*«

Das Gespenst verschwand vollständig ... doch nun hatte etwas anderes seine Stelle eingenommen. Etwas, das viel substantieller war und von einigen weiteren substantiellen Entitäten begleitet wurde.

M'k'n'zys Bruder D'ndai blieb stehen und wedelte hektisch mit den Armen. In seiner Nähe waren weitere Mitglieder des Suchtrupps, der schon seit Tagen die Öde durchstreifte, um sich einer aussichtslos erscheinenden Suche nach M'k'n'zy zu widmen.

D'ndai war einen Kopf größer als M'k'n'zy und um die Hälfte breiter. Er war außerdem einige Jahre älter. Doch wenn man sah, wie D'ndai seinen Bruder behandelte, hätte man meinen können, daß D'ndai der jüngere von beiden war, denn er schien M'k'n'zy mit einer gewissen Ehrfurcht entgegenzutreten. M'k'n'zy wiederum hielt große Stücke auf D'ndai, weil sein Bruder der Inbegriff von Zuverlässigkeit und Vertrauen war, weil er sich nicht im geringsten durch die Tatsache eingeschüchtert fühlte, daß der Stern seines jüngeren Bruders viel heller als sein eigener schien.

Jeder konnte die Erleichterung, von der D'ndai überwältigt wurde, deutlich erkennen. Er unterdrückte mit Mühe einen freudigen Schluchzer und riß die Arme hoch, während er den Namen seines Bruders rief.

M'k'n'zy lief auf ihn zu ...

... und rannte dann an ihm vorbei.

»Komm sofort zurück!« schrie er in die Wüste hinaus.

Die Mitglieder des Suchtrupps warfen sich erstaunte Blicke zu. Einerseits schien M'k'n'zy in denkbar schlechter körperlicher Verfassung zu sein, andererseits wirkte er erstaunlich kraftvoll für einen Mann, der dem Tod nahe war.

»M'k'n'zy?« rief D'ndai verwirrt.

M'k'n'zy schien ihn nicht zu hören – oder nicht hören zu wollen. Er lief einfach weiter, gestikulierte wild mit den Armen und heulte: »So leicht entkommst du mir nicht!« Als seine Retter sich von ihrer Verblüffung erholt hatten, war er bereits fünfzig Schritte gelaufen und entfernte sich weiter von ihnen.

Sie setzten ihm nach, aber sie mußten sich alle Mühe geben, um ihn einzuholen. D'ndai erreichte ihn als erster und griff nach seinem Arm. »M'k'n'zy!« schrie er ihn an und bemühte sich, ihn festzuhalten. Ihm stockte der Atem, als er die enorme Schnittwunde im Gesicht seines Bruders zum ersten Mal aus der Nähe sah. Doch er wollte sich nicht anmerken lassen, wie schockiert er war. »M'k'n'zy, ich bin es!«

»Laß mich los!« brüllte sein Bruder zurück und zerrte verzweifelt an D'ndais Arm. »Laß mich! Ich muß ihn einholen!«

»Hier ist niemand! Du halluzinierst!«

»Er entkommt mir! Er läuft mir davon!«

D'ndai riß ihn herum und schrie ihm praktisch ins Gesicht. »M'k'n'zy, reiß dich endlich zusammen! *Da draußen ist niemand!*«

M'k'n'zy versuchte wieder, sich aus D'ndais Griff zu

befreien, doch als er sich umdrehte, um seine Verfolgung dessen fortzusetzen, was nur in seinem Fieberwahn existierte, schien er plötzlich bestürzt in sich zusammenzusacken. »Er ist fort! Er ist mir entkommen!« Er wandte sich wieder D'ndai zu und versetzte ihm plötzlich einen Schlag, der seinem Bruder den Kopf abgerissen hätte, wenn M'k'n'zy bei vollen Kräften gewesen wäre. Doch so brachte er D'ndai lediglich etwas ins Schwanken. »Er ist mir entkommen, und das ist nur deine Schuld!«

»Gut, dann ist es meine Schuld«, sagte D'ndai.

M'k'n'zy bedachte ihn mit einem Blick voller Verachtung. »Und was wirst du jetzt deswegen unternehmen?« fragte er.

»Ich werde dich nach Hause bringen ... dir helfen ... dich wieder gesund machen ...« Er legte eine Hand auf M'k'n'zys Stirn. »Mein Gott, du glühst ja!«

M'k'n'zy wollte etwas darauf erwidern, doch genau in diesem Augenblick forderten die Erschöpfung, das Fieber und alles andere ihren Tribut, während gleichzeitig die Wirkung des Adrenalins nachließ. Er versuchte, etwas zu sagen, war aber nicht mehr in der Lage, einen zusammenhängenden Satz hervorzubringen. Statt dessen trat er einen Schritt vor und brach dann in den Armen seines älteren Bruders zusammen. D'ndai hob ihn auf, als wäre sein Gewicht nicht der Rede wert, und sagte: »Wir wollen ihn von hier fortbringen.«

»Glaubst du, daß er es schaffen wird?« fragte einer der anderen.

»Natürlich wird er es schaffen«, sagte D'ndai matt, als er sich mit zielstrebigen Schritten auf den Weg zu ihren Transportfahrzeugen machte. »Er hat noch viel zu viel zu tun, um jetzt schon sterben zu können.«

III.

Als M'k'n'zy sie außerhalb des Zimmers leise flüstern hörte, setzte er sich langsam in seinem Bett auf. Zufrieden stellte er fest, daß zum ersten Mal seit Tagen seine Benommenheit und Desorientierung vollständig gewichen waren. Das Pochen in seinem Schädel hatte schon vor einiger Zeit aufgehört. Endlich hatte er nicht mehr das Gefühl, daß ihm jeden Augenblick der Kopf abfallen könnte, und dieser Zustand war eine eindeutige Verbesserung seiner Situation.

D'ndai hatte ihn ermahnt liegenzubleiben, sich zu entspannen und sich seinem Ruhebedürfnis hinzugeben. Er war sehr um die Gesundheit seines jüngeren Bruders besorgt, womit er M'k'n'zy allmählich auf die Nerven ging. Er wäre am liebsten sofort aus dem Bett gesprungen, aber D'ndai hatte ihm immer wieder geraten, nichts zu überstürzen. M'k'n'zy fiel es äußerst schwer, einen solchen Rat zu befolgen. Es war auch keine große Hilfe, daß es ein wirklich kluger Rat war. Insbesondere angesichts der Tatsache, daß beim ersten Mal, als M'k'n'zy trotzig das Bett verlassen hatte, weil er behauptete, wieder völlig in Ordnung zu sein, der Raum sich plötzlich um fünfundvierzig Grad geneigt hatte und er hingefallen war. Das war vor etwas über einer Woche gewesen.

Doch nun blieb der Boden dankenswerterweise in der Waagerechten. M'k'n'zy tappte zum Schrank hinüber, holte frische Sachen heraus und zog sich schnell an. Währenddessen verspürte er nicht das leiseste Stechen, und ihm wurde auch nicht schwindlig, so daß er zu der Schlußfolgerung gelangte, nun wieder völlig hergestellt zu sein.

Er trat in den Korridor hinaus und erschreckte D'ndai und die drei anderen Xenexianer, die flüsternd eine Konferenz abhielten. »Oh! Du bist wieder auf den Beinen!« sagte D'ndai.

»Wie hätte ich weiterschlafen können, wenn ihr hier draußen einen solchen Lärm macht?« erwiderte M'k'n'zy in gutmütigem Tonfall. »Was ist los? Was habt ihr zu betuscheln?«

D'ndai und die anderen blickten sich gegenseitig an, bis D'ndai sich wieder an M'k'n'zy wandte. »Vertreter der Danteri sind eingetroffen.«

»Ausgezeichnet«, sagte M'k'n'zy. »Ihr schnappt sie euch, und ich hacke ihnen die Köpfe ab.«

»Sie sind als Unterhändler gekommen, M'k'n'zy.«

M'k'n'zy warf ihm einen ungläubigen Blick zu. »Und ihr habt es *akzeptiert*? Bei den Göttern, D'ndai, warum? Sie müssen doch glauben, daß wir nachgiebig geworden sind!«

»M'k'n'zy ...«

»Wenn wir uns als Unterhändler bei ihnen anmelden, würden sie uns hereinbitten, uns einen Platz anbieten und uns dann exekutieren, bevor wir auch nur ein Wort hätten sagen können. Ich denke, wir sollten ihnen die gleiche Höflichkeit entgegenbringen.«

»M'k'n'zy, sie sind in Begleitung von Föderationsangehörigen gekommen.«

M'k'n'zy lehnte sich gegen die Tür, als er diese neue Information zu verarbeiten versuchte. »Die Föderation?« sagte er. »*Die* Föderation?«

D'ndai nickte, weil er genau wußte, was M'k'n'zy durch den Kopf ging.

In ihrer Kindheit hatte ihr Vater ihnen Geschichten über die Föderation erzählt. Geschichten, die er von seinem Vater erfahren hatte, die dieser wiederum von seinem wußte. Ein Zusammenschluß von Welten, deren Bewohner in riesigen Schiffen die Galaxis bereisten. Die Wege zwischen den Sternen waren für sie genauso selbstverständlich wie die Straßen, die die Xenexianer tagtäglich benutzten. Entdecker, Abenteurer, wie sie noch nie auf Xenex gesehen wurden – abgesehen von flüchtigen Besuchen. Ab und zu gab es Berichte, daß zwei oder drei Leute aus der Föderation sich irgendwo auf Xenex hatten blicken lassen ... sich umgesehen hatten, mit jemandem über Dinge gesprochen hatten, die ohne jeden Belang schienen, um kurz darauf wieder zu verschwinden. Es war beinahe so, als würde die Föderation sie aus irgendeinem Grund studieren. Manchmal war es schwer zu sagen, ob einige dieser gemeldeten Begegnungen tatsächlich stattgefunden hatten oder nur der Einbildungskraft phantasievoller Zeitgenossen entsprungen waren.

Doch dieser Fall war offenbar unstrittig. Dann durchfuhr M'k'n'zy ein Gedanke, der ihn frösteln ließ. »Sind sie gekommen, um Partei für die Danteri zu ergreifen? Wollen sie ihnen helfen, uns zu unterdrücken?« Es war in der Tat eine erschreckende Vorstellung, denn die militärische Macht der Föderation war sagenhaft. Dies mochte zu einem großen Teil auf Mutmaßungen und Übertreibungen beruhen, doch wenn nur ein Zehntel der Gerüchte den Tatsachen entsprach, konnte sie Xenex ernsthafte Schwierigkeiten machen.

D'ndai schüttelte den Kopf. »Das glaube ich nicht. Sie sagen, daß sie versuchen wollen, die Lage zu beruhigen.«

»Gut, dann sollen sie es versuchen«, sagte M'k'n'zy. »Wollen wir gehen und mit ihnen reden?«

»Bist du sicher, daß du dazu ...?«

M'k'n'zy beantwortete die Frage, bevor sie ganz ausgesprochen war. »Ja, mir geht es gut. Du kannst dich beruhigen. Laßt uns gehen.«

Sie gingen durch den kurzen Korridor zum Konferenzraum. Das Gebäude, in dem sie sich befanden, war aus praktischen Gründen eher klein. Baumaterial war knapp, und es hatte auch niemand den Wunsch, ein so wichtiges Gebäude zu groß anzulegen und es damit zu einem leichten Ziel zu machen. M'k'n'zy marschierte siegessicher in den Konferenzraum ...

... und blieb dann unvermittelt stehen.

Zwei der drei Individuen, die hier auf ihn warteten, hatte er sofort wiedererkannt. Einer war ein Mitglied des königlichen Hauses von Danteri, Bragonier mit Namen, und der zweite ...

... der zweite war der kahlköpfige Mann aus der Öde.

M'k'n'zy wollte es nicht glauben. Er widerstand dem Impuls, zu diesem Mann hinüberzugehen und ihm gegen die Brust zu tippen, um sich zu vergewissern, daß er wirklich existierte. Der Mann betrachtete M'k'n'zy mit jenem ruhigen, durchdringenden Blick, der ihn seinerzeit zur Weißglut getrieben hatte. Neben ihm stand der einzige aus der Gruppe, den er nicht kannte. Er hatte dünnes braunes Haar, ein kantiges Gesicht und trug eine ähnliche Uniform wie der Glatzkopf.

Bragonier warf ihnen einen bösen Blick zu. Als er sprach, wandte er sich nicht an die Xenexianer, sondern an die Männer neben ihm. »Sind die Bewohner von Xenex nicht genauso, wie ich Ihnen gesagt habe, Captain?«

Dieses Wort ... *Captain.* Es zog M'k'n'zy einen Moment lang so in seinen Bann, daß er Bragoniers abfälligen Tonfall völlig überhörte. Aber nur für einen Moment. »Wir verfügen vielleicht nicht über Ihre feine Art und Ihre edle Herkunft, Danteri«, sagte D'ndai mit einer spöttischen Verbeugung, »aber gleichzeitig können wir auch keine so stattliche Reihe von Niederlagen vorweisen. Wir betrachten das eine als Preis, den wir für das andere zahlen müssen.« In diesem Moment wünschte sich M'k'n'zy, daß er sein Schwert zur Hand gehabt hätte. Jenes, welches er Falkar abgenommen hatte. Der Anblick dieser Waffe hätte bei Bragonier wahrscheinlich eine schwere Herzattacke hervorgerufen.

Aber seine Sorgen waren unbegründet, denn die Worte seines Bruders genügten völlig, um Bragonier zu reizen, der sich nun von seinem Sitz zu erheben begann. Der kahlköpfige Mann jedoch hatte eine Hand auf seine Schulter gelegt. Die Entspanntheit dieser Geste täuschte, denn als Bragonier aufstehen wollte, gelang es dem Kahlkopf scheinbar ohne große Mühe, ihn davon abzuhalten. Dabei war Bragonier durchaus kräftig gebaut, was bedeutete, daß der Kahlkopf über größere Körperkräfte verfügte, als es den Anschein hatte. Und er strahlte Zuversicht aus.

»Ich bin Captain Jean-Luc Picard vom Föderationsraumschiff *Stargazer*«, sagte er und nickte dann dem Mann direkt neben ihm zu. »Und das ist Lieutenant Jack Crusher. Wir repräsentieren die Vereinte Föderation der Planeten ... eine Allianz raumfahrender Welten.«

»Wir haben Ihre Welt schon seit einiger Zeit beobachtet«, sagte Crusher, »und in der Vergangenheit einen behutsamen Erstkontakt initiiert. Wir sind zu der Ansicht gelangt, daß Sie kulturell darauf vorbereitet sind, die Prinzipien der Föderation zu verstehen und mit ihren Vertretern zu interagieren.«

»Mit anderen Worten, wir haben ein ausreichendes Entwicklungsniveau erreicht«, sagte D'ndai ohne jede Spur von Ironie.

Nichtsdestotrotz bemühte sich Picard, möglichen

Irritationen vorzubeugen. »Nichts für ungut ... Es ist so, daß die Danteri uns gebeten haben, ihnen in dieser ... schwierigen Situation behilflich zu sein.«

»Inwiefern?« wollte D'ndai wissen.

»Um ganz offen zu sprechen«, sagte der Mann, der als Crusher vorgestellt worden war. »Das Imperium der Danteri stellt ein strategisch recht bedeutsames Bündnis von Welten dar. Die Föderation hat Gespräche mit den Danteri aufgenommen, in denen es über die Möglichkeit eines Beitritts geht.«

»Doch die Danteri waren sehr skeptisch bezüglich der Vorteile, die sie innerhalb der Föderation hätten«, sagte Picard nun. »Allerdings sind sie durch die jüngsten Rebellionen auf Ihrer Welt in Schwierigkeiten geraten. Und ihr angeborener Stolz beeinträchtigt ihre Fähigkeit, auf produktive Weise mit Ihnen über ein mögliches Friedensabkommen zu verhandeln.«

»Wir sind durchaus dazu in der Lage!« brauste Bragonier auf. »Es ist nicht nur eine Frage des Stolzes. Es liegt an ihnen! Sie sind Wilde, Picard! Schauen Sie sie nur an!«

Picard betrachtete sie einen Moment lang schweigend. Sein Interesse schien in erster Linie M'k'n'zy zu gelten, der seinen Blick völlig ruhig erwiderte. »Ich habe schon Schlimmeres gesehen«, sagte Picard schließlich. »Und Sie sind ... M'k'n'zy, wie ich vermute.« Seine Aussprache ließ sehr zu wünschen übrig, da ihm die gutturalen Laute in M'k'n'zys Namen zu schaffen machten.

M'k'n'zy verzichtete darauf, ihn bezüglich der korrekten Aussprache zu belehren. Er nickte nur, während er die Lippen fest aufeinander gepreßt hatte. Es war eine surreale Situation, hier mit einem Wesen zu reden, das für ihn vor etwas über einer Woche nicht mehr als das Produkt seines Fieberwahns gewesen war.

»Ihr Ruf ist Ihnen weit vorausgeeilt«, sagte Picard.

»Die Danteri haben nur wenig Gutes über Sie zu berichten. Über Sie alle. Aber das ist für mich ohne Belang.« Sein Tonfall war streng und völlig sachlich. »Es interessiert mich nicht, wer welchen Streit vom Zaun gebrochen hat. Ich bin nicht bereit, mir Ressentiments anzuhören. Es geht mir nur um eine einzige Sache, und zwar möchte ich, daß Sie alle zusammenkommen, um zu einer Verständigung zu gelangen. Zu einer gemeinsamen Basis. Zu einem Kompromiß, damit das Blutvergießen aufhört.«

Längere Zeit herrschte Schweigen, und dann sprach M'k'n'zy endlich die ersten Worte zur leibhaftigen Inkarnation von Jean-Luc Picard.

»Gehen Sie zum Teufel«, sagte er.

Bragoniers Gesicht wurde knallrot, als er diese Worte hörte. Crusher blinzelte überrascht, denn er war es überhaupt nicht gewöhnt, daß irgend jemand, sei es ein Adjutant oder ein hoher Admiral, Captain Jean-Luc Picard auf diese Weise ansprach.

Picard hingegen schien sich dadurch nicht im geringsten aus der Ruhe bringen zu lassen. Er sagte nichts, sondern hob nur eine Augenbraue und wartete ab, weil er genau wußte, daß M'k'n'zy es nicht dabei bewenden lassen würde. Er wußte, daß M'k'n'zy noch etwas zu sagen hatte.

Und er sagte noch etwas. »Ich weiß, wie sich die Danteri einen Kompromiß vorstellen«, erwiderte er gelassen. »Sie werden uns eine beschränkte Präsenz auf unserer Welt versprechen. Sie werden uns einen langsamen Rückzug versprechen. Sie werden uns versprechen, daß wir innerhalb der nächsten sechs Monate eine Selbstverwaltung bekommen. Sie werden uns Reichtümer und Vermögen versprechen. Um uns dann alles bei der nächstbesten Gelegenheit wieder zu entreißen. Ich verfluche Ihre Versprechen und Ihre Lügen. Wir wollen nur eins: Die Danteri sollen von unserer Welt verschwinden.

Keine weiteren Kontakte. Keine Bewachung. Sie sollen einfach vergessen, daß wir existieren.«

»Das würde ich mit dem größten Vergnügen tun«, sagte Bragonier gepreßt.

»Oh nein, das würden Sie nicht«, erwiderte M'k'n'zy. Er beugte sich vor und stützte sich mit den Händen auf der Tischplatte ab. Er war sich bewußt, daß Picard ihn beobachtete, ihn einzuschätzen versuchte. »Ich weiß, wie Sie sind. Sie werden uns niemals vergessen. Und Sie werden nicht eher Ruhe geben, bis meine Brüder und ich eliminiert sind und mein Volk vollständig unterjocht ist. Ich bin gekommen, um Ihnen zu sagen, daß das nicht geschehen wird. Dies ist mein Volk, und wenn ich Ihnen gegenüber Zugeständnisse mache, einen Kompromiß mit Ihnen schließe, dann würde ich das Vertrauen mißbrauchen, das mein Volk in mich setzt. Wir wollen Xenex für die Xenexianer. Wenn Ihr Angebot so lautet, dann machen Sie uns dieses Angebot. Wenn Sie etwas anderes von uns wollen, dann können Sie sofort gehen.«

»Ich bin Bragonier aus dem königlichen Haus«, teilte der Danteri ihm überheblich mit. »Sie können uns nicht einfach so abweisen, als wäre ...«

»Verschwinden Sie«, erwiderte M'k'n'zy, drehte sich um und verließ den Raum. Er hörte, wie Bragonier sich aufregte und herumbrüllte. Doch er tat es in einem leeren Raum, da auch die übrigen Xenexianer M'k'n'zy nach draußen gefolgt waren.

Sie traten in den Korridor und gingen weiter. Und dann rief ihnen Picards feste Stimme hinterher. Sie blieben stehen und drehten sich zu ihm herum. Obwohl Picard sie alle ansprach, war sein Blick eindeutig auf M'k'n'zy gerichtet.

»Das war dumm«, sagte Picard. »Dabei hatte ich nicht den Eindruck, daß Sie jemand sind, der Dummheiten begeht.«

»Hören Sie ... Captain«, entgegnete M'k'n'zy. »Sie sind gerade erst eingetroffen. Ich dagegen kenne diese Leute. Sie sind arrogant und falsch, und sie halten uns für Idioten. Wenn wir uns ohne jeden Widerstand anhören, was sie zu sagen haben, werden wir weiterhin mit ihrer herablassenden Art leben müssen. Es kann keinen Frieden geben, keine Gespräche, keine vernünftige Unterhaltung, solange sie nicht bereit sind einzusehen, daß wir nicht ihre Untertanen sind, ihre Sklaven oder ihr Eigentum.«

Picard kniff leicht die unnachgiebigen Augen zusammen. »Wir werden morgen wiederkommen«, sagte er. »Und ich werde dafür sorgen, daß Bragonier in einer etwas ... gewogeneren Stimmung ist.«

»Wie Sie meinen«, sagte M'k'n'zy mit scheinbarem Desinteresse.

Picard zögerte kurz, dann sagte er: »M'k'n'zy ... könnten wir vielleicht kurz unter vier Augen miteinander reden?«

M'k'n'zy blickte sich zu den anderen um. D'ndai zuckte nur die Schultern. Dann machte sich M'k'n'zy auf den Weg zu seinem Zimmer, gefolgt von Picard. Als sie eintraten, drehte sich M'k'n'zy schnell herum. Er ließ niemals in seiner Wachsamkeit nach, was Picard anerkennend registrierte. Picard trat einen Schritt näher. »Diese Leute hören auf Sie, M'k'n'zy«, sagte er. »Sie gehorchen Ihnen. Die Fähigkeit, andere zu führen, ist eine der wertvollsten Gaben in diesem Universum. Aber sie ist gleichzeitig eine schwere Bürde. Das sollten Sie niemals vergessen.«

»Ich habe auch nicht vor, das ...«

»Aber die Gefahr ist groß, daß Sie es tun werden«, erwiderte Picard. »Ich sehe es. Sie sind voller Zorn über das, was in der Vergangenheit geschehen ist. Das ist völlig verständlich. Aber dieser Zorn kann Sie blind für das machen, was für Ihr Volk das Beste ist.«

»Mein Zorn treibt mich an und hilft mir zu überleben.«

»Möglicherweise. Aber Leben ist mehr als nur Überleben. Das muß auch Ihre Überzeugung sein, denn ansonsten hätten Sie niemals all das erreicht, was Sie erreicht haben.«

M'k'n'zy nickte langsam. »Nichts ist wichtiger als das Wohl meines Volkes. Alles, was ich tue ... tue ich nur für mein Volk.«

Picard lächelte. »Sparen Sie sich diese Worte für die Ansprachen an Ihr Volk. Es ist genau das, was die Leute hören wollen. Aber wir beide wissen genau ... daß Sie es nur für sich selbst tun. Für niemand anderen. Sie übernehmen die Verantwortung, Sie führen Ihre Leute, nicht weil Sie es wollen ... sondern weil Sie es tun müssen. Weil es unerträglich wäre, es nicht zu tun.«

M'k'n'zy war zu seiner eigenen Überraschung leicht verlegen. Er senkte den Blick, so daß ihm sein dichtes Haar über das Gesicht fiel.

»Sie sind ein sehr beeindruckender junger Mann, M'k'n'zy«, sagte Picard. »Ich habe nur selten erlebt, daß so viele Leute einen Namen mit einer solchen Kombination aus Wut und Neid aussprechen. Sie haben sehr viel erreicht ... dabei sind Sie erst ... wie alt? Zweiundzwanzig?«

»Neunzehn Sommer.«

Picards Selbstbeherrschung war unerschütterlich, aber sein Blick verriet trotzdem, wie erstaunt er war. »Neunzehn?«

M'k'n'zy nickte.

»Und Ihr einziges Ziel besteht darin, die Herrschaft der Danteri abzuschütteln und Ihr Volk zu befreien.«

»Alles andere ist unwichtig«, sagte M'k'n'zy ruhig.

»Und nachdem Sie Ihr Ziel erreicht haben?«

»Nachdem?« Er dachte darüber nach und zuckte

schließlich die Schultern. »Das Nachdem ist unwichtig.«

Dann sagte Picard in leicht traurigem Tonfall: »Denn er hatte alle Länder und Königreiche eingenommen, und sie mußten ihm Tribut zahlen. Dann aber wurde er krank und merkte, daß er sterben würde.« Als M'k'n'zy ihn verwirrt ansah, sagte Picard: »Mit diesem Problem war auch ein anderer junger Mann namens Alexander konfrontiert. Für Menschen wie ihn ... oder Sie ... oder mich ... kann die Aussicht, daß es keine neue Welten mehr zu erobern gibt, vernichtend sein. Mit anderen Worten ... Sie sollten ernsthaft über langfristigere Ziele nachdenken.«

»Vielleicht sollte ich auch in Zukunft mein Volk führen.«

»Vielleicht«, pflichtete Picard ihm bei. »Wird Sie diese Aufgabe befriedigen?«

»Ich ...« Es war das erste Mal, das M'k'n'zy wirklich verwirrt schien. »Ich weiß es nicht.«

»Nun ... wenn Sie es wissen ... dann sagen Sie mir Bescheid.«

Er wandte sich zum Gehen, hielt jedoch noch einmal inne, als M'k'n'zy ihn fragte: »Warum sind Sie so sehr an mir interessiert?«

Jetzt war es Picard, der die Schultern zuckte. »Es ist nur so ein Gefühl«, sagte er. »Nicht mehr. Aber jeder Captain lernt, auf seine Gefühle zu achten. Auf diese Weise wird man Captain.«

»Ich verstehe. Wenn ich ... also das Gefühl hätte ... daß Sie für meine Zukunft wichtig sind ... dann könnte das vielleicht etwas Wichtiges zu bedeuten haben.«

»Möglicherweise«, sagte Picard.

M'k'n'zy schien in Gedanken verloren zu sein, und Picard machte sich erneut auf den Weg zur Tür.

»Captain?« sagte M'k'n'zy dann.

»Ja?«

»Sie … äh«, begann M'k'n'zy und räusperte sich leise. »Sie haben nicht zufällig eine nackte blonde Frau in Ihrer Begleitung?«

Picard starrte ihn verständnislos an. »Wie bitte?«

M'k'n'zy winkte ab. »Schon gut«, sagte er.

»Wenn Sie mir diese Bemerkung erlauben: Das war eine recht seltsame Frage.«

»Ja, ich weiß …« M'k'n'zy lächelte. »Es war auch nur so eine Art Gefühl.«

Picard dachte darüber nach. »Nun«, begann er, »ich habe nicht behauptet, daß man auf alle diese Gefühle achten sollte. Ein Captain muß lernen, die richtige Wahl zu treffen.«

»Das werde ich mir merken«, sagte M'k'n'zy.

Er sah zu, wie Picard hinausging, und dachte noch eine Weile über das nach, was geschehen war. Er war überzeugt, daß sich hier am heutigen Tag etwas sehr Wichtiges ereignet hatte, auch wenn er nicht wußte, was es war. Dann blickte er auf sein Bett und erinnerte sich, was Picard über das Sterben gesagt hatte … worauf er so schnell wie möglich diesen Raum verließ.

ZEHN

JAHRE

ZUVOR …

SOLETA

I.

Sie überprüfte die thallonianische Bodenprobe nun schon zum fünfzigsten Mal mit dem Tricorder, wie es schien. Die Anzeigen waren äußerst verwirrend für sie, doch diese Verwirrung führte nicht zu Verzweiflung, sondern eher zu Aufregung. Sie hatte nicht gewußt, was sie erwartete, als sie auf Thallon eingetroffen war, um ihre Forschungen durchzuführen ... sie kannte nur die Gerüchte, die zu ihr vorgedrungen waren, und die waren recht ungewöhnlich gewesen. Ziemlich ungewöhnlich sogar.

Jeder Zuschauer der Szene wäre sofort von ihrem exotischen Aussehen fasziniert gewesen. Die allgemeine Form ihres Gesichts war annähernd dreieckig, ihre Augen waren stahlblau und lagen tief in den Höhlen. Ihr dichtes schwarzes Haar hatte sie mit einer Nadel zusammengesteckt, auf der ein Zeichen prangte, das als UMUK-Symbol bekannt war. Ihre Ohren waren lang und liefen nach oben spitz zu.

Sie hatte sich ein Gebiet ausgesucht, das ihr einigermaßen menschenleer vorkam, weit entfernt von der Hauptstadt Thal. Doch trotz der großen Entfernung konnte sie immer noch den imperialen Palast am Horizont sehen. Es war Abend, und der violette Schimmer des thallonianischen Himmels bildete einen farbenfrohen Kontrast zum Bernsteingelb der Turmspitzen des Palastes. Eins konnte zweifellos über die herrschende Klasse von Thallon behauptet werden, daß sie nämlich die Bedeutung des Wortes »Pomp« in beispielloser Weise verkörperte.

Über die Oberfläche ihrer »Grabungsstelle« wehte eine stetige Brise. Ein kleines Allzweckzelt, das mühelos in ihren Rucksack paßte, wenn sie es nicht benutzte, stand in der Nähe; die Zeltwände flatterten im Wind. Sie hatte nicht die Absicht, allzu lange auf Thallon zu verweilen, denn sie wußte, daß ein längerer Aufenthalt nicht sehr klug wäre. Andererseits gehörte auch ein kurzer Aufenthalt nicht gerade zu den intelligentesten Entscheidungen, die sie in ihrem Leben getroffen hatte.

Dennoch hatte sie der Versuchung nicht widerstehen können. Was sie über Thallon gehört hatte, war so interessant, daß sie sich einfach auf die Heimatwelt des Thallonianischen Imperiums hatte schleichen müssen, um sich persönlich von den Tatsachen zu überzeugen. Sie hatte ihre Ankunft sehr geschickt vorbereitet. Ihr Einpersonenraumschiff, das mit modernsten Deflektoren ausgestattet war, hatte es ihr ermöglicht, unbemerkt auf Thallon zu landen. Jetzt mußte sie nur ihre Arbeit zu Ende führen und wieder verschwinden, bevor sie ...

Plötzlich erzitterte der Boden unter ihren Füßen. Nur im ersten Moment dachte sie, daß es sich um ein Erdbeben handeln könnte. Dann erkannte sie den wahren Grund für die Erschütterungen. Es waren Reiter, die offensichtlich Reittiere benutzten, die so groß und schwer waren, daß sie den Boden vibrieren ließen, wenn sie sich bewegten. Und an der zunehmenden Heftigkeit der Vibrationen erkannte sie mit schmerzhafter Deutlichkeit, daß sie in ihre Richtung unterwegs waren.

Sie war so sehr mit ihren Untersuchungen beschäftigt gewesen, daß sie sie nicht früher bemerkt hatte. Das war eine katastrophale Nachlässigkeit, denn mit ihrem empfindlichen Gehör hätte sie die Störung bereits lange vorher registrieren müssen. Doch es nützte ihr überhaupt nichts, wenn sie sich nun einen mentalen Verweis erteilte.

Normalerweise hatte sie ihr Gepäck sehr effektiv

organisiert; jeder Gegenstand, den sie bei sich trug, gehörte in einen ganz bestimmten Behälter oder eine maßgeschneiderte Tasche. Und wenn sie genügend Zeit gehabt hätte, wäre sie in der Lage gewesen, sich an ihren Organisationsplan zu halten. Doch nun blieb ihr keine Zeit mehr, so daß sie hastig ihre Sachen zusammenraffte und sie wahllos in ihren Rucksack stopfte. Sie hätte alles zurücklassen können, aber sie wollte auf keinen Fall auf die wissenschaftlichen Daten verzichten, die sie gesammelt hatte. Schließlich mußte man Prioritäten setzen.

Sie schnallte sich den Rucksack um und lief zu ihrem Fahrzeug …

… bis sie plötzlich stehenblieb.

Denn das Fahrzeug war verschwunden.

Sie kniff leicht die Augen zusammen und sah dann die Nase des Gefährts, die gerade noch aus dem Boden hervorragte. Es schien komplett in einer Art Loch voller Treibsand versunken zu sein … einem Loch, das groß genug war, um ein Objekt dieser Größe aufzunehmen.

Sie starrte auf den Treibsand und sagte kraftlos: »Das war vorher noch nicht da. Denn wenn es dagewesen wäre, hätte ich mein Schiff niemals an dieser Stelle gelandet.«

Dann blickte sie auf, als im selben Moment mehrere Reiter auf einer Hügelkette erschienen. Sie waren zu fünft und saßen auf großen sechsbeinigen Tieren mit glänzender schwarzer Haut. Unter ihnen war seltsamerweise auch ein junges Mädchen, dem noch einige Jahre bis zum Erwachsenenalter fehlten und das sich in der Nähe eines älteren Mannes aufhielt, eines Mannes, der …

Nun, es handelte sich zweifellos um ein äußerst interessantes Individuum. Er hielt die Zügel seines Reittiers lässig mit einer Hand, als wäre er von seiner Macht über das Geschöpf überzeugt, als würde es niemals wagen, ihn abzuwerfen. Es war schwierig, seine Größe einschätzen, während er ritt. Trotzdem schätzte sie ihn auf knapp über 1,80 Meter. Seine Haut hatte die typische dunkelrote Färbung der Oberschicht von Thallon, und seine Augenwülste waren stark ausgeprägt. Sein Kopf war rasiert, und er hatte kleine spiralförmige Tätowierungen auf der Stirn. Sein Kinn ragte markant vor, und seine Augen waren recht klein. Sie hätte seine Augen niemals erkannt, wenn er sie nicht direkt angesehen hätte. Er trug einen dünnen Bart an seinem Kinn, was ihm insgesamt ein leicht satanisches Aussehen verlieh.

Die Haut des Mädchens zu seiner Rechten war in einem etwas helleren Rot getönt. Ihr Kopf war nicht rasiert, sondern sie besaß noch ihr dichtes, gelbliches Haar. Trotzdem hatte sie eine einzige Tätowierung auf der Stirn.

Keiner von beiden sprach ein Wort. Statt dessen redete der Anführer, ein kräftig gebauter Thallonianer auf einem Reittier, das aussah, als würde es jeden Augenblick unter seinem Gewicht zusammenbrechen, in gebieterischem Tonfall zu ihr. »Ich bin Yoz, der Kanzler von Thallon, und Sie stehen unter Arrest.« Er wurde von Wachleuten flankiert, die die Frau mit finsteren Blicken bedachten, als würden sie es dieser Frau sehr übel nehmen, daß sie ihren Tagesablauf durcheinandergebracht hatte.

Ohne auf seine Worte einzugehen, zeigte die Frau auf die Stelle, wo ihr Schiff verschwunden war, und wiederholte: »Das war vorher noch nicht da. Das Loch mit dem Treibsand. Die Topologie kann sich unmöglich auf diese Weise verändern, nicht in so kurzer Zeit.«

Yoz starrte sie an, als hätte sie den Verstand verloren. »Ich sagte, Sie stehen unter Arrest. Unterwerfen Sie sich meiner Autorität.«

»Ich habe zu tun«, erwiderte sie brüsk. Offenbar

dachte sie gar nicht mehr an ihre unmittelbarsten Probleme.

Der interessante Mann an der Seite des Mädchens warf Kanzler Yoz einen leicht amüsierten Blick zu. »Sie haben diese Frau mächtig eingeschüchtert, Lordkanzler. Sie dürfte jetzt jeden Moment um Gnade winseln.«

»Keine Sorge, Lord Cwan. Ihre Unverschämtheit wird bald ein Ende haben.«

»Ich mache mir keine Sorgen«, sagte der Mann namens Cwan. »Wenn es zum Schlimmsten kommt, kann sie jederzeit Ihren Posten als Lordkanzler übernehmen.«

Yoz schien über diese Bemerkung nicht amüsiert zu sein. »Wie ist Ihr Name?« verlangte er erzürnt von der Frau zu wissen.

»Soleta. Und jetzt lassen Sie mich bitte meine Arbeit fortsetzen. Ich habe es hier mit einer wissenschaftlich sehr interessanten Situation zu tun, die unbestreitbar höhere Priorität als die berüchtigte thallonianische Ungastlichkeit besitzt.« Sie schnallte ihren Rucksack ab, um wieder ihren Tricorder hervorholen zu können.

Verärgert drängte Kanzler Yoz sein Reittier vorwärts, worauf es selbstsicher auf die Frau zutrottete, die sich als Soleta vorgestellt hatte. Diese warf ihm einen ungeduldigen Blick zu und sagte: »Gehen Sie jetzt!«

»Jetzt werden Sie mir zuhören und ...« begann er.

Soleta stieß ungehalten den Atem durch die Zähne aus und griff dann mit der linken Hand nach dem Hals des Tieres. Das Geschöpf kreischte überrascht auf und brach dann zusammen. Es kippte nach rechts und begrub Kanzler Yoz unter sich.

Zu ihrer Verblüffung hörte Soleta, wie das Mädchen hell auflachte. Das lenkte ihre Aufmerksamkeit lange genug ab, so daß einer der Wachleute Zeit hatte, eine Waffe zu ziehen und sie auf Soleta abzufeuern. Der Schuß riß sie von den Beinen, mit solcher Gewalt, daß es sich anfühlte, als hätte sie einen Hieb mit einem Vorschlaghammer gegen die Brust erhalten. Sie landete auf dem harten Boden, während sie sich geistig mit der Einschätzung von Wirkung und Funktionsweise dieser Waffe auseinandersetzte, bis sie das Bewußtsein verlor. Das letzte, was sie hörte, war die Stimme von Cwan. »Jetzt haben Sie ihr unzweideutig gezeigt, wer das Kommando führt, Kanzler. Vielleicht sollte sie wirklich Ihren Posten übernehmen …«

II.

Soleta starrte auf die vier Kerkerwände, von denen sie umgeben war, und fragte sich, an welchem Punkt das Streben nach wissenschaftlichen Erkenntnissen aufgrund erheblicher persönlicher Nachteile unvernünftig wurde. Bedauerlicherweise konnte das Skelett, das neben ihr am Boden lag, auch keine Antwort auf diese Frage geben.

Sie vermutete, daß die Thallonianer solche Skelette zur Steigerung des dramatischen Effekts in ihren Kerkern liegen ließen. Vielleicht verfolgten sie damit sogar die Absicht, ihre Gefangenen einzuschüchtern. Einem logischen Zweck diente dieses Arrangement jedenfalls nicht.

Der Kerker selbst wirkte auf abscheuliche Weise primitiv. Auf dem Boden lag Stroh, und die Wände bestanden aus Fels. Das war ein starker Kontrast zu den übrigen Teilen des Palasts, der insgesamt einen wesentlich moderneren Eindruck machte. Ihre feinen Ohren fingen die Geräusche einer Feierlichkeit auf. Die Königsfamilie von Thallon hielt gerade eine ihrer berühmten »Partys« ab.

»Schade, daß ich nicht eingeladen bin«, bemerkte sie trocken, obwohl niemand anwesend war, der ihre Worte hätte würdigen können.

Sie zerrte probehalber an den Fesseln, mit denen sie an die Wand gekettet war. Es handelte sich keineswegs um richtige Ketten, die durchaus zur Einrichtung gepaßt hätten, sondern eher um eine Art ummanteltes

Kabel. Trotzdem war die Fesselung sehr effektiv. Die Kabel schienen fest in der Wand verankert zu sein und nicht im geringsten auf ihre Versuche zu reagieren, sie zu lockern. Sie waren fest mit den dicken Armbändern verbunden, in denen ihre Hände steckten. Der Schlüssel dazu befand sich im sicheren Gewahrsam der Wachen außerhalb der Tür. Sie hatte Schwierigkeiten, sich die Haare aus dem Gesicht zu streichen, da ihre Bewegungsfreiheit eingeschränkt war. Ihre UMUK-Nadel war nicht mehr da, aber sie wußte nicht, ob jemand sie gestohlen hatte oder sie einfach nur in der Wüste verlorengegangen war. Um diesen Verlust tat es ihr leid. Die Nadel besaß keinen besonderen materiellen Wert, aber sie besaß sie schon recht lange, und das Schmuckstück hatte ihr im Laufe der Zeit immer mehr bedeutet.

Ihr Brustkorb schmerzte schon seit einiger Zeit nicht mehr. Sie war sich ziemlich sicher, daß es sich bei der Waffe um eine Art sonischen Disruptor gehandelt hatte. Sehr primitiv. Aber auch sehr effektiv.

Sie hörte Schritte, die sich der Tür näherten, wie es schon mehrere Male in den zwei Tagen geschehen war, die sie bereits hier eingesperrt war. Sie fragte sich genauso wie jedesmal zuvor, ob sie wieder nur vorbeigehen würden. Doch diesmal schienen sie langsamer zu werden und unmittelbar vor der Tür zum Stillstand zu kommen. Es gab ein typisches Geräusch, als jemand mit dem elektronischen Schlüssel hantierte, und dann schwang die Tür auf.

Im Türrahmen stand der Wachmann, der Soleta auf Anweisung keines Geringeren als des Kanzlers von Thallon in den Kerker geworfen hatte, und neben ihm ein weiteres Individuum, das Soleta nicht genau erkennen konnte. Es trug ein weites Gewand mit einer Kapuze, die den Kopf verhüllte.

»Sie bekommen Gesellschaft«, sagte der Wachmann. »Jetzt können Sie gemeinsam verfaulen.«

Soleta sagte nichts. Es schien sich ohnehin um eine jener Bemerkungen zu handeln, die keiner Erwiderung bedurften.

Der Wachmann wirkte leicht enttäuscht, als hätte er gehofft, sie würde ihn anflehen oder auf irgendeine Art versuchen, ihn zu überzeugen, daß er sie freilassen sollte. Das war bedauerlich, denn in vergangenen Zeiten hatte er mehrfach die Verzweiflung weiblicher Gefangener ausnutzen können, um sie ... nun ja, zu gewissen Diensten zu bewegen. Sei's drum. Wenn sie aus härterem Holz geschnitzt war, war es auch nicht weiter schlimm. Das bedeutete möglicherweise, daß ihre schließliche Kapitulation um so befriedigender wäre, wenn ihr Widerstand endlich gebrochen war.

Er führte die verhüllte Gestalt in die gegenüberliegende Ecke des Kerkers. »Setzen!« befahl er schroff, während seine Hand auf dem sonischen Disruptor ruhte, der unübersehbar an seiner rechten Hüfte hing. Der Neuankömmling setzte sich gehorsam, worauf der Wachmann ihm die gleiche Art Handfesseln anlegte, die auch Soleta trug. Der Wachmann trat zurück, nickte zufrieden und wandte sich dann an Soleta. »Falls es Sie interessiert, heute hat Ihre Gerichtsverhandlung stattgefunden.«

»Tatsächlich?« erwiderte Soleta ruhig. »Ich kann mich überhaupt nicht daran erinnern.«

»Sie haben ja auch nicht daran teilgenommen. Das thallonianische Gesetz vertritt den Standpunkt, daß die Dinge wesentlich reibungsloser verlaufen, wenn der Angeklagte bei der Verhandlung nicht anwesend ist. Ansonsten würde das Verfahren nur unnötig in die Länge gezogen werden.«

»Es liegt mir natürlich fern, die thallonianische Rechtsprechung in irgendeiner Weise zu behindern. Ich vermute, man hat mich für schuldig befunden.«

»Die Anklage lautete auf unerlaubtes Eindringen«,

erklärte der Wachmann und verschränkte die Arme. »Sie sind hier. Damit ist dieser Punkt eindeutig bewiesen. Darauf steht natürlich die Todesstrafe.«

»Natürlich. Ist es möglich, ein Gnadengesuch einzureichen?«

»Selbstverständlich. Das thallonianische Gesetz mag vielleicht streng sein, aber wir sind schließlich keine brutalen Barbaren. Die Anhörung Ihres Gnadengesuchs ist übrigens auf morgen angesetzt.«

»Aha.« Soleta nickte und fügte in zuversichtlichem Tonfall hinzu: »Sie werden bestimmt vorbeikommen und mir erzählen, wie es mir ergangen ist.«

Der Mann neigte leicht den Kopf und verließ dann den Raum. Die Tür fiel knallend hinter ihm ins Schloß.

Soleta drehte sich herum und starrte auf die Gestalt im Halbdunkel des Kerkers. »Wer sind Sie?«

Die Gestalt schwieg eine Weile. Als der Mann sprach, geschah es in ruhigem und gleichmäßigem Tonfall, in dem ein feiner Hauch von Ironie mitschwang. »Ich bin hier zu Gast, genauso wie Sie. Und Sie sind die berühmte ›Soleta‹, vermute ich.«

Sie gab sich keine Mühe, ihre Überraschung zu verbergen. »Woher wissen Sie das?«

»Ihr Ruf hat sich weit verbreitet. Offensichtlich sind Sie auf eine Weise mit dem Kanzler umgesprungen, die im krassen Widerspruch zu seiner Würde steht. Si Cwan hat die Geschichte jedem erzählt, der sie hören wollte. Er schien sich sehr über diese Gelegenheit gefreut zu haben, Kanzler Yoz – wie sagt man noch gleich? – einen Dämpfer zu verpassen.« Er hielt kurz inne. »Darf ich fragen, warum Sie hier sind?«

Sie seufzte. »Wissenschaftliche Neugier. Während meiner Irrfahrten habe ich einige recht merkwürdige Berichte über die Oberflächenstruktur von Thallon vernommen. Über einzigartige geophysikalische Hochenergiephänomene.«

»Sie sprachen von ›Irrfahrten‹, wenn ich Sie richtig verstanden habe.«

»Ja.«

Unter der weiten Kapuze schien der Mann den Kopf zu neigen. »Sie sind Vulkanierin. Vulkanier unternehmen für gewöhnlich keine ›Irrfahrten‹. Normalerweise geben sie ihrem Leben eine klarere Richtung.«

Sie schwieg einen Augenblick lang. »Ich bin keine ... reinrassige Vulkanierin. Mein Mutter stammt von Vulkan ... mein Vater dagegen war Romulaner.« Sie zuckte die Schultern, eine beiläufige menschliche Geste, die im Widerspruch zu ihrer äußeren Erscheinung stand. »Ich weiß gar nicht, warum ich Ihnen das erzähle. Vielleicht weil Sie vermutlich die letzte intelligente Lebensform sind, mit der ich ein einigermaßen normales Gespräch führen kann. Ich habe eigentlich nichts mehr zu verbergen.«

»In der Tat.« Er hielt wieder inne. »Sie sind sehr weit von Ihrer Heimat entfernt, Soleta.«

Sie hob eine Augenbraue und sagte traurig – beziehungsweise so traurig, wie sie empfinden konnte: »Ich habe keine Heimat. Früher war es vielleicht einmal Starfleet gewesen. Aber jetzt ...« Sie zuckte wieder die Schultern.

»Aha«, sagte der Neuankömmling.

»Was wollen Sie damit andeuten, wenn ich fragen darf?«

»Daß der Wachmann zurückkehrt. Genau, wie ich vermutet hatte.«

In der Stimme des Mannes lag eine Gewißheit, die für Soleta geradezu etwas Fesselndes hatte. Sie steckte zur Zeit in einer schweren Krise, was ihr Selbstbewußtsein betraf, und jemand, der so überlegen wirkte, offenbar alles unter Kontrolle hatte ... nun, von einem solchen Mann mußte sie einfach fasziniert sein. Und wirklich – kurz darauf öffnete sich die Tür, genau wie er gesagt hatte, und der Wachmann trat eilig ein. Er warf Soleta und ihrem Kerkergenossen einen kurzen Blick zu. Natürlich hatte sich keiner von beiden von der Stelle bewegt. Soleta war auf den Beinen, konnte dem Wachmann jedoch nicht das Geringste anhaben. Und der Neuankömmling saß mit solcher Gelassenheit auf dem Boden, daß es den Eindruck machte, als wäre er bereit, bis zum Ende aller Zeiten dort sitzen zu bleiben. Hastig blickte sich der Wachmann auf dem Boden um. Dabei kramte er gleichzeitig in den Taschen seiner Uniform.

»Gibt's ein Problem?« fragte Soleta, allerdings ohne allzu tiefes Mitgefühl.

»Das geht Sie überhaupt nichts an«, erwiderte der Wachmann schroff.

Darauf fragte der Neuankömmling, ohne seinen Platz auf dem Boden zu verlassen: »Suchen Sie zufällig das hier?«

Der Wachmann drehte sich zu ihm um und starrte ihn dann mit offenem Mund an. Denn der Gefangene hielt den elektronischen Schlüssel in der Hand. Das Vielzweckgerät, mit dem sich die Tür der Zelle öffnen ließ …

… genauso wie die Handfesseln der Gefangenen.

Der Wachmann hatte kaum genügend Zeit, diese neue Tatsache zu verarbeiten, als der Fremde auch schon auf den Beinen war. Es schien völlig unmöglich, daß sich jemand so schnell bewegen konnte. Eine, höchstens zwei Sekunden waren vergangen, seit der Wachmann sein Problem bemerkt hatte, als der Neuankömmling zur Tat schritt. Soleta hatte während dieses Zeitraums nicht ein einziges Mal geblinzelt. Ihr kam es vor, daß der Fremde sich nicht einmal mit besonderer Eile bewegte. Im einen Augenblick hatte er noch auf dem Boden gesessen, und im nächsten griff er bereits den Wachmann an. Seine Hand fuhr hoch, blitzschnell, und für einen Moment glaubte Soleta, daß er beabsichtigte, ihren Bewacher zu erdrosseln. Hätte er dies getan, hätte Soleta dem Wachmann nicht eine Träne nachgeweint. Natürlich hätte sie es lieber persönlich getan, aber es bereitete ihr keinen besonderen Kummer, daß jemand anderer ihr nun diese Aufgabe abnahm.

Doch der Wachmann starb nicht. Er reagierte auf die Berührung der Hand, die sich in seine rechte Schulter krallte, indem er den Kopf herumdrehte. Instinktiv riß er die Hände hoch, um den Angriff abzuwehren, doch als sich seine Finger um den Arm des Fremden krallten, war es bereits zu spät. Er verdrehte die Augen und sank dann zu Boden, ohne einen Laut von sich zu geben.

»Das war ein Nervengriff«, stellte Soleta fest.

Der Neuankömmling erwiderte nichts, sondern nahm statt dessen den elektronischen Schlüssel, den er sicher in der Hand verwahrt hatte, ging zu Soleta hinüber und öffnete ihre Fesseln. Sie rieb sich die Handgelenke. »Wer sind Sie?« wollte sie wissen.

Als er die Kapuze zurückwarf, blickte Soleta in die Augen eines Individuums, das man auf den ersten Blick für einen Thallonianer hätte halten können. Seine Haut besaß die dunkle, fast rötliche Färbung der Bewohner dieses Planeten, und seine Augenbrauen waren entsprechend wulstig. Sie blickte fragend auf sein langes Haar, worauf er es schweigend zurückstrich, bis die charakteristischen Spitzohren zum Vorschein kamen. Ein Vulkanier. Ein älterer Vulkanier, wie es schien. Sein Gesicht verriet, daß er nach einem langen Leben in der Galaxis Grund gehabt hätte, die Logik über Bord zu werfen und sich dem Chaos hinzugeben ... doch er hatte sich beharrlich geweigert, es zu tun.

»Die Hautfärbung ...« sagte sie.

»Reine Tarnung, um unter Thallonianern nicht aufzufallen«, sagte er. »Allerdings ... brachte mich Ihre Zwangslage in gewisse ethische Schwierigkeiten. Ich hätte meine Tarnung aufrechterhalten können ... um mich den Thallonianern nicht zu offenbaren ... aber dazu hätte ich Ihr Ableben in Kauf nehmen müssen. Die Sicherheit in den Kerkern ist äußerst effektiv. Mich ebenfalls als unbefugter Eindringling auf Thallon zu enttarnen, war die einzige Methode, um in Ihre Nähe zu gelangen, damit ich Ihnen behilflich sein kann.«

»Wie ist Ihr Name?«

»Ich bin Spock«, sagte er.

Sie starrte ihn entgeistert an, und ihre Unfähigkeit, ihr Erstaunen zu verbergen, war ein deutlicher Hinweis auf ihre gemischte Herkunft. Ein reinrassiger Vulkanier hätte sich mit einer fragend erhobenen Augenbraue begnügt. »Doch nicht ... *der* Spock. Captain Kirks Spock?«

Und nun war er es, der eine Augenbraue hob, was gleichermaßen sein Interesse wie seine Amüsement zum Ausdruck brachte. »Ich war mir nicht bewußt, daß ich als sein Eigentum betrachtet werde.«

»Entschuldigung. So habe ich das nicht gemeint.«

»Ihre Entschuldigung, die zweifellos aufrichtig gemeint ist, ist gleichzeitig unnötig und ohne Belang.« Er blickte sich um. »Es gibt keinen logischen Grund für uns, länger an diesem Ort zu bleiben. Ich schlage vor, daß wir uns von hier entfernen.«

Sie nickte eifrig. »Sie gehen voraus.«

»Natürlich.«

Sie verließen eilig den Kerker und hielten nur kurz inne, um die Tür hinter sich zu verschließen. Der Wachmann lag immer noch bewußtlos am Boden.

Sie machten sich vorsichtig auf den Weg durch den Korridor. Aus großer Ferne waren immer noch die Begleitgeräusche einer Feier zu hören. Die Party war offensichtlich in vollem Gange. Da niemand in der Nähe war, konnte Soleta sich ein leises Flüstern erlauben.

»Ich habe viele Ihrer Abenteuer studiert, damals an der Akademie. Es ... fällt mir schwer zu glauben, daß alles genauso geschehen ist, wie man es uns erzählt hat.«

Er blieb kurz stehen und lehnte sich mit dem Rücken gegen die Wand des Korridors. »Sie tun besser daran, nicht alles zu glauben«, sagte er.

»Wollen Sie damit sagen, daß diese Dinge gar nicht geschehen sind?«

»Doch, sie sind geschehen. Aber wenn es Ihnen das Leben erleichtert, nicht daran zu glauben, dann tun Sie es. Für mich spielt es keine Rolle. Die Details unserer Abreise sind im Augenblick von wesentlich größerer Bedeutung.« Er setzte sich wieder in Bewegung und winkte ihr, ihm zu folgen.

»Sie deuteten an, die Kerker seien äußerst gut bewacht.«

»Wenn man hineinkommt, ja. Den umgekehrten Weg zu gehen, könnte sich als etwas einfacher erweisen.«

Spocks Theorie wurde bestätigt. In gewissen Abständen gab es immer wieder Wachposten, aber die Aufseher waren nachlässig geworden. Es hatte seit vielen Jahren keine Ausbrüche aus den Kerkern gegeben, so daß auch jetzt niemand damit rechnete. Zusätzlich stellten die Geräusche der nicht allzuweit entfernt stattfindenden Party eine Art akustische Verlockung dar. Die Wachen hörten das Gelächter und die sonstigen Laute der Fröhlichkeit – und besonders ablenkend mußte auf sie das gelegentliche perlende Lachen der weiblichen Gäste wirken. So war es kein Wunder, daß ihre Aufmerksamkeit weniger ihrer tristen Umgebung galt.

Diese Ablenkung erwies sich als fatal, da Spock und Soleta keine Probleme hatten, sich von hinten anzuschleichen und die Wachen auszuschalten. Spock mußte im stillen Soletas ausgefeilte Technik bewundern. Sie bewegte sich so leise, als würden ihre Füße gar nicht den Boden berühren. Ihre Beherrschung des Nervengriffs war nicht ganz so sicher und elegant. Spock hatte diese Fähigkeit verfeinert, so daß bereits eine leichte Berührung mit den Fingern an der entscheidenden Stelle genügte, um sein Opfer aus dem Verkehr zu ziehen. Soleta dagegen packte sich ihre Opfer geradezu mit einer ungezähmten Wildheit. Sie schien gar nicht daran interessiert zu sein, eine behutsamere oder geschicktere Anwendung des Nervengriffs zu erlernen. Irgendwann bemerkte sie, daß Spock sie beobachtete.

»Gibt's ein Problem?« fragte sie.

»Erweitern Sie den Abstand ihrer mittleren Finger um null Komma fünf Zentimeter«, sagte er. »Dann werden Sie feststellen, daß die Bewußtlosigkeit exakt null Komma acht Sekunden früher beim Betroffenen eintritt.«

Als sie um eine Ecke bogen, standen sie plötzlich frontal einem Wachmann gegenüber. Er öffnete den Mund, um einen Alarmruf auszustoßen. Soletas rechter Arm stieß vor, so schnell, daß er nur noch ein verwischter Schemen war. Ihre Hand traf zielsicher den Unterkiefer des Wachmanns, der mit einem lauten Knacken zerbrach, das durch den Korridor hallte. Er sackte bewußtlos zusammen und spürte schon nicht mehr, wie er den Boden erreichte.

»Selbstredend«, fuhr Spock fort, als hätte es keinerlei Unterbrechung gegeben, »hat gelegentlich auch brutale Gewalt etwas für sich.«

»Danke«, sagte sie und war bereits damit beschäftigt, den Wachmann um seinen Disruptor zu erleichtern. Da sie bereits einem anderen Opfer eine solche Waffe abgenommen hatte, reichte sie diese an Spock weiter. Er nahm sie an sich und betrachtete sie mit einer Art abstraktem Widerwillen ... als könne er keinen Nutzen darin erkennen, wenngleich er auch keinen Grund sah, sie einfach fortzuwerfen. Er versteckte sie irgendwo unter dem Stoff seines Gewandes. »Was machen Sie hier?« nutzte sie die kurze Kampfpause zu einer Frage. »Sie sind doch jetzt Botschafter, aber die Föderation unterhält keine diplomatischen Beziehungen zu Thallon. Hier gibt es überhaupt keine Diplomaten. Warum sind Sie also hier?«

»In letzter Zeit habe ich mich darauf verlegt, in genau dieser Art von Fällen aktiv zu werden – wenn es keine diplomatischen Beziehungen gibt«, erklärte er. »Wenn die Föderation nicht präsent ist, heißt das nicht, daß sie kein Interesse hat. Und für die Föderation ist das Thallonianische Imperium ... von einigem Interesse. Es gab viele Gerüchte und Andeutungen. Man war der Ansicht, daß es nützlich sei, wenn jemand, der sich als Thallonianer tarnen kann, das Territorium erkundet.«

»Also sind Sie ein Spion«, sagte Soleta.

»Ganz und gar nicht. Ich bin lediglich im Auftrag einer nicht ortsansässigen Regierung hier und habe eine andere Identität angenommen, um heimlich auf ansonsten unzugängliches Territorium zu gelangen, zum Zweck der diskreten Sammlung von Information, die für meine Vorgesetzten von Interesse sein könnten.«

»Also sind Sie ein Spion«, wiederholte Soleta.

Er betrachtete sie ruhig. »Wenn ich ein Spion wäre«, erwiderte er ebenso ruhig, »würden Sie sich immer noch in Ihrer Zelle befinden, da es ein äußerst unlogisches Verhalten wäre, meine Mission dadurch zu gefährden, ein alleinstehendes weibliches Individuum zu retten, das nur durch eigene Nachlässigkeit in Schwierigkeiten geraten ist.«

»Also gut«, sagte sie seufzend. »Dieser Punkt geht an Sie. Und wie kommen wir jetzt von Thallon fort?«

»Ich habe eine Transportmöglichkeit arrangiert.«

»Was für eine?«

»Eine schnelle.«

Sie erkannte, daß er nicht die Absicht hegte, sich in Einzelheiten zu ergehen. Sollte der bedauernswerte Fall eintreten, daß Soleta wieder in Gefangenschaft geriet, wollte er nicht riskieren, daß sie möglicherweise gezwungen würde, ihren Häschern Informationen über diesen Fluchtweg zu geben. Sie nickte und akzeptierte die Kürze seiner Antwort, ohne die Frage weiter zu verfolgen.

Als sie sich immer weiter vom Gefängnistrakt entfernten, war Soleta aufs neue vom Pomp ihrer Umgebung beeindruckt. Die Königsfamilie von Thallon stellte auf jedem Quadratzentimeter die Klischees einer herrschenden Oberschicht zur Schau. An den Wänden hingen Gobelins, uralte Töpferwaren standen in Nischen, eine Sammlung von Stühlen säumte die Wände, damit anscheinend jeder erschöpfte Passant seine müden Füße ausruhen konnte, nachdem er einen ausgiebigen Streifzug durch das Schloß gemacht hatte.

Der Lärm der Party war jetzt ohrenbetäubend, und Soleta fragte sich vorübergehend, ob Spock den Verstand verloren hatte. Hatte er die Absicht, unverfroren in die Feierlichkeiten hineinzumarschieren? Ein solches Vorhaben hätte eine Kühnheit, die schon wieder verlockend war. Es würde bedeuten, daß er sich verstecken wollte, indem er gänzlich sichtbar blieb. Eine gerissene Strategie, die vielleicht sogar funktionierte.

Höchstwahrscheinlich aber nicht.

Doch es wurde alsbald klar, daß er keineswegs eine derartige Absicht verfolgte. Sie kamen an eine Kreuzung zweier Korridore, und Spock gab ihr mit einem Wink zu verstehen, daß sie in seiner Nähe bleiben sollte, als er dort abbog. Sie bemühte sich, nicht den Anschluß zu verlieren.

Und dann trat Si Cwan um die Ecke.

Spock und Soleta blieben wie angewurzelt stehen.

Si Cwan tat genau das gleiche. Cwan war anders als zuvor gekleidet. In der Wüste hatte er lederne Reitkleidung getragen, doch hier hatte er verschwenderische, prächtig gemusterte Gewänder angelegt. Von seiner Schulter floß ein langer Umhang, und an seiner Hüfte hing unübersehbar ein Disruptor.

Soleta wartete nicht ab, bis er ihn zog. Statt dessen hob sie eine der gestohlenen Waffen und richtete sie genau auf Si Cwan. »Keine Bewegung, sonst drücke ich ab«, sagte sie schroff.

»Meinen Sie das ernst?« fragte er mit ungeheuchelter Belustigung.

Sein Tonfall ärgerte sie, was genau der Vorwand war, den sie noch benötigte. Sie drückte auf den Auslöser.

Nichts geschah.

Sie blickte verwirrt auf die Ladungsanzeige des Disruptors. Demnach verfügte die Waffe über volle Energie.

Als könnte er ihre Gedanken lesen, sagte Cwan ruhig: »Sie sind genetisch auf ihren Besitzer abgestimmt. Für den Fall, daß es zu einer Situation wie dieser kommt.«

Das bedeutete natürlich, daß Si Cwans Waffe uneingeschränkt einsatzfähig war. Und es stand außer Frage, daß er seinen Disruptor ziehen und abfeuern konnte. Spock und Soleta waren zu weit von ihm entfernt, um ihn auf irgendeine Weise daran hindern zu können.

Er hatte sie eiskalt erwischt. Sie wußten es, er wußte es, und er wußte, daß sie es wußten.

Trotzdem blieb Spock so ruhig, daß man hätte meinen können, er wäre es, der in dieser Situation die Oberhand hatte. »Durch die Fortsetzung unserer Gefangenschaft erreichen Sie nicht das geringste«, teilte er Si Cwan mit. »Sie wären gut beraten, uns ohne weiteren Aufschub freizulassen, damit wir von hier verschwinden können.«

»Tatsächlich?« fragte Si Cwan. »Ich bezweifle, daß der Kanzler derselben Meinung wäre.«

Bevor Spock etwas erwidern konnte, richtete Soleta sich zu ihrer vollen Größe auf (womit sie immer noch einen Kopf kleiner als Si Cwan war). »Sie sollten wissen«, sagte sie trotzig, »daß ich nicht sehr viel von Ihrer sogenannten Zivilisation halte. Ihre Xenophobie und Ihr Kontrollbedürfnis werden sich letztlich als selbstzerstörerisch erweisen.«

»Soleta!« sagte Spock warnend.

Doch sie hörte nicht auf ihn. »Ich glaube, daß Ihre Gesellschaft innerhalb der nächsten zwanzig Jahre zerbrechen wird«, fuhr sie fort. »Die Daten, die ich über die äußeren Welten Ihres Imperiums gesammelt habe, lassen nur den Schluß zu, daß es nicht mehr lange aus eigener Kraft überleben kann. Machen Sie mit uns, was Sie wollen. Geben Sie Alarm, oder schießen Sie uns meinetwegen nieder. Aber seien Sie sich bewußt, daß Ihr Niedergang früher oder später eintreten wird.«

Si Cwan betrachtete sie mit unverhohlenem Interesse. Sie war sich nicht sicher, aber für einen kurzen Moment schien es, als wollten sich seine Mundwinkel nach oben ziehen. Dann näherte sich seine Hand dem Disruptor, und Soleta und Spock machten sich auf das Schlimmste gefaßt. Sie nahmen Blickkontakt auf, und mit einer beinahe unmerklichen Kopfbewegung gab Spock ihr zu verstehen, daß sie nach links ausweichen sollte, wenn Cwan schoß, während Spock sich den Fluchtweg zur rechten Seite vorbehielt. Vielleicht konnte auf diese Weise verhindert werden, daß sie beide getroffen wurden, so daß wieder Hoffnung auf eine Rettung aus der Situation bestand.

Dann bewegte sich Si Cwans Hand an der Waffe vorbei und verschwand in einer Hosentasche. Er holte etwas hervor und öffnete dann die Faust. Soleta starrte verblüfft auf ihre UMUK-Nadel in Cwans Hand.

»Meine Schwester hat Ihnen das hier abgenommen, ohne daß ich davon wußte«, sagte Si Cwan. »Ich teilte ihr mit, daß Diebstahl kein angemessenes Verhalten für eine Prinzessin sei, und wollte Sie soeben aufsuchen, um sie Ihnen zurückzugeben. Danke, daß sie meinen Weg abgekürzt haben.« Mit einer knappen Drehung des Handgelenks warf er ihr die UMUK-Nadel zu.

Soleta fing sie mühelos auf und betrachtete sie, ohne ihre Überraschung zu verbergen. »Ich hatte nicht erwartet, sie jemals zurückzubekommen.«

»Das Leben entspricht nicht unseren Erwartungen. Das einzige, was wir erwarten können, ist der Tod. Das Leben ist eine ständige Überraschung.«

Soleta versuchte ihre Lage einzuschätzen und nahm eine defensive Haltung ein. Ihre Arme waren angewinkelt, ihre Beine leicht gespreizt und alle ihre Muskeln angespannt. Spock, der immer noch neben ihr stand, blickte sie verblüfft an – soweit er zu einer verblüfften Reaktion imstande war. »Was machen Sie da?«

»Falls er beabsichtigt, uns mit den Händen anzugreifen ...«

Diese Antwort löste bei Si Cwan einen Lachanfall aus. »Auch wenn ein kleines Kräftemessen durchaus verlockend klingt, so halte ich es doch für reichlich überflüssig.« Dann zeigte er nach links. »Gehen Sie!«

Soleta neigte leicht den Kopf zur Seite. »Wie bitte?«

»Gehen Sie. Verschwinden Sie. Meines Wissens ist der Weg frei. Machen Sie sich aus dem Staub.« Er hielt inne und fügte mit kaum verhohlener Belustigung hinzu: »Es sei denn, Sie bestehen darauf, daß ich versuche, Sie aufzuhalten.«

»Das wäre völlig unnötig«, sagte Spock schnell. Er legte eine Hand auf Soletas Schulter und führte sie dann an Si Cwan vorbei, der mit verschränkten Armen zur Seite trat.

Als sie durch den Korridor weitergingen, rief er

ihnen hinterher. »Warten Sie!« Sie drehten sich um, worauf Si Cwan seinen Umhang abnahm und ihn Soleta zuwarf. Sie fing ihn instinktiv auf und betrachtete verständnislos zunächst das Kleidungsstück, dann den Mann. Er deutete mit einer Geste an, daß sie es umlegen und sich wie eine Kapuze über den Kopf ziehen sollte. »Das wird ihre Abreise erleichtern«, sagte er.

Soleta konnte ihre Neugier nicht im Zaum halten. »Warum?« wollte sie von ihm wissen. »Warum helfen Sie uns?«

Er lächelte. »Typisch Wissenschaftler! Sie können nichts als selbstverständlich hinnehmen, Sie wollen für alles eine Erklärung haben, selbst für eine glückliche Fügung.« Er rieb sich nachdenklich das Kinn. »Es wird den Kanzler ärgern. Das ist mein Beweggrund. Ich hoffe, daß es genügt. Jetzt gehen Sie … bevor ich es mir anders überlege.«

Sie warteten nicht ab, ob er es tat. Nach wenigen Minuten befanden sie sich außerhalb des Palastes. Die Handvoll Wachleute, an denen sie vorbeikamen, machten keinen Versuch, sie aufzuhalten. Es war durchaus möglich, daß sie einfach nicht erkannten, daß es sich bei ihnen um die entflohenen Gefangen handelte. Andererseits war es natürlich denkbar, daß Si Cwan ihnen auf irgendeine Weise den Weg freigemacht hatte. Spock und Soleta verspürten jedenfalls keine Neigung, den Gang der Ereignisse in Frage stellen zu wollen.

Sie bewegten sich mit schnellen Schritten weiter, bis sie eine sichere Distanz zwischen sich und den Palast gebracht hatten. Schließlich ging Spock ein klein wenig langsamer. »Das war eine überraschende Wendung«, sagte Soleta zu ihm.

»Als ich noch in Captain Kirks ›Besitz‹ war, waren derartige überraschende Wendungen gewissermaßen Routine.«

Sie zuckte leicht zusammen. »Es tut mir leid, daß ich ...«

»Eine Entschuldigung ist ...«

»... unnötig und ohne Belang, ja, ich weiß«. Soleta seufzte. »Wie verlassen wir jetzt diesen Planeten?«

»Ich habe etwas arrangiert. Ein privates Raumschiff, offiziell ein Frachter, der zwischen den Welten des Thallonianischen Imperiums kreuzt. Dieses Transportmittel ist geeignet, uns an Grenzkontrollen vorbeizuschleusen. Der Captain des Frachters wird uns in Kürze treffen und von der Planetenoberfläche fortbringen.«

Sie drehte sich zu ihm um. »Botschafter Spock ... ich möchte Ihnen danken. Ich weiß nicht, ob ein Dank unter dieselbe Kategorie wie eine Entschuldigung fällt, aber ...«

»Es ist mir ...« Er hielt inne, während er nach dem passenden Ausdruck suchte. » ... ein Vergnügen.«

III.

Si Cwan stand am Fenster eines hohen Turms und sah ihnen nach. Er hatte außergewöhnlich scharfe Augen, so daß er sie selbst aus dieser Entfernung erkennen konnte.

Schon sehr bald würde man die bewußtlosen Wachen entdecken. Si Cwan empfand ihretwegen kein Mitleid. Wenn sie so nachlässig geworden waren, daß es zwei Gefangenen gelang, sie außer Gefecht zu setzen, dann hatten sie es nicht verdient, bei Bewußtsein zu bleiben. Wahrscheinlich hatten sie es nicht einmal verdient, ihre Arbeit zu behalten. Er würde ernsthaft darüber nachdenken, ob er sämtliche Wachleute feuern und durch geeignetere Kräfte ersetzen sollte.

Obwohl er es nur ungern zugab, verspürte er andererseits eine gewisse Mitverantwortung für die Unfähigkeit seiner Wachen, die Gefangenen in Gefangenschaft zu halten. Doch wenn Ihnen das gelungen wäre, hätte Si Cwan sich schließlich nicht das Vergnügen gönnen können, sie gehen zu lassen.

Warum hatte er sie gehen lassen? Er wußte es nicht genau. Vielleicht war es wirklich aus dem Grund geschehen, den er angegeben hatte, denn er war tatsächlich kein großer Anhänger des Kanzlers.

Vielleicht wollte er sich auch nur für das Gelächter erkenntlich zeigen, das Soleta bei Kally ausgelöst hatte. Als Soleta das Reittier des Kanzlers niedergestreckt hatte, hatte Kally auf eine Weise gelacht, wie es das sehr ernsthafte Mädchen nur äußerst selten tat.

Si Cwan hörte sie nicht oft genug lachen. Ja, vielleicht war das der eigentliche Grund.

Trotzdem hatte die ganze Angelegenheit einen düsteren Aspekt: die Prophezeiung der Frau, daß ihre Gesellschaft zusammenbrechen würde. Von wie vielen Jahren hatte sie gesprochen? Zwanzig? Dieser Punkt stimmte ihn nicht besonders optimistisch. Ganz im Gegenteil.

Aber es war schließlich nur eine Spekulation. Und eine nicht besonders wahrscheinliche Spekulation obendrein.

Als sich etwas an seiner Seite rührte, blickte er sich um. »Kleine Schwester«, sagte er. »Was machst du hier?«

Kally zerrte an seinem Gewand. »Alle Gäste der Party fragen sich, wo du steckst, Si Cwan.«

Er verbeugte sich, so tief, daß seine Stirn beinahe den Boden berührte. »Ich habe nur auf die Ehre gewartet, dich zurückgeleiten zu dürfen.«

Sie nahm seinen angebotenen Arm, und als sie durch den Korridor zum Fest zurückgingen, fragte sie: »Wo ist dein Umhang?«

Er lächelte, als er sich Soletas Gesicht vorstellte, und sagte: »Ich habe ihn … einem guten Freund gegeben.«

ZWEI JAHRE ZUVOR …

SELAR

Selar konnte sich kaum an Einzelheiten ihrer Reise von der *Enterprise* nach Vulkan erinnern. Denn ihre gesamte Aufmerksamkeit wurde von den Vorgängen in ihrem Innern in Anspruch genommen. Sie nahm nichts wahr außer den Trieben, die durch ihren Körper tobten, den Instinkten, die sie nach Hause drängten, so schnell das Schiff sie befördern konnte.

Sie fühlte sich, als wäre ihr Gehirn in zwei Hälften geteilt, als würde ein Teil von ihr den anderen mit einer Art distanzierter Faszination beobachten. Das ruhige, gelassene und emotionslose Urteilsvermögen, das sie in die Lage versetzt hatte, so viele Individuen mit klinischer Effizienz zu diagnostizieren, richtete sich nun auf ihren eigenen mentalen Zustand. *So ist es also, wenn man dem Pon Farr unterliegt,* überlegte die vulkanische Ärztin. *Ein ... höchst interessantes Phänomen. Beschleunigte Pulsfrequenz, ungleichmäßige Atmung, ein seltsames Pochen, das alle anderen Sinneswahrnehmungen auszublenden scheint. Es ist mir nahezu unmöglich, irgendeinen Gedanken zu verfolgen, der sich nicht mit der Paarung befaßt.*

Natürlich kannte sie den vulkanischen Paarungstrieb und hatte auch schon betroffene Individuen beobachtet. Aber Selar hatte sich immer vorgestellt, daß sie selbst nicht so nachhaltig von diesem Urtrieb beeinflußt werden würde. Das war sogar ein recht weit verbreiteter Glaube (manche würden von einem Irrglauben sprechen) unter Vulkaniern. Sie waren so stolz auf ihre Disziplin und Logik und bildeten sich soviel darauf ein, daß es ihnen trotz ihres Wissens über die biologischen Tatsachen sehr schwerfiel, das *Pon Farr* intellektuell zu akzeptieren. Das Problem bestand natürlich darin, daß das *Pon Farr* zu Logik und Intellektualität in krassem Gegensatz stand.

So kam es, daß Selar es nicht hatte wahrhaben wollen, als die ersten Stadien des *Pon Farr* eingesetzt hatten. »Der Arzt kann sich selbst heilen«, lautete ein durchaus vernünftiges Axiom, aber in Wahrheit war ein Arzt häufig nicht in der besten Position, um zu beurteilen, was in seinem eigenen Körper vor sich ging. Und genau das traf eindeutig auf Selar zu.

Der Zeitpunkt war äußerst ungünstig. Sie war ihren Pflichten an Bord der *Enterprise* gerne nachgekommen und hatte sich auf die vielen Herausforderungen gefreut, die ihre Stellung in der medizinischen Abteilung mit sich brachten. Aber ihre Biologie ließ sich nicht verleugnen. Am schwierigsten war es gewesen, Beverly Crusher gegenüber nicht völlig aufrichtig zu sein. Sie hatte zwar nicht direkt gelogen, sondern lediglich zu Crusher gesagt, daß sie gewisse Verpflichtungen auf Vulkan hätte, die sie nicht vernachlässigen konnte, und daß sie deshalb einen längeren Urlaub nehmen müßte. Obwohl sie als Ärztinnen unter sich gewesen waren, hatte sich Selar nicht dazu durchringen können, solche privaten Dinge mit einer Nicht-Vulkanierin zu besprechen. So etwas tat man einfach nicht.

Natürlich war Crusher nicht dumm. Es war durchaus möglich, daß Beverly genau wußte, was los war. Aber wenn das der Fall war, dann hatte sie Selars Privatsphäre respektiert und keine weiteren Fragen gestellt.

Also war es kein Problem gewesen, Urlaub zu bekommen und eine Transportmöglichkeit nach Vulkan zu organisieren.

Es gab allerdings ein anderes Problem, und das hieß

Voltak. Voltak war ihr Gatte, ihr Partner. Und sie konnte sich nur noch sehr vage an Voltak erinnern.

Trotz ihres Triebes, trotz ihrer Begierde gab es etwas im Kern des *Pon Farr*, das für sie äußerst entmutigend war, und dabei handelte es sich im wesentlichen um Angst. Nie zuvor in ihrem Leben hatte Dr. Selar sich so verletzlich gefühlt. Um genau zu sein, hatte sie sich überhaupt noch nie verletzlich gefühlt. Sie war immer begabt, kompetent und bestens qualifiziert gewesen. Doch nachdem nun ihr Innerstes entblößt war, so daß alle Welt es sehen konnte, wie sie glaubte, wurde sie dazu getrieben, sich mit jemandem zu paaren, den sie kaum kannte. Sicher, sie hatten eine Korrespondenz aufrechterhalten, soweit ihre und seine Arbeitsbelastung dies ermöglicht hatte, denn Voltak hatte genauso wie sie ein eigenes Leben und eigene Aufgaben. Voltak war Archäologe und führte an den unterschiedlichsten Orten seine Ausgrabungen durch, häufig an solchen, wo Kommunikationsmöglichkeiten nicht gerade zu den Selbstverständlichkeiten gehörten.

Es war eine kindische und naive Einstellung, aber Selar hatte trotzdem den Eindruck, daß die ganze Situation irgendwie ungerecht war. Sie lebte als Individualistin, genauso wie die meisten Vulkanier, und jetzt sollte sie ihre Individualität aufgeben, mußte sie auf Distanz und Privatsphäre verzichten und sich völlig einem männlichen Wesen offenbaren, das für sie bestenfalls ein entfernter Bekannter war.

Und das machte ihr angst. Angst war etwas, mit dem sie recht mühelos zurechtkam, wenn sie sich in ihrem normalen Geisteszustand befand. Doch in ihrer jetzigen Verfassung gelang es ihr nicht, selbst die flüchtigsten Emotionen zu bewältigen, ganz zu schweigen von der Empfindung namenlosen Entsetzens.

Die folgenden Stunden waren für sie nur ein verschwommenes Etwas, ein rötlicher Nebel. Am Raumhafen wurde sie von Giniv abgeholt, einer alten Freundin, die für sie sozusagen die Funktion der »Brautjungfer« übernommen hatte. Giniv begleitete sie zu einem großen Saal. Wie es die Tradition verlangte, waren ihre Eltern nicht anwesend. Man erachtete es als unangemessen, wenn Eltern ihre Kinder in jener Phase zu Gesicht bekamen, in der sie ihre nackte, entfesselte Sexualität austobten.

Sie spürte ihn, noch bevor sie ihn sah. Sie drehte sich um und erkannte, daß Voltak durch den hinteren Eingang des Raumes eintrat.

Voltak war groß und stark, und obwohl er gleichermaßen unter dem Einfluß des *Pon Farr* stand, gelang es ihm, bis zu einem gewissen Grad die Haltung zu bewahren. Etwas Intensives strahlte von ihm aus, das sie wie ein Leuchtfeuer anzog. Es war ihr nicht nur unmöglich, dem zu widerstehen, sondern sie hatte auch gar nicht den Wunsch, es zu tun. Ihre gesamte Begierde galt ihm, nur noch ihm.

»Voltak«, sagte sie mit tiefer und voller Stimme. »Ich wurde gerufen. Ich bin gekommen.«

Als sie in seine Augen sah, erkannte sie zu ihrer Verblüffung, daß er sich vor ihrer Begegnung mit ähnlichen Zweifeln wie sie herumgeschlagen hatte. Seltsamerweise war es ihr niemals in den Sinn gekommen, daß ein Mann von ähnlichen Sorgen bewegt werden könnte. Aber es war keineswegs undenkbar. Voltak war mindestens genauso stolz und selbstbewußt wie Selar und damit für die gleichen Befürchtungen anfällig.

Diese Befürchtungen verflüchtigten sich in dem Moment, als sie sich gegenseitig in die Augen blickten. Sie waren im zartesten Kindesalter miteinander verbunden worden, so daß sie beide sich gar nicht mehr an die Zeremonie erinnern konnten. Doch nun kehrte die Erinnerung schlagartig zurück, als die Verbindung, die vor vielen Jahren zwischen ihnen geschmiedet worden war, auf einmal ihre volle Kraft entfaltete.

Selar liebte ihn. Sie liebte ihn, sie begehrte ihn, sie brauchte ihn. Ihr Leben wäre ohne ihn nicht mehr vollständig. Sie wußte nicht, ob diese Gefühle aufrichtig oder nur auf die Hitze des *Pon Farr* zurückzuführen waren. Doch letztlich war es ihr gleichgültig. Sie wollte nur noch Voltaks Körper an ihrem spüren, damit sie sich vereinigen und paaren konnten, um die Pflichten zu erfüllen, die ihr Volk und ihre Biologie ihnen auferlegt hatten.

Die Angst war vergessen. Nur noch Begierde und Sehnsucht waren übrig. Warum? Weil es die einzig logische Konsequenz war.

Der Ort der Verbindung wurde schon seit vielen Generationen von Voltaks Familie benutzt. Immer wenn jemand aus seiner Verwandtschaft einen Partner nahm, wurde die Verbindung hier vollzogen.

Der Raum war kunstvoll und verschwenderisch ausgestattet – im krassen Gegensatz zur normalerweise recht spartanischen Einrichtung eines typischen vulkanischen Domizils. Die Beleuchtung war schwach und die Temperatur gemäßigt. Es gab hier nichts, was ihnen Unbehagen verursachen und sie voneinander ablenken könnte. Wenn man jedoch ihren mentalen und physischen Zustand berücksichtigte, wäre mindestens eine heftige Phasersalve nötig gewesen, um sie zu bewegen, sich voneinander loszureißen.

Voltak zerrte Selar in den Raum und schloß die schwere Tür. Sie standen eine Weile ein Stück voneinander entfernt da und versuchten sich auf etwas anderes als den Trieb zu konzentrieren, der sie beide beherrschte. Allerdings konnte sich keiner von ihnen einen Grund vorstellen, warum sie sich für irgend etwas anderes als genau das interessieren sollten.

»Wir sind keine Tiere«, brachte Selar mühsam hervor. »Wir sind … intelligente, vernünftige Lebewesen.«

»Ja«, pflichtete Voltak ihr ohne Zögern bei. Dann zögerte er. »Was willst du damit sagen …?«

»Ich will damit sagen …« begann sie und versuchte sich zu erinnern, was sie hatte ausdrücken wollen. Es fiel ihr nicht sofort ein. »Ja, richtig. Ich will sagen, daß wir nicht einfach unserem Paarungstrieb nachgeben sollten. Statt dessen könnten wir zuerst … reden.«

»Ja, völlig richtig … Damit habe ich keine Probleme.« In Wirklichkeit machte Voltak allerdings den Eindruck, als wollte er ungeduldig mit den Füßen scharren. Doch dann riß er sich zusammen und konzentrierte sich auf seine vulkanische Ruhe und Selbstbeherrschung. »Worüber wollen wir reden?«

»Wir sollten über Dinge von intellektuellem Interesse reden. Und während wir das tun, können wir uns … auf den körperlichen Aspekt unserer Beziehung vorbereiten … auf besonnene und reife Weise.«

»Das klingt sehr vernünftig, Selar.«

Sie setzten sich aufs Bett, und Voltak hob zwei Finger. Selar erwiderte die Geste und berührte seine Finger mit den ihren.

Diese Berührung war eine so einfache Sache. Und doch fühlte es sich an, als wäre ein starker elektrischer Funke zwischen ihnen übergesprungen. Selar hatte Mühe, ihren Atem unter Kontrolle zu halten. Sie durfte sich nicht dem Wahnsinn ergeben. Sie war ein intelligentes Lebewesen, eine ernste und nüchterne Persönlichkeit. Es war unfaßbar, daß irgendein urtümlicher Paarungstrieb sie all dessen berauben sollte, was sie einzigartig machte. Es war … einfach unlogisch.

»Gut … sag mir, Selar, ob du der Ansicht bist«, begann Voltak, der soviel ruhiger als Selar wirkte, »daß deine … medizinischen Fähigkeiten in deiner Position an Bord der *Enterprise* ausreichend gefordert werden?

Oder meinst du, daß du … der Allgemeinheit einen größeren Dienst hättest erweisen können … wenn du in der Forschung geblieben wärst, wie es ursprünglich deine Absicht war, soweit mir bekannt ist.«

Selar nickte, während sie sich zu erinnern versuchte, wie die eigentliche Frage lautete. »Ja, ich denke, die Arbeit … füllt mich aus. Ich habe … die richtige Entscheidung getroffen.« Ihre Finger lösten sich langsam von den seinen und berührten dann sein ausgeprägtes Kinn. »Und … du hast … früher davon gesprochen, eines Tages an die Universität zu gehen … doch nun bist du bei der Feldarbeit geblieben.«

Er streichelte die Wölbung ihres Ohres, während er mit fester Stimme antwortete – was ihn jedoch einige Mühe zu kosten schien. »Andere in einer Disziplin zu unterweisen, die mir … am meisten Befriedigung verschafft, wenn ich sie selbst ausübe … erschien mir als unlogisch.« Er hielt inne. »Selar?« sagte er dann.

Mit tiefer und kehliger Stimme antwortete sie: »Ja?«

»Ich verspüre den Wunsch … nicht mehr zu reden.«

»Das wäre für mich … akzeptabel.«

Innerhalb weniger Augenblicke – wobei sie größte Effizienz und Ordentlichkeit an den Tag legten – waren sie nackt. Er zog sie an sich und berührte mit seinen Fingern ihre Schläfen. Sie berührte ihn ebenfalls, worauf sich eine geistige Verbindung zwischen ihnen aufbaute.

Im alltäglichen Leben der Vulkanier herrschte tiefe Kälte und große Distanz. Die vulkanische Mentalverschmelzung jedoch war die Antithese zur Isolation, die durch die vielgerühmte vulkanische Logik gewährleistet wurde. Es war, als hätten Natur und Evolution die telepathischen Fähigkeiten der Vulkanier verstärkt, um einen Ausgleich für die Distanz des täglichen Lebens zu schaffen. So zurückhaltend und reserviert sie sich normalerweise verhielten, die Verschmelzung erlaubte es ihnen, ihre Schilde und Panzer in einem viel stärkeren Ausmaß zu durchdringen, als es anderen Spezies möglich war. Damit waren die Vulkanier eine paradoxe Kombination aus Unnahbarkeit und Intimität.

Und es gab keine größere Intimität als zwischen einem Paar, das zur Vereinigung bereit war.

Sie sondierten sich gegenseitig, prüften ihre Stärken und Schwächen. Voltak spürte Selars tiefes Mitgefühl, ihre Sorge um alle Lebewesen, die hinter einer Maske aus vulkanischer Nüchternheit versteckt war, und ließ sie in sein Herz fließen. Selar kostete Voltaks Gründlichkeit und Hingabe, sein Verständnis und seine Begeisterung für die Vergangenheit und ihre möglichen Auswirkungen auf die Zukunft, und sie war stolz auf ihn.

Und dann ging ihre geistige Verbindung weit über eine bloße Berührung hinaus, sie wurde immer tiefer, und während sich ihre Körper vereinigten, verschmolzen ihre Seelen zu einem Geist, zu einem Intellekt. Selar nahm sie beide als ineinander verschlungenes Bündel wahr; es war nicht mehr zu unterscheiden, wo sie aufhörte und er begann. Ihr Atem ging in kurzen Stößen, ihr Bewußtsein und ihre Kontrolle verflüchtigten sich, als sie zuließ, sich völlig von der Freude ihrer Vereinigung überwältigen zu lassen ... der Freude und Ekstase und Hitze, der Hitze, die sich in ihren Lenden konzentrierte, ihrem Brustkorb ...

... ihrem Brustkorb ...

... und die Hitze brannte immer heißer, bis sie spürte, daß etwas nicht stimmte. Es war überhaupt nicht so, wie es sein sollte ...

... in ihrer Brust brannte ein heißes Feuer. Die Euphorie und der lustvolle Wahnsinn der Vereinigung schwanden. Statt dessen empfand sie nur noch einen tiefen Schmerz im Oberkörper, der scheinbar von einer

Schraubzwinge zusammengepreßt wurde, so daß sie nicht mehr atmen konnte.

Selar bäumte sich unter Qualen auf und schnappte verzweifelt nach Luft, doch es gelang ihr nicht, ihre Lungen zu füllen. Währenddessen schrie ihr Geist ihr zu: *Du hast einen Herzanfall!* Dann hörte sie einen Schmerzensschrei, der in ihrer Seele und ihrem Körper nachhallte, und ihr wurde bewußt, was geschah. Sie hatte nicht geschrien. Es war Voltak. Voltak hatte einen schweren Herzinfarkt.

Und Selars Geist war mit seinem verschmolzen.

Sie hatte ihren Körper und ihre Fähigkeiten nicht mehr in ihrer Gewalt. Sie versuchte, sich zu bewegen, sich zu bemühen, sich zu konzentrieren. Sie wollte Voltak aus ihrem Geist verdrängen, damit sie wieder in der Lage war, etwas anderes zu tun, als sich vor Schmerzen zu winden. Doch Voltak, dessen Emotionen infolge der Vereinigung bereits bloßlagen, reagierte auf diese erschreckende Wendung auf höchst unvulkanische Weise. Er hatte Angst. Er war entsetzt. Und statt die telepathische Verbindung mit Selar zu lösen, hielt er sich aus ebendiesem Grund um so verzweifelter an ihr fest. Es war unmöglich, einem Ertrinkenden begreiflich zu machen, daß seine einzige Überlebenschance darin bestand, sich nicht an seinen Retter zu klammern.

Beruhige dich! schrie ihr Geist ihm zu. *Beruhige dich!* Doch Voltak war nicht mehr in der Lage, seinen inneren Ruhepunkt wiederzufinden, sein intellektuelles Zentrum, von dem aus er seine Logik und kühle Beherrschtheit nach außen projizieren konnte.

Und vor ihrem geistigen Auge konnte sie ihn sehen. Es sah aus, als wäre er von einer Finsternis umgeben, die mit Tentakeln nach ihm griff und ihn fortzerren wollte, weit fort. Gelähmt und mit heftigen Schmerzen im Brustkorb wußte sie nicht, ob sie ihn halten sollte, wie es ihre nackten Gefühle verlangten, oder ob sie versuchen sollte, den Kontakt abzubrechen, wie es die Logik diktierte, damit sie vielleicht eine Chance erhielt, sein Leben zu retten. Sie entschied sich für die zweite Möglichkeit, weil sie ihr am vernünftigsten erschien, weil sie ansonsten gar nichts für ihn tun konnte ...

Und als sie sich von ihm zu lösen begann, erkannte Selar plötzlich ihren Irrtum, denn Voltaks Geist rief ihr nun zu: *Mein* ***Katra*** *...*

Seine Seele. Seine vulkanische Seele, die alles war, was er darstellte, sein eigentliches Wesen, seine Essenz. Unter normalen Umständen würde sein *Katra* durch eine Mentalverschmelzung bewahrt werden, so daß es dorthin gebracht werden konnte, wo sich seine Vorfahren aufhielten. Doch diese Umstände waren alles andere als normal.

Das *Katra* anzunehmen, bedeutete, den Tod des anderen zu akzeptieren, und Dr. Selar war weder bereit noch willens zu akzeptieren, daß es für Voltak keine Hoffnung und keine Rettung mehr gab. Sie war Ärztin, und sie konnte etwas für ihn tun, wenn sie nur die verfluchte geistige und körperliche Lähmung überwand, in der die Mentalverschmelzung sie gefangen hielt.

Sie hörte erneut, wie er ***Katra*** rief, mit schwächerer Stimme, und da wußte sie, daß er verloren war. Selar, die sich eben noch bemüht hatte, sich von ihm loszureißen, kehrte nun verzweifelt ihre Anstrengungen um und versuchte ihn festzuhalten. Sie konnte »sehen«, wie er ihr eine Hand entgegenstreckte. Darin hielt er etwas Kleines und Leuchtendes, das von großer Kostbarkeit war, und sie griff danach, versuchte es mit mentalen Fingern zu fassen, entriß es geradezu seinem Griff, gewann ein oder zwei Sekunden, um ihn nahe genug an sich heranzubringen ...

... und dann wurde er von der Finsternis verschluckt, als sich der Tod um ihn und sie legte. Selar spürte eine Eiseskälte, und für einen Moment öffnete sich ihr die Leere, und sie sah die andere Seite, die ihr erschreckend und öde vorkam. So viel Leere, so viel Trostlosigkeit, so viel Nichts. Wie das Leben die Verherrlichung all dessen war, was existierte, so war der Tod die Andacht für all das, was nicht existierte. Und aus der Finsternis schien etwas ihren Blick zu erwidern, sie abzuweisen, sie zurückzustoßen, damit Voltak und seine Seele für immer ihrer Reichweite entzogen waren, denn nun war es zu spät.

Sein *Katra*, seine Essenz, seine Lebenskraft verlosch so plötzlich wie eine Kerze im Windhauch, und Selar rief immer wieder nach ihm, rief seinen Namen in einsamer Qual in die Finsternis. Sie zürnte der Leere, spürte seinen Tod, spürte das Versiegen seiner Lebenskraft, klammerte sich verzweifelt daran, als würde sie versuchen, flüchtige Rauchfäden festzuhalten, doch ihre Bemühung war vergebens.

*Nein, bitte komm zurück, **komm zurück zu mir** …*

Aber es war nichts oder niemand mehr da, der sie hätte hören können.

Dann spürte Selar einen plötzlichen Schlag gegen den Kopf, während sich gleichzeitig die Schmerzen in ihrem Brustkorb verflüchtigten. Sie sammelte ihre zerstreuten Sinne und erkannte, daß sie vom Bett gefallen war. Sie rappelte sich auf und sah Voltak, der auf dem Bett lag, mit offenen, seelenlosen Augen, in denen sich das Nichts der Leere spiegelte.

Sie verlor keine Zeit, sondern begann sofort mit der Behandlung. Sie rief seinen Namen, massierte sein Herz, versuchte mit bloßem Willen, ihn ins Leben zurückzuholen, als könnte sie ihm irgendwie einen Teil ihrer Lebenskraft injizieren.

Und langsam …

… langsam …

… hörte sie auf. Sie hörte auf, als ihr bewußt wurde,

daß er fort war, daß keine ihrer Bemühungen ihn wieder zurückholen konnten.

Dann bemerkte sie, daß ihr Gesicht tränenüberströmt war. Sie wischte sich die Feuchtigkeit ab und bemühte sich um eine würdevolle Haltung. Sie riß sich zusammen und ordnete ihre zerfallene Persönlichkeit, indem sie ihre erlernten Fähigkeiten als Vulkanierin und als Ärztin einsetzte. Ihre Atmung kehrte zu einem normalen Rhythmus zurück, ihr Pulsschlag senkte sich auf eine natürliche Frequenz, und sie konsultierte ein Chronometer, um den Todeszeitpunkt zu bestimmen.

Und während Dr. Selar sich ruhig ankleidete, sagte sie sich, daß sie an diesem Tag etwas Großes erreicht hatte, daß sie etwas Wertvolles gelernt hatte. Es war viel größer und wertvoller als eine Paarung zum Zweck der Arterhaltung.

Sie hatte gelernt, wie töricht es war, sich von Emotionen überwältigen und fortreißen zu lassen. Sicher, als intellektuells Wissen hatte sie diese Erkenntnis längst aus ihren Studien zur Geschichte ihres Volkes gezogen. Aber nun hatte sie sie aus erster Hand erfahren, so daß es für sie nicht mehr den geringsten Zweifel gab. Sie hatte sich entblößt, sich verletzlich gemacht, hatte jemand anderem erlaubt, in ihre Psyche, ihre Seele einzudringen. Es waren natürlich die Instinkte des *Pon Farr* gewesen, die sie an diesen Punkt getrieben hatten, doch das hatte sie nun überwunden. Die Bedürfnisse ihres Paarungsinstinkts hatten einem Mann – den sie vielleicht »geliebt« hatte – nicht nur das Leben gekostet, sondern er hatte dadurch sogar seine Seele verloren.

Sie würde nie wieder zulassen, unter gar keinen Umständen, daß sie noch einmal von unberechenbaren physischen Bedürfnissen oder irgendwelchen emotionalen Aspekten beherrscht wurde. Sie würde von nun an eine perfekte Vulkanierin und eine perfekte Ärztin sein. Nur das sollte ihr neues Lebensziel sein. Denn für Selar waren geistige Zustände wie Liebe, Zärtlichkeit oder Schwäche viel mehr als nur eine peinliche oder unbehagliche Situation. Sie kamen einem Todesurteil gleich. Und das wichtigste Credo der Medizin lautete, daß ein Arzt niemandem Schaden zufügen sollte.

Selar war nun bereit, unter allen Umständen nach diesem Grundsatz zu leben.

Für immer.

JETZT

I.

Die *U.S.S. Enterprise* 1701-E bewegte sich mit wesentlich langsamerer Geschwindigkeit als normalerweise durch den Weltraum. Der Grund wäre jedem Beobachter sofort ersichtlich geworden, denn die *Enterprise* war von einem halben Dutzend kleinerer und langsamerer Raumschiffe umgeben. Schiffe, die nur über minimale Warpkapazitäten verfügten und von denen mindestens eines einen durchgebrannten Warpkern hatte und abgeschleppt werden mußte.

Commander William Riker betrachtete das Gefolge, das auf dem Hauptsichtschirm zu erkennen war, und bemerkte: »Ich komme mir vor wie eine Glucke.«

Data drehte sich an seiner Station um und blickte Riker mit so offensichtlicher Konfusion an, daß Picard sich zusammenreißen mußte, um keine Miene zu verziehen. »Sagen Sie es nicht, Data!« bat er ihn.

»›Es‹, Captain?«

»Ja. Fragen Sie bitte nicht, ob Mr. Riker demnächst anfangen wird zu gackern oder Eier zu legen oder ob ihm Flügel wachsen werden. Die Antwort lautet *nein*.«

»Verstanden, Captain«, erwiderte Data sachlich. »Die Frage hat sich ohnehin erübrigt, da Sie bereits alle Möglichkeiten erwähnt haben, die mir in den Sinn gekommen sind.«

Picard öffnete erneut den Mund, schloß ihn jedoch wieder, ohne etwas zu sagen. Riker und Counselor Deanna Troi tauschten einen amüsierten Blick aus.

»Allerdings«, fügte Data nachdenklich hinzu, »ist

tatsächlich eine *leichte* Tendenz zum Gackern feststellbar …«

Sofort verdüsterte sich Rikers Miene. Die Tatsache, daß Deanna nun breit grinste und ihre Mundwinkel fast bis zu den Ohrläppchen reichten, erleichterte ihm die Angelegenheit auch nicht. »*Mister* Data, ich möchte klarstellen, daß ich niemals ›gackere‹ und es auch in Zukunft niemals tun werde.«

»Sie neigen gelegentlich zum Gackern, wenn Sie aufgeregt sind, Commander«, erwiderte Data unbeirrt. »Sie sprechen in einer höheren Frequenz und in abgehackten Tönen, so daß man es tatsächlich als …«

»*Nein*, so kann man es *nicht* bezeichnen!« sagte Riker streng.

»Wenn Sie möchten, kann ich es Ihnen demonstrieren«, bot sich Data an und schien zu einer akustischen Präsentation ansetzen zu wollen.

»*Nein!*« riefen Riker und Picard gleichzeitig. Data registrierte überrascht die Heftigkeit ihrer Reaktion und verzichtete auf irgendeine lautliche Äußerung.

»Das ist nicht notwendig«, fügte Picard hinzu. Er räusperte sich und bemühte sich, seiner Stimme einen ernsthafteren Klang zu verleihen. »Data, ich habe Mr. Rikers … Stimme … schon bei vielen Gelegenheiten gehört, und ich kann mit ziemlicher Sicherheit behaupten, daß der Commander niemals gackert.«

»Wie Sie meinen, Captain«, sagte Data.

»Gut. Es freut mich, daß wir diese Angelegenheit nun vergessen …«

»Eigentlich ist es eher ein Schnattern als ein Gakkern.«

Riker verspürte allmählich ein leichtes Pochen in den Schläfen. »Ich gackere nicht … und ich schnattere auch nicht … Ich spreche … ganz normal.«

Er blickte sich hilfesuchend zu Deanna um, doch seine Hoffnung sollte sich nicht erfüllen. »Wenn ich es mir recht überlege«, sagte sie, »verfallen Sie in bestimmten Situationen tatsächlich in eine Art Schnattern.«

»*Et tu*, Deanna?«

»Sie müssen sich deswegen nicht schämen. Ich finde sogar, daß es einen Teil Ihres Charmes ausmacht. Es deutet auf eine energische Persönlichkeit mit Durchsetzungsvermögen hin.«

Riker riß sich zusammen. »Gut, damit kann ich leben«, sagte er gelassen.

Dann fügte Troi hinzu – so leise, daß nur Riker sie hören konnte: »Natürlich könnte es sein, daß Sie damit etwas verbergen wollen ... vielleicht einen grundlegenden Mangel an Selbstvertrauen oder eine gewisse Unsicherheit mit ...«

Er warf ihr einen vernichtenden Blick zu, doch bevor er etwas erwidern konnte, blickte sich Lieutenant Kristian Ayre um und sagte: »Captain, wir sind in Reichweite von *Deep Space Five*. Geschätzte Ankunftszeit in zweiundzwanzig Minuten.«

Gott sei Dank! dachte Picard. »Teilen Sie ihnen mit, daß wir in Reichweite sind«, sagte er laut.

»In der Umgebung gibt es äußerst heftige Ionenaktivitäten«, bemerkte Ayre nach einer Weile. »Dreißig, vielleicht sogar vierzig Schiffe sind innerhalb der letzten vierundzwanzig Stunden hier vorbeigekommen. Die Station muß eine Menge Besucher haben.«

Riker blickte sich zu Picard um. »Noch mehr Flüchtlinge?«

»Zweifellos«, bestätigte Picard. »Unser dortiger Aufenthalt dürfte ... recht interessant werden.«

Picard hatte noch nie eine so umlagerte Raumstation gesehen. Es wimmelte geradezu vor Raumschiffen, die jeden verfügbaren Andockplatz belegten. Viele weitere hielten sich in Wartestellung. Manche waren gerade dabei, die Plätze zu tauschen, damit auch die Neuankömmlinge die Einrichtungen der Station nutzen konnten. Die *Enterprise* stellte alle anderen Schiffe in den Schatten. Das war einer der Gründe, warum sie nicht näher heranflog, sondern auf eine Parkposition gebracht wurde, wo sie innerhalb der Transporterreichweite war, aber weit genug entfernt war, um keine Kollisionen mit kleineren Schiffen zu provozieren.

Lieutenant Paige von der taktischen Station meldete: »Captain, ich habe versucht, Kontakt mit *DS5* aufzunehmen. Doch es gestaltet sich schwierig, weil sämtliche Subraumfrequenzen blockiert sind.«

»Angesichts der vielen Schiffe kann ich nicht behaupten, daß es mich überrascht. Den Berichten über die Flüchtlingswelle der Thallonianer war nicht zu entnehmen, wie dringlich die gegenwärtige Situation ist.«

»Ich empfange ein Signal, Captain.«

»Auf den Schirm.«

Das Bild von *DS5* verschwand, während sich ein Gesicht stabilisierte, dessen Anblick Picard nicht erwartet hatte. Denn er wurde mit dem eisigen, abweisenden Blick von Admiral Edward Jellico konfrontiert. Picard konnte spüren, wie sich Riker neben ihm versteifte.

Jellicos bisherige Beziehungen zur *Enterprise* waren nicht gerade angenehmer Natur gewesen, und er hatte sich niemals mit Picard anfreunden können. Riker hatte gelegentlich die Meinung geäußert, daß Jellicos Vorbehalte keineswegs mit Picards Leistung als Offizier zusammenhingen, sondern eher mit seiner Beliebtheit bei Vorgesetzten wie Untergebenen, was Jellico offenbar Anlaß zur Eifersucht gab. Jellico hatte einmal vorübergehend das Kommando über die *Enterprise* übernommen und war während dieser Zeit ständig mit Riker aneinandergeraten.

Jellico hatte sich den Ruf erworben, Probleme effizient und dauerhaft zu lösen, doch er und Picard unterschieden sich in einem sehr fundamentalen Punkt. Die Leute gehorchten Jellico, weil sie aufgrund der Befehlshierarchie dazu verpflichtet waren. Picard gehorchten sie, weil sie es wollten, und daran konnte Jellico mit Gebrüll oder autoritärem Übereifer nichts ändern.

Letztlich lief es darauf hinaus, daß Jellicos Persönlichkeit Grenzen gesetzt waren. Er wußte genau, wie weit er gehen durfte und was er erreichen konnte. Picards Aussichten dagegen schienen potentiell unbegrenzt. Und das konnte Jellico ihm niemals verzeihen.

Riker zog eine gewisse perverse Befriedigung aus der Tatsache, daß Jellicos ohnehin ausgedünntes blondes Haar fast völlig verschwunden war. Wenn er bedachte, daß Picards Haarwuchs schon vor langer Zeit versiegt war, wunderte es ihn, daß er diesbezüglich Schadenfreude empfinden konnte. Er schrieb diesen Punkt als unbedeutend ab, war jedoch bereit, damit zu leben. Er warf Picard einen Blick zu und sah, daß sich nicht das geringste in der steinernen Miene des Captains verändert hatte. Was immer er zum Thema Jellico denken mochte, er hatte offensichtlich nicht die Absicht, anderen irgendeinen Hinweis darauf zu geben. Picard war wie immer der vollkommene Pokerspieler. Er erhob sich aus seinem Sessel und baute sich vor Jellico auf, die Arme hinter dem Rücken verschränkt.

»Admiral Jellico«, sagte Picard ruhig. »Es war mir nicht bewußt, daß Sie das Kommando über *Deep Space Five* übernommen haben. Meinen Glückwunsch zu Ihrer Beförderung und neuen Mission.«

Jellico wirkte kein bißchen amüsiert, was eine recht normale Reaktion für ihn war. Denn er wirkte niemals amüsiert. »Dies ist keineswegs mein neuer Posten, *Captain*«, sagte er und betonte Picards Dienstgrad auf eine Weise, die nicht etwa Respekt ausdrückte, sondern ihn eher auf nicht sehr subtile Art daran erinnern sollte, wer von ihnen der Captain und wer der Admiral war.

»Obwohl ich schon so lange hier herumsitze, daß es mir beinahe so vorkommt. Wo zum Teufel haben Sie gesteckt? Wir warten hier schon seit drei Tagen auf Sie.«

»Wir hätten viel schneller hier sein können, Admiral«, erwiderte Picard unerschütterlich. »Doch dann hätten wir die Schiffe im Stich lassen müssen, die wir eskortieren sollten. Da wir den Auftrag erhielten, humanitäre Hilfe zu leisen, konnten wir schlecht jene zurücklassen, denen diese Hilfe zukommen soll.«

Jellico machte eine ungeduldige Geste. »Gut. Wie auch immer. Richten Sie Ihren Konferenzraum her, und machen Sie sich bereit, uns herüberzubeamen.«

»Hierher in die *Enterprise,* Admiral?« fragte Picard.

»Ich dachte, ich hätte mich klar und deutlich ausgedrückt.«

»Uns wurde mitgeteilt, daß das Treffen auf *Deep Space Five* stattfinden sollte ...«

»Ich habe Ihnen einen anderslautenden Befehl gegeben. Diese Station ist ein Irrenhaus. Überall thallonianische Flüchtlinge, die die Kapazitäten der Station bis an die Grenzen beanspruchen. Ein Teil mußte sogar in den Konferenzräumen untergebracht werden. Können Sie sich das vorstellen?«

»Tja ...« sagte Riker leise. »Diese hilfsbedürftigen Leute sind wirklich ein Ärgernis.«

Er dachte, er hätte leise genug gesprochen, um nicht vom Admiral gehört zu werden, doch Jellicos Blick richtete sich sofort zielsicher auf Riker und durchbohrte ihn wie ein Dolch. Picard erkannte, daß eine mögliche Auseinandersetzung die Angelegenheit kaum entschärfen würde, und sagte: »Das wird kein Problem sein, Admiral. Wir können um genau dreizehn Uhr bereit sein, Sie zu empfangen, wenn Sie damit einverstanden sind.«

Jellico verzog leicht das Gesicht, was seine größtmögliche Annäherung an ein anerkennendes Nicken darstellte. »Gut«, sagte er und unterbrach die Verbindung.

»Hervorragend«, sagte Riker. »Er hat uns noch gefehlt, um eine ohnehin schwierige Situation noch schwieriger zu machen.«

Picard dachte kurz über die Angelegenheit nach und sagte dann: »Ich werde unseren Gast über die Änderung der Pläne informieren.« Er machte sich auf den Weg zum Turbolift und drehte sich unterwegs noch einmal zu Riker um.

»Seien Sie unverzagt, Nummer Eins. Wir haben die Borg überlebt, also werden wir es auch schaffen, Admiral Jellico zu überstehen.« Damit trat er nach draußen.

Riker wandte sich an Troi. »Leider ist es uns nicht erlaubt, Admiral Jellico mit einer Bombe zu empfangen.«

»Vorschriften können manchmal ziemlich unangenehm sein«, entgegnete Troi mitfühlend. Dann schien sich ihre Miene aufzuhellen. »Machen Sie sich keine Sorgen. Vielleicht wird er sich durch Ihr selbstbewußtes Geschnatter einschüchtern lassen.«

Riker konnte sich noch einmal zusammenzureißen und eine Erwiderung hinunterschlucken. Seine Gedanken hingegen konnte er nicht so mühelos zum Schweigen bringen. *Manche von uns sind aus gutem Grund selbstbewußt, Counselor. Andere dagegen, die beispielsweise nicht in der Lage waren, die Enterprise zwei Minuten lang zu manövrieren, ohne einen Crash zu bauen, täten gut daran, nicht so selbstsicher aufzutreten.*

Als sie nicht seine Worte, aber seine Gefühle spürte, verzog sich Trois Gesicht zu einem mißmutigen Stirnrunzeln.

»Ich registriere einen ausgeprägten Sarkasmus«, sagte sie.

Picard betätigte den Türmelder, und von innen rief eine

Stimme: »Herein!« Die Tür glitt auf, so daß er das Gästequartier betreten konnte. Der Raum war recht düster, da die einzige Beleuchtung von so ausgefallenen Quellen wie einem beleuchteten Spiegel und einer Kerze stammte. An einer Seite des Raumes saß ein Mann in meditativer Haltung.

»Botschafter Spock«, sagte Picard. »Wir sind eingetroffen.«

Spock blickte zu ihm auf und schien sich nur mit Mühe aus seiner Andacht lösen zu können. Er starrte Picard an, sagte aber kein Wort.

»Admiral Jellico wünscht, daß die Besprechung auf der *Enterprise* abgehalten wird«, fuhr Picard fort. »Offensichtlich herrscht auf *Deep Space Five* sehr reger Betrieb.«

»Ja«, sagte Spock nach einer Weile. »Der Ort ist irrelevant.«

Picard spürte einen eiskalten Hauch auf dem Rükken. Ihm kam unwillkürlich der morbide Gedanke, ob es von irgend jemandem bemerkt würde, falls die Borg jemals Vulkanier assimilieren sollten.

»Benötigen Sie noch etwas, bevor wir uns zur Konferenz einfinden?« fragte Picard.

»Nein.«

»Gut. Dann wird einer meiner Offiziere Sie abholen, wenn die Zeit gekommen ist.«

Spock neigte leicht den Kopf, um sein Einverständnis anzuzeigen.

Es hatte niemanden mehr als Picard überrascht, als ihr ungewöhnlicher Gast an Bord gekommen war, nachdem sie sich zum Rendezvous mit dem Schiff eingefunden hatten, das ihn zur *Enterprise* bringen sollte. Spock war auf Romulus im Einsatz gewesen. Das war ein deutlicher Hinweis, wie ernst die Föderation den Zusammenbruch des Thallonianischen Imperiums nahm, wenn man Spock höchstpersönlich angefordert hatte, am thallonianischen Gipfeltreffen teilzunehmen. Es hatte Spock einige Mühe gekostet, sich unbemerkt von Romulus zu entfernen. Außer Spock kannte Picard kaum jemanden, der sich mit den Thallonianern auskannte. Daher war es nur natürlich, daß seine Anwesenheit zum Gipfeltreffen erwünscht wurde.

Er blickte Picard immer noch völlig ruhig an. Es war einfach lächerlich! Nach allem, was Picard in seinem Leben durchgemacht hatte, hätte man meinen sollen, daß mehr nötig war als der starrende Blick eines Vulkaniers, um ihm Unbehagen zu verursachen. Trotzdem hatte Picard das Gefühl, daß er noch etwas sagen sollte, irgend etwas, aber er wußte nicht, was. »Ich denke, wir werden alle Hände voll zu tun haben«, ließ er es auf einen Versuch ankommen.

Spock schwieg noch eine Weile, bis er sagte: »Captain ...«

»Ja, Botschafter?«

»Vulkanier pflegen keine beiläufige Konversation.«

»Ach«, war alles, was Picard dazu als Erwiderung einfiel. Dann nickte er und wandte sich zum Gehen. Doch bevor er den Raum verlassen konnte, hielt Spock ihn noch einmal auf.

»Captain ...«

Picard drehte sich um und wartete ab, während er interessiert eine Augenbraue hob.

»Ich stelle fest«, sagte Spock nicht ohne einen Hauch von Belustigung, »daß ich der Aussicht, wieder mit Ihnen arbeiten zu dürfen, mit einer ... positiven Erwartungshaltung entgegensehe. Die Menschen würden es wohl mit der Wendung ›Ich freue mich darauf‹ ausdrücken.« Er hielt inne und dachte über seine Worte nach. »Es ist faszinierend.«

»Die Galaxis ist jeden Tag aufs neue faszinierend, Botschafter«, bemerkte Picard.

»So scheint es.«

»Wissen Sie, Botschafter«, sagte Picard nach einer Weile, »Mr. Data, der früher über noch weniger Emotionen als Sie verfügte, hat vor kurzem die Fähigkeit erlangt, Gefühle zu empfinden. Vielleicht möchten Sie die Gelegenheit wahrnehmen, mit ihm über seine neuen Erfahrungen zu sprechen. Sie könnten sich für Sie als ... ebenso faszinierend erweisen.«

»Ich werde es in Betracht ziehen, sollte sich die Gelegenheit dazu ergeben.«

»Ich werde dafür sorgen, daß sich eine solche Gelegenheit bietet. Ach, noch etwas, Botschafter ...« Er blieb im Türrahmen stehen.

»Ja?«

»Jetzt haben Sie sich doch zu beiläufiger Konversation herabgelassen«, sagte er.

Dann grinste er und ging durch die Tür hinaus, während der Botschaft allein im Halbdunkel zurückblieb.

II.

Riker erinnerte sich noch gut daran, wie er sich mit vierzehn Jahren im Bergsteigen versucht hatte, und zwar gegen das ausdrückliche Verbot seines Vater … obwohl er es in Wahrheit wohl eher gerade deswegen getan hatte, *weil* sein Vater es ihm verboten hatte. Er hatte gerade eine besonders schwierige Wand zur Hälfte erklettert, als sich die Mauerhaken lockerten, die er in den Felsen geschlagen hatte. Riker war abgerutscht und hing plötzlich nur noch an einem dünnen Seil, das ihn vor dem Sturz in den Tod bewahrte. Während sein Partner versucht hatte, Riker wieder hochzuziehen und ihm zu helfen, sich wieder zu verankern, hatte er eine intensive Anspannung erlebt.

Es war genau diese Art von Anspannung, die Riker nun wieder empfand, als er in den Hauptkonferenzraum trat. Das Gefühl, daß unter ihnen allen ein gewaltiger Abgrund gähnte und daß sie gemeinsam an einem dünnen Seil hingen.

Picard war bereits eingetroffen und unterhielt sich mit Botschafter Spock und einer Frau, die Riker sofort als Admiral Alynna Nechayev wiedererkannte. Nechayev war ein Haudegen. Sie und Picard waren zum ersten Mal aneinandergeraten, als sich ein Mitglied des Borg-Kollektivs an Bord befunden hatte, das unter dem Namen »Hugh« bekannt geworden war. Picard hatte sich geweigert, Hugh mit einem Virus zu infizieren, das die Borg vollständig ausgelöscht hätte, und Nechayev hatte ihm deswegen die Leviten gelesen.

Seitdem hatten sie sich immer wieder heftig gezankt. Doch nun war sie wieder leibhaftig zugegen und schien keine Probleme zu haben, mit demselben Offizier, den sie in der Vergangenheit gehörig gemaßregelt hatte, zu plaudern.

Riker beobachtete die Dynamik der Diskussion zwischen Picard, Spock und Nechayev und hatte innerhalb kürzester Zeit festgestellt, was in Wirklichkeit vor sich ging. Er bemerkte, daß Spock fast ausschließlich das Wort an Picard richtete und ihn mit Respekt und Achtung behandelte. Es war völlig natürlich – oder logisch, wenn man es anders ausdrücken wollte –, daß Spock sich so verhielt. Schließlich hatte Picard seinen Geist für eine Mentalverschmelzung zur Verfügung gestellt, um Sarek, Spocks mittlerweile verstorbenem Vater, zu helfen. Nach der Art und Weise, in der Nechayev ihre gebannte Aufmerksamkeit auf den Vulkanier richtete, mußte man davon ausgehen, daß sie ein glühender Verehrer von Spock war. Das war durchaus verständlich. Der Begriff »lebende Legende« klang zwar aufgeblasen und pompös, aber im Fall von Botschafter Spock traf er voll ins Schwarze. Die Tatsache, daß die lebende Legende große Stücke auf Picard zu halten schien, ließ Picard offensichtlich in Nechayevs Achtung steigen. Sie lachte sogar entzückt über einige Bemerkungen, die Picard fallenließ, und obgleich diese Bemerkungen bestimmt nicht ernst gemeint waren, schien Picard dennoch von Nechayevs Reaktion überrascht zu sein.

Auch gut. Picard hatte sehr viel geleistet, und doch machte es gelegentlich den Eindruck, daß er von Starfleet mit einem gewissen Mißtrauen betrachtet wurde. Vermutlich war man gerade deshalb mißtrauisch, *weil* er so viel geleistet hatte. Als wäre es im Grund unvorstellbar, daß ein Normalsterblicher all diese Dinge vollbracht haben sollte. Als wäre es irgendwie ... unnatürlich.

Auf jeden Fall konnte Picard alle Unterstützung gebrauchen, die er bekommen konnte. Und wenn diese Unterstützung darauf zurückzuführen war, daß Nechayev eine Verehrerin von Botschafter Spock war, sollte es ihm recht sein.

Dann bemerkte Riker jemanden aus dem Augenwinkel.

Zuerst konnte er es gar nicht fassen, daß er ihn bisher übersehen hatte. Auf einer Seite des Konferenzraumes stand ein Thallonianer. Er war groß, bemerkenswert groß. Doch das Bemerkenswerteste an ihm war, daß es dem Thallonianer gelungen war – obwohl der Raum hell erleuchtet war –, ein dunkles Plätzchen zu finden. Er hatte die Dunkelheit gesucht und sie um sich gehüllt wie ein Tuch, um sich im Schatten zu verbergen, als wäre er ein Teil davon. Riker war sich nicht einmal sicher, ob er den Thallonianer nur wegen seiner guten Augen erspäht hatte – oder weil der Thallonianer ihm erlaubt hatte, ihn zu sehen.

Er war groß, hatte einen Schnurrbart und spiralförmige Tätowierungen auf dem Kopf. Und er stand völlig reglos, nicht ein einziger Muskel zuckte. Wenn sein ruhiger Blick nicht auf Riker fixiert gewesen wäre, hätte Riker sich gefragt, ob er tatsächlich lebte oder vielleicht nur eine kunstvoll gearbeitete Statue war.

Riker räusperte sich und näherte sich dem Thallonianer. Der Blick des Fremden blieb unverwandt auf Riker gerichtet, und seinem Gesicht war keine Regung zu entnehmen. Als Riker nur noch etwas mehr als einen Schritt von ihm entfernt war, blieb er stehen, als hätte der Thallonianer eine unsichtbare Grenze um sich gezogen und ein Schild mit der Aufschrift BETRETEN VERBOTEN aufgestellt. »Commander William T. Riker«, stellte er sich vor. »Erster Offizier der *Enterprise*.«

Zum ersten Mal bewegte sich der Thallonianer, wenn auch nur minimal, als er ein klein wenig den Kopf neigte. »Si Cwan«, sagte er mit tiefer Stimme, die von Verbitterung gefärbt war. »Ehemaliger Prinz des Thallonianischen Imperiums.«

»Ich möchte Ihnen mein Beileid über Ihren tragischen Verlust aussprechen«, sagte Riker.

Si Cwan musterte ihn aufmerksam. »Woher wollen Sie wissen«, fragte er, »ob der Verlust tragisch ist? Wenn Sie der Philosophie jener Glauben schenken, die meine Familie zu Fall gebracht haben … die …« Seine Stimme geriet kaum merklich ins Zittern, doch schon im nächsten Augenblick hatte er sich wieder unter Kontrolle. »… die jene niedermetzelten, die mir nahestanden … nun, dann ist der Verlust meiner Stellung ein beträchtlicher Fortschritt in der thallonianischen Geschichte.« Er sprach jetzt etwas lauter und zog damit die Aufmerksamkeit von Spock, Picard und Nechayev auf sich. »Unsere Eroberungen, unsere guten Werke, unsere künstlerischen und literarischen Leistungen … die Tatsache, daß wir Ordnung aus dem Chaos geschaffen haben …«

»Die Götter mögen uns vor thallonianischer Philosophie bewahren!«

Es war eine harte und schroffe Stimme, die aus der Richtung des Eingangs zum Konferenzraum kam. Riker sah, wie Si Cwan erstarrte, als er sich zu der Person umdrehte, die soeben eingetroffen war.

In der Tür stand Admiral Jellico. Neben ihm befand sich Data, der Jellico im Transporterraum abgeholt und ihn zum Konferenzraum begleitet hatte. Normalerweise verlangte das Protokoll, daß Picard oder Riker, die ranghöchsten Offiziere, diese Aufgabe übernahmen. Doch in Anbetracht der Dringlichkeit der Situation hatte Picard es für weiser gehalten, dort zu sein, wo er am nötigsten gebraucht wurde.

Neben Data befand sich ein gedrungener und massiger junger Danteri. Seine Bronzehaut glänzte im Licht.

Sein breites Lächeln offenbarte eine Reihe makelloser und recht scharf wirkender Zähne. Riker stellte fest, daß er den nahezu unwiderstehlichen Drang verspürte, ihm ein paar seiner Zähne auszuschlagen. Der Danteri wirkte auf unerträgliche Weise selbstgefällig, während er Si Cwan musterte und Riker nicht mit einem einzigen Seitenblick bedachte. Die Tatsache, daß er ignoriert wurde, störte Riker überhaupt nicht. Er hatte eher das Gefühl, daß er eine ausgiebige Dusche benötigt hätte, um sich wieder sauber zu fühlen, wenn dieser Danteri ihn längere Zeit betrachtet hatte.

Riker war nicht überrascht, daß ein Vertreter von Danter anwesend war. Die Danteri waren die »Nachbarn« der Thallonianer im Sektor 221-H ... ein nicht weit entferntes, rivalisierendes Imperium, das genauso wie das der Thallonianer mit eiserner Faust regiert wurde. Die Danteri behaupteten jedoch, daß sie es mit ihrem Ehrgeiz nicht so sehr übertrieben wie die Thallonianer und daß sie sich »humaner« verhielten – eine Streitfrage, über die jene nur lachen konnten, die sich das Erinnerungsvermögen an einige Fiaskos unter der Herrschaft der Danteri bewahrt hatten. (Das bekannteste war der Aufstand von Xenex, eine Rebellion, die mehrere Jahre gedauert und den Danteri viele Todesopfer, Unsummen an Geld und einen beträchtlichen Ehrverlust gekostet hatte, bis sie Xenex endlich wie eine heiße Kartoffel fallen ließen und dem verfluchten Planeten und seinen Bewohnern die Freiheit geschenkt hatten.)

»Danke, Mr. Data, das wäre dann alles«, sagte Jellico. Daß er einem von Picards Offizieren in Picards Beisein einen Befehl gab, war ebenfalls eine Verletzung des Protokolls, und er warf Picard einen stechenden Blick zu, als wollte er sehen, ob dieser etwas dazu sagte. Data hingegen blickte nur abwartend auf Picard. Offensichtlich wollte er sich nicht eher von der Stelle rühren, bis

Picard seinen Segen erteilt hatte. Picard fing Datas Blick auf und antwortete mit einem kaum merklichen Nicken. Data verstand die Botschaft und verließ den Konferenzraum.

»Admiral Nechayev, Captain Picard, Commander Riker, Botschafter Spock, Lord Si Cwan«, begrüßte Jellico die Anwesenden knapp. »Ich schlage vor, daß wir gleich zur Sache kommen.« Er nickte dem Danteri zu, der neben ihm stand. »Das ist …«

Der Thallonianer, der sich als Si Cwan vorgestellt hatte, zeigte mit ausgestrecktem Finger auf den Danteri. »Ich kenne Sie«, sagte er langsam, wobei seine ohnehin im Schatten verborgenen Augen sich vollständig verdüsterten. »Sie sind … Ryjaan, nicht wahr?«

Ryjaan verbeugte sich steif. »Ich fühle mich geehrt, daß Sie von mir gehört haben, Lord Cwan. Jemand wie ich kennt Sie natürlich, aber ich fühle mich geschmeichelt, daß …«

»Ersparen Sie sich Ihre Schmeicheleien«, erwiderte Si Cwan schroff.

Ryjaan hob eine Augenbraue. »Ich wollte Ihnen nur den gebührenden Respekt erweisen …«

»Danter wird uns noch viel mehr erweisen müssen«, sagte Si Cwan. »Sie und Ihr gesamtes Volk wird für seine Untaten zahlen müssen.«

Picard trat vor. »Meine Herren, durch vage Anschuldigungen werden wir nichts erreichen.«

»Sie haben recht, Captain«, sagte Si Cwan und richtete sich zu voller Größe auf. Riker wurde bewußt, daß Si Cwans bedrohliche Statur seine effektivste Waffe war. »Dann werde ich mich nicht vage, sondern ganz direkt ausdrücken. Unser Imperium ist zerfallen. Planeten, die einst der herrschenden Klasse Respekt zollten, sind abtrünnig geworden. Unsere Wirtschaft liegt am Boden, unsere soziale Ordnung ist zerstört, und für mich gibt es keinen Zweifel, daß die Danteri ihre

Hände im Spiel hatten.« Er zeigte wieder anklagend mit dem Finger auf Ryjaan. »Wollen Sie es leugnen?«

»Natürlich!« gab Ryjaan erregt zurück. Seine Maske der Ehrerbietung löste sich allmählich in Fetzen auf. »Ich verwahre mich gegen Ihre Anschuldigungen.«

»Natürlich tun Sie das«, sagte Si Cwan. »Ich habe nichts anderes von Ihnen erwartet … von einem Lügner wie Ihnen.«

Das brachte für Ryjaan das Faß zum Überlaufen. Mit einem wütenden Knurren stürmte er auf Si Cwan los, der den Angriff mit einem verächtlichen Grinsen erwartete. Ryjaan stieß mit ihm zusammen, und noch während Riker sich in Bewegung setzte, um sie zu trennen, mußte er beeindruckt feststellen, daß Si Cwan kaum einen Zentimeter weit nachgegeben hatte. In Anbetracht der Körpermasse und Geschwindigkeit Ryjaans hätte er damit gerechnet, daß Cwan einfach über den Haufen gerannt wurde. Doch der Thallonianer fing den Angriff mühelos ab und schien bereit zu sein, Ryjaan wie einen Spielball zurückzuschleudern.

»*Es reicht!*« tobte Picard, der sich von der anderen Seite näherte.

Da Ryjaan der Aggressor war, konzentrierten Riker und Picard sich auf ihn. Sie zogen Ryjaan von Si Cwan zurück, während Admiral Nechayev zu Si Cwan trat und ihn ermahnte: »Das war in höchstem Grade überflüssig, Lord Cwan!«

»Es besteht kein zwingender Grund, daß Sie bei dieser Konferenz anwesend sind, Lord Cwan«, warf Jellico ein. »Wir erweisen Ihnen lediglich einen Gefallen. Außerdem möchte ich Sie daran erinnern, daß Sie keine offizielle Stellung bekleiden. Abgesetzte Herrscher haben im größeren politischen Zusammenhang nicht viel zu sagen.«

Ryjaan riß sich zusammen und gab Picard und Riker mit einem Nicken zu verstehen, daß er sich wieder unter Kontrolle hatte. Picard blickte sich warnend zu Riker um und ließ dann Ryjaan los, um seine Aufmerksamkeit Si Cwan zuzuwenden. Cwan musterte die Anwesenden, als handele es sich um eine interessante Insektenspezies.

Dann zog für einen kurzen Moment eine Wolke des Schmerzes über sein Gesicht, während er leise sprach. »*Überflüssig*, sagen Sie. *Überflüssig*.« Er schien den Geschmack des Wortes zu prüfen. »Admiral ... ich habe mit eigenen Augen gesehen, wie gute und treue Bürger von Rebellen niedergemetzelt wurden. Ich sah, wie Mitglieder meiner Familie fortgeschleppt wurden, während ich hilflos aus meinem Versteck zusehen mußte. *Aus einem Versteck!*« wiederholte er fauchend und mit solchem Selbstekel, daß Riker unwillkürlich erschauderte. »Ich mußte mich *verstecken*, weil ich mich in meiner Dummheit von Anhängern überzeugen ließ, daß mein Überleben notwendig war. Seit vielen Jahren wußte meine Familie am besten, wie die Völker des Thallonianischen Imperiums geführt werden müssen. Dann führte jemand diese Völker in die Irre und schließlich in den Kampf gegen uns.«

»Und nun wollen Sie uns die Schuld daran geben«, stellte Ryjaan fest. »Machen Sie nur weiter, wenn es Sie befriedigt, ganz gleich, wie grundlos Ihre Anschuldigungen sein mögen.«

Zum ersten Mal meldete sich der Botschafter zu Wort. »Die Anschuldigungen sind zwar recht provokant vorgetragen«, sagte Spock, »aber nichtsdestotrotz logisch.«

»*Logisch?*« Ryjaan spuckte das Wort geradezu aus.

Spock ließ sich durch Ryjaans heftige Reaktion nicht aus der Ruhe bringen. »Die Danteri haben eine gemeinsame Grenze mit dem Thallonianischen Imperium – oder um es etwas präziser auszudrücken, mit dem ehemaligen Thallonianischen Imperium. Der Drang der

Danteri nach …« Er überlegte, ob er das Wort »Eroberungen« benutzen sollte, verwarf es dann jedoch als zu provokant. »… Erweiterungen ihrer Einflußsphäre … ist allgemein bekannt. Ein offenes Auftreten würde vermutlich zu unerwünschten Konfrontationen führen, und daher ist es nur logisch, daß die Danteri Maßnahmen ergriffen haben, um die Basis der herrschenden Klasse von Thallon allmählich zu unterhöhlen. Eine solche Vorgehensweise würde zum gleichen Ziel führen wie eine direkte Eroberung, jedoch ohne die entsprechenden Risiken.«

Admiral Nechayev hatte die Hände hinter dem Rücken verschränkt, während sie mit unverhohlener Neugier fragte: »Botschafter, wollen Sie damit sagen, daß genau dies Ihrer Ansicht nach hier geschehen ist?«

»Ich habe spekuliert, Admiral«, erwiderte Spock gelassen. »Man könnte natürlich genauso spekulieren, daß das Thallonianische Imperium durch interne Vorkommnisse zusammengebrochen ist, durch eine Kombination aus Mißwirtschaft und Unterdrückung. Ersteres hätte die Auflösung des Reiches zur Folge gehabt, während letzteres im Fall der erfolgenden Auflösung die Gewaltbereitschaft des unterdrückten Volkes begünstigt hätte. Ich trete hier nur als *Advocatus Diaboli* auf.«

In Anbetracht der leicht satanisch anmutenden Gesichtszüge des Vulkaniers wurde Picard unwillkürlich die feine Ironie bewußt, die in dieser Bemerkung lag. Picard nutzte das plötzlich entstandene Schweigen und sagte: »Zumindest sollten wir uns jetzt setzen und die Angelegenheit auf zivilisierte Weise diskutieren.«

»Ich bin ganz Ihrer Meinung, Captain«, sagte Nechayev. Alle Anwesenden nahmen eilig ihre Plätze am großen, auf Hochglanz polierten Konferenztisch ein. Der einzige, der sich nur zögernd in Bewegung setzte, war Si Cwan, der sich auf den Stuhl setzte, der am weitesten von Ryjaan entfernt war. Nechayev wandte sich an Jellico. »Admiral«, sagte sie. »Sie führen Regie bei dieser Veranstaltung. Legen Sie los.«

»Vielen Dank, Admiral.« Jellico blickte sich am Tisch um. »Halten wir fest, was wir ohne jeden Zweifel wissen: Das Thallonianische Imperium ist zusammengebrochen. Die königliche Familie wurde größtenteils exekutiert …« Er wartete einen kurzen Moment ab, um zu sehen, ob Si Cwan irgendwie auf diesen grausamen Ausdruck reagierte, doch der Miene des Thallonianers war nicht das geringste zu entnehmen. »… genauso wie regionale Regierungsvertreter«, sprach er schließlich weiter. »Die Nachrichtenlage ist jedoch recht verworren, was die Bildung einer neuen Regierung betrifft, die möglicherweise den Platz der Königsfamilie eingenommen hat.«

»Es gibt keine«, teilte Si Cwan in selbstsicherem Tonfall mit. »Das steht ohne Zweifel fest.«

»Wie wollen Sie das wissen?« fragte Nechayev.

»Es gab verschiedene Parteien«, erklärte Si Cwan. »Die verschiedensten Gruppierungen, die nur durch ihren Haß hinsichtlich des Status quo vereint waren. Ein Haß, der Ursprünge hat …« Er drehte den Kopf und starrte Ryjaan an, doch dann sagte er lediglich: »… die wohl nur die Götter kennen. Auf jeden Fall … kenne ich diese Leute. Das Bündnis wird nur so lange Bestand haben, bis sie ihr blutiges Ziel erreicht haben. Doch wenn es an der Zeit wäre, gemeinsam etwas Neues aufzubauen, müssen sie versagen. Sie werden sich gegenseitig in Stücke reißen. Das Chaos und die Verwirrung, die gegenwärtig im Thallonianischen Imperium herrschen, sind nichts im Vergleich zu dem, was die Zukunft bringen wird.«

»Lord Cwans Einschätzung der Lage scheint von den Flüchtlingen geteilt zu werden«, sagte Picard. »Wie Sie wissen, kommen die Flüchtlinge nun schon seit mehreren Wochen in Scharen aus dem Thallonianischen Imperium. Mindestens die Hälfte von ihnen war krank, verletzt oder kaum noch am Leben, während es viele Tote gab und viele im Sterben liegen. Die *Enterprise* war nur eins von mehreren Schiffen, das ihnen Geleit geben und humanitäre Hilfe zur Verfügung stellen sollte. Mein Counselor Deanna Troi hat mit einigen jener Individuen gesprochen, die … stärker in Mitleidenschaft gezogen wurden. Sie haben einhellig von chaotischen Zuständen und internen Zwistigkeiten berichtet. Bedauerlicherweise beschränken sie sich nicht auf die Heimatwelt der Thallonianer. Andere Völker und andere Welten, deren Antipathien von den Thallonianern unter Kontrolle gehalten wurden, fallen in alte und verbitterte Feindseligkeiten zurück. Leider ist unser Verständnis der Ereignisse, die auf den Zusammenbruch des Imperiums folgten, sehr begrenzt, weil wir generell nur wenig über diese Zivilisation wissen. Selbst die Flüchtlinge wissen oder verstehen kaum etwas von dem, was über ihren unmittelbaren und alltäglichen Erfahrungsbereich hinausgeht.«

»Für sie bestand auch nie die Notwendigkeit dazu«, sagte Si Cwan, und Riker glaubte, eine Spur aufrichtigen Bedauerns in seiner Stimme entdecken zu können. »Wir haben uns um sie gekümmert. Wir haben ihnen alles gesagt, was sie wissen mußten, und nicht mehr. Damit waren sie bisher zufrieden.«

»Sie lebten in Unwissenheit«, gab Ryjaan zurück. »Sie haben ihnen keinen Gefallen erwiesen, indem Sie sie in diesem Zustand hielten.«

»Dafür … gab es … *Ordnung*«, entgegnete Si Cwan, und jedes Wort war wie ein spitzer Eiszapfen. »Das war es, was sie brauchten. Und das war es, was wir ihnen gaben.«

»Lord Cwan«, sprach Spock ihn nun an, »wie Ihnen bekannt sein dürfte … habe ich mich auf thallonianischem Territorium aufgehalten. Ich bin auf Ihrer Heimatwelt gewesen.«

»Ja, ich erinnere mich«, sagte Si Cwan. Überraschenderweise schienen sich seine Mundwinkel ein wenig nach oben zu ziehen.

»Mein Aufenthalt war leider zu kurz, um mir ein umfassendes Bild aller Faktoren zu machen, die das Thallonianische Imperium bestimmten, zumal der Drang der Thallonianer nach Geheimhaltung an Xenophobie grenzte. Es wäre für unsere Veranstaltung sehr hilfreich, wenn Sie uns mit detaillierteren Informationen über das Thallonianische Imperium versorgen könnten. Die Anzahl der Systeme, die wichtigsten Mitgliedsvölker.«

»Der Botschafter hat recht«, sagte Jellico.

»Natürlich habe ich recht«, teilte Spock dem Admiral mit. Es klang, als wäre er erstaunt, daß Jellico das Bedürfnis empfand, ihn auf diesen Punkt hinweisen zu müssen. Als könnte Spock jemals unrecht haben! Picard mußte sich ein Grinsen verkneifen, als er Jellicos nervöse Reaktion bemerkte, und um seine Schadenfreude zu überdecken, sagte der Captain der *Enterprise*: »Derartige Informationen könnten uns helfen, zu begründeteren Entscheidungen zu gelangen. Wir müssen uns für eine Vorgehensweise entscheiden ...«

»Selbst wenn diese Vorgehensweise darin besteht, nichts zu unternehmen«, sagte Nechayev.

»Nichts?« Si Cwan und Ryjaan sprachen gleichzeitig dasselbe Wort aus.

»Das ist zweifellos eine der Möglichkeiten«, erwiderte Nechayev. »Ich muß Sie daran erinnern, meine Herren, daß wir die Erste Direktive nicht außer acht lassen dürfen. So beunruhigend und bedauerlich die gegenwärtigen Unruhen sind ... unser Auftrag verbietet uns ein Eingreifen.«

»Also wollen Sie einfach tatenlos zusehen, wie all die

Systeme des Imperiums in die Barbarei fallen?« fragte Si Cwan.

Ryjaan schien von diesen Aussichten genausowenig begeistert zu sein. »Und Sie haben vor, ein Mitglied der Föderation – nämlich uns – mit der Bedrohung allein zu lassen, die durch den Zusammenbruch des Thallonianischen Imperiums entstanden ist?«

»Das hätten Sie sich früher überlegen sollen«, gab Si Cwan zurück.

Ryjaan wollte zu einer heftigen Erwiderung ansetzen, doch Jellico schnitt ihm das Wort ab. »Wir haben noch keine Entscheidung getroffen, meine Herren. Wie gesagt, ist genau dies der Zweck dieses Treffens. Lord Cwan ... werden Sie uns alles mitteilen, was Sie über das Thallonianische Imperium wissen?«

Si Cwan blickte sich nachdenklich um. Es schien, als würde er jede einzelne Person im Konferenzraum gesondert beurteilen, als versuchte er zu bestimmen, was er von jedem zu erwarten hatte. Schließlich sagte er: »Nach der letzten Zählung gehörten dem Imperium siebenunddreißig Systeme an. Jedes System hatte mindestens einen bewohnten Planeten, in einigen waren es bis zu vier.«

»Wären Sie bereit, mit Starfleet-Kartographen zusammenzuarbeiten, um uns einen genaueren Überblick zu verschaffen?« fragte Jellico.

»Unter gewissen Bedingungen«, sagte Cwan nach einem weiteren Moment der Besinnung.

»Was sind das für ›Bedingungen‹?« fragte Nechayev.

»Lassen Sie uns diese Diskussion auf einen späteren Zeitpunkt verschieben. Wir sollten beim Thema bleiben.«

»Es würde mich interessieren, Lord Cwan«, sagte Picard, während er sich nachdenklich das Kinn rieb, »was Ihrer Meinung nach eigentlich das ›Thema‹ dieser Diskussion ist.«

Si Cwan breitete die Hände aus. »Ist das nicht offensichtlich?«

»Nicht unbedingt«, erwiderte Picard.

»Meine Herren, meine Dame«, sagte Si Cwan und blickte sich am Tisch um, wobei er Ryjaan bewußt ignorierte. »Meine Flucht aus dem thallonianischen Raumsektor war nur durch die Unterstützung ergebener Anhänger möglich, von denen viele starben, während sie mir zu helfen versuchten.« Offensichtlich war ihm die Vorstellung, daß er hatte fliehen müssen, ein Greuel, aber er ließ sich dadurch nicht beirren. »Sie waren der Ansicht, daß ich die einzige und letzte Hoffnung sei, das Thallonianische Imperium zu seiner früheren Größe zurückzuführen. Und daß es mir am besten mit Ihrer Unterstützung gelingen würde.«

»Wenn Sie damit die Vereinte Föderation der Planeten meinen«, bemerkte Jellico, »muß ich Sie darauf hinweisen, daß das Thallonianische Imperium kein Mitglied der Föderation ist.«

Si Cwan hob tadelnd eine Hand. »Verwechseln Sie bitte nicht Isolationismus mit Ignoranz. Ich möchte Sie darauf hinweisen, daß das Klingonische Imperium vor etwa achtzig Jahren ebenfalls nicht der Föderation angehörte, als es sich in großen Schwierigkeiten befand. Die Klingonen waren sogar Ihre Erzfeinde. Dennoch wurden sie als Verbündete von der Föderation willkommen geheißen.« Sein Gesicht verfinsterte sich. »Vielleicht hätten wir Thallonianer gegen Sie Krieg führen sollen. Wir hätten in Ihr Territorium eindringen und mit Ihnen um die Vorherrschaft über Planeten kämpfen sollen. Wir hätten als Bedrohung auftreten sollen, statt den Wunsch zu hegen, einfach nur in Ruhe gelassen zu werden. Hätten wir uns so verhalten, wären Sie vielleicht eher bereit gewesen, mit uns zu kooperieren, genauso wie Sie es mit den Klingonen getan haben.«

»Ihre Beschreibung der Ereignisse im Zusammenhang mit dem Fall des Klingonischen Imperiums«, sagte Botschafter Spock mit ruhiger Autorität, »wird den Tatsachen nicht ganz gerecht.«

»Woher wollen Sie das wissen?«

»Ich war dabei.« Spock hielt einen Moment inne. »Sie auch?«

Si Cwan erwiderte den Blick des Botschafters und senkte ihn dann zu Picards großer Verblüffung. »Nein«, sagte er leise. »Ich war nicht dabei.«

»Vielleicht könnten Sie uns erläutern«, sagte Riker, »wie Sie sich eine Unterstützung durch die Föderation vorstellen.«

Sein Gesichtsausdruck verriet, daß die Antwort auf diese Frage für ihn völlig offensichtlich war. »Nun, Sie stellen uns Waffen in ausreichender Menge zur Verfügung, damit die königliche Familie wieder geordnete Verhältnisse herstellen kann. Ich weiß, über welches militärische Potential Ihre Flotte verfügt. Es liegt durchaus in Ihrer Macht, die Ungerechtigkeit zu beseitigen.«

Die Starfleet-Offiziere warfen sich vielsagende Blicke zu. Dann beugte sich Nechayev vor und sagte: »Vielleicht haben Sie nicht mitgehört, was ich vor kurzem gesagt habe. Unsere Erste Direktive verbietet uns die Einmischung in die Angelegenheiten anderer Zivilisationen ...«

Si Cwan schlug mit der offenen Handfläche auf die Tischplatte – mit solcher Kraft, daß der Tisch erzitterte. »Es gibt keine Zivilisation mehr! Nur noch Unordnung und Anarchie! Ich bitte Sie gar nicht darum, irgend etwas zu verändern. Sie sollen nur dem gegenwärtig herrschenden Wahnsinn ein Ende setzen, damit die frühere Situation wiederhergestellt werden kann. Als Gegenleistung für Ihre Unterstützung«, fuhr er fort, »garantiere ich Ihnen, daß das Thallonianische Imperium bereit sein wird, Ihrer Föderation beizutreten.«

»Die Sachlage … ist ein wenig komplizierter, als Sie sie darstellen«, teilte Nechayev ihm mit. »Jeder Kandidat muß einen langwierigen Aufnahmeprozeß durchlaufen. Sie können nicht einfach mit dem Finger schnippen und verkünden, daß Sie dabeisind. Außerdem befinden Sie sich nicht in der Position, irgendwelche Versprechungen im Namen des Thallonianischen Imperiums abgeben zu können …«

»*Wir waren das Thallonianische Imperium, verdammt noch mal!*« schrie Si Cwan so laut, daß alle Anwesenden schockiert verstummten. Längere Zeit sagte niemand etwas, bis Si Cwan sich über den Nasenrücken rieb und plötzlich ein Jahrzehnt älter als noch wenige Augenblick zuvor aussah. »Entschuldigen Sie bitte meinen Wutausbruch«, sagte er leise. »Ich habe in letzter Zeit zu wenig geschlafen. Auch als Mitglied der Königsfamilie ist man nicht gegen gewisse … Zwänge immun.« Er senkte den Kopf und sprach dann mit erneuter Eindringlichkeit weiter. »Ich möchte es Ihnen folgendermaßen erklären. Es liegt im Interesse aller Beteiligten, daß die Königsfamilie die Macht zurückerhält. Niemand von Ihnen weiß, wie es früher im Sektor 221-G zuging. Meine Verwandten haben seit zweieinhalb Jahrhunderten regiert. Eine ununterbrochene Kette von Vorfahren, die den Frieden und die Ordnung bewahrten. Es mag Fraktionen geben, die unsere Methoden nicht gutheißen, aber niemand kann die Tatsache bestreiten, daß das Thallonianische Imperium seit Jahrhunderten florierte. Ich habe dort immer noch viele Anhänger, aber sie sind verstreut und eingeschüchtert. Wenn wir die Waffengewalt von Starfleet im Rücken haben, wird sich eine breite Front der Unterstützung bilden. Glauben Sie mir, Sie können nicht daran interessiert sein, daß das Reich in den Zustand zurückfällt, in dem es sich befand, bevor meine Vorfahren es zu einem der mächtigsten Imperien in der Geschichte unserer

Galaxis machten. Wenn tatsächlich die frühere Anarchie wieder einkehren würde, dann wäre die Anzahl der Toten, von denen Sie vorhin sprachen, Captain, wirklich unbedeutend im Vergleich zu dem, was noch kommen wird.«

Jetzt wurde Ryjaans Stimme eiskalt. »Das wäre nicht ratsam.«

Dieser Tonfall kam bei den Starfleet-Offizieren nicht sehr gut an. Obwohl Picard sich bemühte, seine Unparteilichkeit zu wahren, war ihm sein Mißfallen anzuhören, als er fragte: »Warum nicht?«

»Weil wir Danteri unsere eigene Sicherheit nicht vernachlässigen dürfen. Wir haben bereits Pläne ausgearbeitet, unsere Schiffe in das Territorium der Thallonianer zu entsenden ...«

»Ich wußte es!« sagte Si Cwan wutschnaubend.

Ryjaan ging nicht auf ihn ein. »Um völlig offen zu sein: Mehrere Systeme des ehemaligen Thallonianischen Imperiums haben bereits Kontakt mit uns aufgenommen. Die Bildung neuer Allianzen wird diskutiert. Diese Welten benötigen Schutz, und wir sind bereit, ihnen zu helfen. Wenn eine Flotte der Föderation mit feindseligen Absichten in den Raumsektor der Thallonianer eindringt, wäre es durchaus möglich, daß sie dabei in Konflikt mit Danteri-Schiffen gerät.«

»Sie wollen sich wie Aasfresser auf uns stürzen«, sagte Si Cwan und erhob sich langsam von seinem Platz. »Ihre Pläne sind übereilt, Danteri. Wir sind noch nicht so tot, wie Sie es gerne hätten. Und wenn Sie sich auf einen Kampf mit uns einlassen ...«

»Wenn Sie mit ›uns‹ Ihre geliebte Königsfamilie meinen, muß ich Sie daran erinnern, daß Sie von ihr nicht mehr im Plural sprechen können. Ihre Zeit ist vorbei, Si Cwan, und je eher Sie sich diesen Tatsachen stellen, desto schneller können Sie damit aufhören, unsere Zeit zu vergeuden.«

»Setzen Sie sich, Lord Cwan«, sagte Jellico streng, worauf Si Cwan seine Wut beherrschte, bevor sie ihn mitreißen konnte. Langsam nahm er wieder Platz.

Botschafter Spock meldete sich auf seine ruhige und besonnene Art zu Wort. »Ich denke, wir alle können uns darauf einigen, daß die Vermeidung von Gewaltanwendung und jeder Eskalation einer ohnehin komplizierten Situation von höchster Wichtigkeit ist.« Seine Feststellung wurde allerseits mit Kopfnicken quittiert. »Sehr gut. Also sollten wir uns dieses Punktes bewußt bleiben. Ryjaan, wie ich annehme, sind Sie befugt, im Namen Ihrer Regierung zu sprechen.«

»Natürlich. Und Sie sprechen für Ihre?«

Spock warf Jellico und Nechayev einen kurzen Blick zu. »Wir haben uns nicht unvorbereitet in diese Situation begeben«, sagte er. »Ich habe gründliche Studien über die wahrscheinlichen Reaktionen von Danteri und Thallonianern durchgeführt. Bislang hat sich die Entwicklung im Rahmen der erechneten Wahrscheinlichkeiten bewegt.«

Ryjaan gab sich keine Mühe, seine Verblüffung über diese Aussage zu verbergen. Erstaunlicherweise wandte er sich an Si Cwan, um ihn fragend anzublicken. »Er sagt, unser Verhalten sei berechenbar«, erklärte Si Cwan.

»In der Tat«, bestätigte Spock. »Deshalb habe ich bereits eine Empfehlung an die Föderation abgegeben, und wenn ich mich nicht irre, ist Admiral Nechayev darauf vorbereitet, sie hier zu diskutieren.«

»Vielen Dank, Botschafter«, sagte sie. Dann trommelte sie kurz mit den Fingern auf der Tischplatte, während sie ihre Gedanken sammelte. »Ryjaan ... da die Danteri Mitglieder der Vereinten Föderation der Planeten sind, gebe ich Ihnen hiermit bekannt, daß die Föderation es als einen Verstoß gegen ihre Interessen betrachten würde, wenn Schiffe der Danteri in den Sektor der Thallonianer eindringen, ganz gleich, in welcher Anzahl, um eine ohnehin labile Situation weiter zu verschärfen oder Feindseligkeiten zu provozieren. Ich teile es Ihnen informell mit. Wenn Sie wünschen, wird der Rat Ihnen eine offizielle Resolution zukommen lassen.«

»Ich verstehe«, erwiderte Ryjaan mit leichter Ironie. »Und Sie erwarten, daß die Danteri nun die Hände in den Schoß legen und keine Maßnahmen ergreifen, während die Föderation in das Territorium der Thallonianer eindringt, um das Machtgleichgewicht in eine Richtung zu verschieben, die ihr angenehmer ist. Ist es das, was Sie sich vorstellen?«

»Nein, das ist es nicht, was wir uns vorstellen. Vorausgesetzt, daß die Danteri nicht durch Waffengewalt versuchen, die Situation zu beeinflussen, verfolgt die Föderation nicht die Absicht, auf ähnliche Maßnahmen zurückzugreifen, die ausschließlich dem persönlichen Vorteil einer Handvoll Individuen dienen würden.« Bei ihren letzten Worten warf sie Si Cwan einen kurzen Blick zu.

Der Thallonianer versteifte sich. »Sie verstehen es nicht«, sagte er. »Das alles hat nichts mit persönlicher Geltungssucht zu tun. Niemand hat mich gefragt, ob ich mit meiner Lebensaufgabe einverstanden bin. Jede Verantwortung ablegen zu können ... ein ganz normaler Bürger zu sein ...« Er stieß einen schweren Seufzer aus, und in seinen folgenden Worten lag ein kaum wahrnehmbares Zittern. »Das wäre geradezu ein Segen.« Dann schien er diese Anwandlung abzuschütteln und sprach mit festerer Stimme weiter. »Ich bitte Sie nicht aus eigennützigen Gründen um Hilfe. Hier geht es nur um das Wohl des gesamten Thallonianischen Imperiums.«

»Sie befinden sich nicht in der Position«, warf Ryjaan ein, »über das Wohl des Thallonianischen Imperiums entscheiden zu können.«

Bevor Si Cwan etwas erwidern konnte, trat Jellico dazwischen. »Es ist völlig irrelevant, über diese Option zu diskutieren. Starfleet wird keine bewaffneten Streitkräfte schicken, um Ihnen oder irgendwelchen anderen Mitgliedern der königlichen Familie zur Macht zu verhelfen, Lord Cwan. So etwas tun wir grundsätzlich nicht.«

»Ich verstehe. Statt dessen sehen Sie lieber zu, wie Milliarden Individuen von einer Spirale des Chaos ins Verderben gerissen werden.«

»Das«, entgegnete Spock, »ist übertrieben und obendrein unzutreffend.«

»Wir haben diskutiert«, sprach Jellico weiter, »Beobachter auf den Schauplatz zu schicken. Ein neutrales Schiff mit kleiner Besatzung, das die Lage beobachten und der Föderation Bericht erstatten soll, damit gegebenenfalls angemessene Aktionen in die Wege geleitet werden können.«

Si Cwan schüttelte in tiefster Verachtung den Kopf. »Das gegenwärtige Erscheinungsbild der menschlichen Spezies wäre eine große Enttäuschung für Ihre Vorfahren. Im Gegensatz zu den Pionieren und Kriegern vergangener Zeiten sind Sie übervorsichtig und zögerlich geworden. Wenn die Situation einen großen Schritt erfordert, trippeln Sie nur noch ängstlich auf der Stelle.«

»In Anbetracht der Tatsache, daß Sie uns um Unterstützung bitten wollen, Lord Cwan«, erwiderte Jellico frustriert, »kann ich nicht behaupten, daß ich Ihre Haltung gutheiße.«

Dann sagte Commander Riker etwas völlig Unerwartetes.

»Cwan hat recht.«

Wenn Riker plötzlich ein drittes Auge gewachsen wäre, hätte er kein größeres Erstaunen bei Jellico, Nechayev und Ryjaan auslösen können. Spock blieb völlig leidenschaftslos, wie es seine Art war, und Picard verzog keine Miene.

»Wollen Sie sagen, wir sollten mit entsicherten Waffen vorstoßen, Commander?« fragte Nechayev, ohne ein Hehl aus ihrer Ungläubigkeit zu machen.

»Nein«, erwiderte Riker gelassen. »Schwierige Situation erfordern keineswegs extreme Maßnahmen.« Dann beugte er sich vor und stützte die verschränkten Arme auf dem Tisch ab. »Doch wir dürfen nicht vergessen, daß es hier um den Zusammenbruch eines Imperiums geht. Wie Lord Cwan gesagt hat, reden wir über das Schicksal von Milliarden Intelligenzwesen. Wenn die Reaktion der Föderation jedoch darin bestehen soll, lediglich den passiven Beobachter zu spielen …«

»Die Erste Direktive …« begann Jellico.

»Die Erste Direktive, Admiral, ist mir bei meinem letzten Besuch in der Starfleet-Zentrale nicht in flammenden Buchstaben an der Wand erschienen, begleitet von einer Grabesstimme, die sprach: ›Du sollst dich nicht einmischen‹«, entgegnete Riker. »Es ist eine Regel für die alltägliche Interaktion mit sich entwickelnden Spezies, damit unsere Starfleet-Offiziere nicht auf die dumme Idee kommen, nach ihren eigenen Regeln Gott zu spielen. Aber das hier ist keine alltägliche Situation, Admiral. Und wir haben auch nicht vor, Gott zu spielen. In dieser Situation geht es darum, anderen Lebewesen in Not zu helfen. Sagen Sie mir, Admiral: Als Sie in *Deep Space Five* herumsaßen und darauf warteten, daß wir eintrudeln, haben Sie sich einmal unter den Flüchtlingen umgesehen und mit ihnen gesprochen? Haben Sie das Elend in ihren Gesichtern und die Furcht in ihren Augen gesehen? Haben Sie mitgeholfen, die Verwundeten zu pflegen, haben Sie Sterbenden die Hand gehalten, haben Sie ein Gebet für die Toten gesprochen? Oder haben Sie sich in Ihr Quartier verkrochen und sich über die Unannehmlichkeiten an Bord der Station geärgert?«

»Es genügt jetzt, Commander!« sagte Admiral Nechayev streng.

Jellico lächelte verkniffen. »Sie sollten Nachsicht mit dem Commander üben. Wir beide hatten in der Vergangenheit ... einige Schwierigkeiten miteinander. Sie waren derart, daß er nun jede Umsicht vergißt und selbst die Möglichkeit einer Insubordination in Kauf nimmt.«

Riker ließ sich nicht anmerken, ob er sich dadurch eingeschüchtert fühlte. »Die Erste Direktive wurde von Männern und Frauen geschaffen, die nicht besser oder schlechter als wir waren. Deshalb möchte ich den respektvollen Vorschlag unterbreiten, daß wir ernsthaft über den Sinn dieser Vorschrift nachdenken, wenn sie uns zur Untätigkeit und Hilflosigkeit verdammt.«

Jellicos Wut schien sich exponentiell zu steigern, doch die übernatürlich ruhige Stimme von Botschafter Spock nahm ihm die Spitze, bevor der Admiral etwas sagen konnte. »Ich kannte einmal einen Mann«, sagte er leise, »der einer Meinung mit Ihnen gewesen wäre.« Es gab eine kurze Pause, in der Spocks Worte ihre Wirkung entfalteten, bis er weitersprach. »Was würden Sie vorschlagen, Commander?«

»Wir schicken ein Raumschiff in das Gebiet der Thallonianer. Ein einziges Raumschiff ... und keineswegs eine Flotte.« Rikers letzte Bemerkung war direkt an Ryjaan gerichtet, der bereits aufbrausen wollte. »Dieses Schiff soll der Föderation über die Lage berichten ... aber es soll auch die Erlaubnis haben, humanitäre Hilfe zu leisten, wenn sie benötigt wird. Und wenn die fraglichen Spezies den Captain dieses Raumschiffs um Unterstützung bitten, ihr Imperium durch *friedfertige* Mittel wieder zu etablieren« – dabei blickte er Si Cwan an –, »dann soll dieses Raumschiff zu geeigneten und vernünftigen Maßnahmen greifen, um wieder geordnete Verhältnisse im Sektor 221-G zu schaffen.«

»Und wer entscheidet, was ›vernünftige Maßnahmen‹ sind und was nicht?« wollte Jellico wissen.

»Der Captain natürlich.«

»Sie wollen ein Schiff der Föderation in ein potentielles Unruhegebiet schicken, wo überall feindliche Kräfte lauern, die es möglicherweise zunächst um Hilfe bitten, um sich anschließend gegen das Schiff zu wenden?« Jellico schüttelte den Kopf. »Wenn wir unberücksichtigt lassen, was unsere Flotte beim letzten Gefecht gegen die Borg hat einstecken müssen ... wenn wir für einen Moment vergessen, daß es einfach fahrlässig wäre, ein Schiff nur zum Wohl und Nutzen eines Volkes, das nicht der Föderation angehört, auf eine solche Mission zu schicken und dazu auf unbestimmte Zeit ... Der Punkt ist der, daß der Sektor 221-G ein Pulverfaß darstellt, und Commander Riker schlägt vor, wir sollten jemanden bitten, sich mitten in die Höhle des Löwen zu wagen.«

»Ich hätte es ohne Metaphern formuliert, aber im wesentlich ist das korrekt«, entgegnete Riker.

Jellico schien darüber nicht amüsiert – er zeigte seinen gewohnten mißmutigen Gesichtsausdruck. »Es ist fahrlässig, Commander. Ein solches Risiko wäre völlig unnötig.«

Dann fixierte Botschafter Spock den Admiral mit eiskaltem starrendem Blick und sagte: »Das Risiko ... Admiral Jellico ... ist unser Geschäft.«

Jellico öffnete den Mund, doch in Spocks Blick war etwas, das ihn zum Schweigen brachte, noch bevor er etwas sagen konnte. Längere Zeit war es still, bis sich Admiral Nechayev herumdrehte und sagte: »Captain Picard ... was denken Sie?«

Er trommelte nachdenklich mit den Fingern auf den

Tisch. »Ich stimme mit Commander Riker überein«, sagte er dann.

»Oh, das überrascht mich wirklich!« entgegnete Jellico.

»Bei allem gebührendem Respekt, Admiral, Sie kennen mich gut genug, um zu wissen, daß ich meine Entscheidung niemals unbedacht auf irgendwelche persönlichen Loyalitäten gründen würde«, teilte Picard ihm spitz mit. »Ich respektiere die Befehlshierarchie und persönliche Loyalitäten, aber ich entscheide mich letztlich für das, was ich für richtig halte. Ich möchte Sie darauf hinweisen, daß die *Enterprise* niemals die Flotte im Kampf gegen die jüngste Borg-Invasion unterstützt hätte, wenn dem nicht so wäre, und daß Sie dann wesentlich größere Probleme als die Vorkommnisse im Sektor 221-G zu bewältigen hätten.«

Jellicos Gesicht rötete sich leicht. Nechayev reagierte viel gefaßter, als sie sagte: »Der Punkt geht an Sie, Captain Picard. Admiral ... ich glaube, die Idee hat etwas für sich. Wir müssen vielleicht noch einige Überzeugungsarbeit leisten, aber ich bin zuversichtlich, daß wir die Zustimmung der Föderation erhalten werden.«

»Admiral ...« begann Jellico.

Doch Nechayev ließ keinen Zweifel daran, daß sie nicht weiter über diesen Punkt diskutieren wollte. »Haben Sie einen Vorschlag, welches Raumschiff für diese Mission abgestellt werden könnte, Admiral?«

»Ich ...« Er setzte offensichtlich zu einem neuen Protest an, doch dann bemerkte er den harten Blick ihrer Augen. Er gelangte zur Schlußfolgerung, daß er lediglich Picard und Riker in die Hände spielen würden, wenn er sich weiterhin sträubte, und er wollte ihnen auf keinen Fall diese Genugtuung verschaffen. Also schaltete er um und ging im Geiste die verfügbaren Schiffe durch. »Ich wüßte eines«, sagte er schließlich. »Die *Excalibur*.«

»Wurde es nicht bei der Borg-Invasion beschädigt?« fragte Picard.

»Ja, und der Captain wurde getötet. Korsmo. Ein guter Mann.«

»Wir haben gemeinsam die Akademie durchlaufen«, sagte Picard. »Und ich hatte die ... Ehre, während des Borg-Zwischenfalls an seiner Seite zu kämpfen. Er war ... ein tapferer Mann.«

»Ja, und seine letzte Handlung bestand darin, das Schiff aus der Schußlinie zu bringen. Andernfalls wären die Schäden wesentlich schwerer ausgefallen. Die *Excalibur* wird zur Zeit repariert und neu ausgerüstet. Die Besatzung wurde dem Schiff wieder zugewiesen ... alle bis auf den Ersten Offizier. Diese Frau erwartet eine Beförderung, sie bereitet sich auf ein eigenes Kommando vor.«

»Tun das nicht alle?« sagte Riker lächelnd.

Jellico warf ihm einen finsteren Blick zu. »Nicht alle«, erwiderte er abfällig. Dann beobachtete er mit nicht geringer Befriedigung, wie Rikers Miene erstarrte. »Die *Excalibur* müßte in schätzungsweise drei Wochen startbereit sein. Wenn wir etwas Druck machen, könnte sie vielleicht schon in zwei Wochen fertig sein.«

»Gut«, sagte Nechayev. »Admiral, Captain ... unter diesen Umständen möchte ich Sie um Empfehlungen bitten, wer als Captain für diese Mission geeignet wäre. Wir treffen uns in zwei Stunden in Ihrem Büro wieder, Picard. Meine Herren« – dabei sah sie Ryjaan und Si Cwan an –, »wir hoffen, daß diese Entscheidung Ihre Zustimmung findet. Es ist meinem Dafürhalten nach das Beste, was wir Ihnen gegenwärtig anbieten können.«

»Meine Regierung wird zufrieden sein«, sagte Ryjaan gleichmütig.

Alle Augen wandten sich Si Cwan zu, der eine Weile reglos dasaß und in die leere Luft starrte, wie es schien.

Als er sprach, überraschte er alle Anwesenden. »Ich werde natürlich ebenfalls an Bord dieses Schiffes sein.«

Die Starfleet-Offizier blickten sich gegenseitig verblüfft an. »Was veranlaßt Sie zu dieser Annahme, Lord Cwan?« fragte Nechayev.

»Es ist mein gutes Recht«, sagte er. »Es geht um mein Volk und mein Imperium. Wie Sie sagten, begeben Sie sich in eine gefährliche Situation. Ich habe immer noch viele Anhänger, und meine Anwesenheit wird Ihnen Autorität verschaffen. Ich muß dabeisein.«

»Wir protestieren!« rief Ryjaan und schlug mit der Faust auf den Tisch.

»Ersparen Sie sich den Protest«, sagte Jellico. »Lord Cwan, das ist nicht möglich. Sie sind kein Starfleet-Angehöriger.«

»Die Idee hat etwas für sich«, sagte Picard langsam. »Wir reden hier von einer unerkundeten, unbekannten Region des Weltraums. Seine Anwesenheit könnte für uns von Vorteil sein ...«

»Ich sagte nein, Picard. Welchen Teil dieser Antwort haben Sie nicht verstanden?«

»Ich sage nur, daß Sie diese Idee nicht von vornherein verwerfen sollten ...«

»Hören Sie, Captain ... vielleicht sehen einige von uns die Anwesenheit von Nicht-Starfleet-Angehörigen so locker, daß sie sogar Jugendliche auf die Brücke lassen, um das Schiff von ihnen steuern zu lassen«, erwiderte Jellico gehässig. »Die meisten von uns wissen jedoch, was angemessen ist und was nicht. Si Cwan ist nicht geeignet, irgendeine offizielle Funktion an Bord eines Föderationsraumschiffs auszuüben, und deshalb werde ich seiner Anwesenheit nicht zustimmen.«

Jetzt war es Picard, der allmählich die Geduld mit Jellico verlor, doch Nechayev mischte sich ein, bevor offene Feindseligkeiten ausbrechen konnten. »Captain, ich muß dem Admiral beipflichten. Lord Si Cwan … ich muß Ihren Wunsch respektvoll zurückweisen. Es tut mir leid.«

Si Cwan erhob sich von seinem Platz und überragte die Anwesenden drohend. »Nein«, sagte er. »Es tut Ihnen nicht leid. Aber es wird Ihnen leid tun.«

Als er sich zur Tür wandte, rief Nechayev ihm nach: »Soll das eine Drohung sein, Lord Cwan?«

Er lief weiter, ohne langsamer zu werden, während er ihr antwortete. »Nein. Eine Prophezeiung.«

III.

»Calhoun?«

Jellico machte kein Hehl aus seiner Überraschung. »Calhoun?« sagte er noch einmal. »Sie meinen doch nicht etwa Mackenzie Calhoun?«

»Genau den meine ich«, sagte Picard und nippte ungerührt an seinem Tee.

Jellico blickte sich zu Nechayev um, die sich ebenfalls zum Treffen in Picards Büro eingefunden hatte. Offenbar erwartete er von ihr eine Bestätigung, daß das, was er soeben gehört hatte, der pure Wahnsinn war. Auch Nechayev war überrascht, aber sie zeigte es nicht so offen. »Ich muß zugeben, Captain, daß ich den Eindruck hatte, Sie würden Riker für diesen Posten empfehlen. Das ist der Grund, warum ich ihn bei dieser Besprechung nicht dabeihaben wollte.«

»Wenn Riker daran interessiert wäre, hätte er es mich wissen lassen«, erwiderte Picard sachlich. »Außerdem finde ich, daß Calhoun für diese Mission weitaus qualifizierter wäre.«

»Falls es Ihnen entgangen ist, Picard, der Mann hat den Dienst quittiert! Calhoun gehört Starfleet gar nicht mehr an. Schon seit ... wieviel Jahren? Fünf? Oder sechs?«

»Offiziell hat er sich nur beurlauben lassen.«

»Offiziell? Der Mann hat mir gesagt, ich solle mich zum Teufel scheren! Er ist wutentbrannt aus meinem Büro gestürmt! Danach hat er die verschiedensten Jobs angenommen, von denen einige ziemlich fragwürdig waren! Weist irgend etwas an seiner Handlungsweise darauf hin, daß er die Absicht oder auch nur das Interesse haben könnte, jemals in den Starfleet-Dienst zurückzukehren?«

»Fragwürdig?« erkundigte sich Picard.

»Es gab Gerüchte ...« sagte Jellico. »Ich habe gehört, er sei in Sklavengeschäfte verwickelt ... und in Waffenschiebereien ...«

»Das ist absurd. Wir können unser Urteil nicht auf Gerüchte und Andeutungen gründen.«

»Das ist wahr«, sagte Nechayev. »Aber wir sollten trotzdem vorsichtig sein.«

»Sehen Sie der Wahrheit ins Auge, Picard. Er hat nur Schwierigkeiten gemacht, schon an der Akademie. Und die Tatsache, daß er ihr Schützling war ...«

»Er war nicht mein ›Schützling‹!« erwiderte Picard. »Er war nur ein verdammt guter Offizier. Einer der besten, die wir jemals hervorgebracht haben.« Er stellte die Teetasse ab und zählte die Gründe an den Fingern ab. »Er kennt diesen Weltraumsektor. Sein Heimatplanet Xenex liegt unmittelbar an der Grenze zum Thallonianischen Imperium. Er hat die Umgebung erkundet, nachdem er Xenex verließ und bevor er in die Akademie kam. Außerdem kennt er die Danteri, was sich als vorteilhaft erweisen könnte, falls sie irgendwie in den Niedergang des Thallonianischen Imperiums verwikkelt sind ... und wenn wir für einen Moment Ryjaans Entrüstung außer acht lassen, halte ich diese Möglichkeit für nicht ganz unwahrscheinlich. Wir sollten uns nichts vormachen: Wenn das Thallonianische Imperium auseinanderbricht, haben wir es mit Planeten zu tun, die gegeneinander Krieg führen. Überall versuchen sich widerstreitende Fraktionen durchzusetzen. Wir brauchen jemanden, der die Welten zusammenschmieden kann. Und Calhoun hat es schon einmal getan. Damals war er noch ein Teenager. Wir können seine Kraft und

Fähigkeiten in dieser Situation besser als je zuvor gebrauchen.«

»Er ist unberechenbar«, sagte Jellico.

»Das paßt hervorragend zu den Umständen.«

»Er ist ein Einzelgänger. Er wird uns immer wieder Schwierigkeiten machen. Er …«

»Admiral«, sagte Nechayev. »Statt Beschwerden würde ich von Ihnen lieber eine eigene Empfehlung hören. Wen schlagen Sie vor?«

»Den Ersten Offizier der *Excalibur*«, erwiderte Jellico ohne Zögern. »Commander Elizabeth Paula Shelby.«

»Shelby?« fragte Picard.

»Sie kennen sie gut, wenn ich mich recht entsinne.«

»In der Tat«, sagte Picard mit einem feinen Lächeln. »Es ist ganz gut, daß Commander Riker nicht anwesend ist, sonst würde er jetzt wie ein durchgebrannter Warpkern kochen. Die beiden sind nicht besonders gut miteinander ausgekommen, während sie an Bord der *Enterprise* war … weil er zu sehr damit beschäftigt war, seine Uniformhose von ihren Fußtritten zu säubern.«

»Shelby ist ein handfester, aggressiver Offizier«, sagte Jellico. »Sie hat viel von Korsmo gelernt. Sie hat sich ein eigenes Kommando verdient.«

»Das mag durchaus richtig sein, aber ich glaube nicht, daß es diese Mission sein sollte«, entgegnete Picard. »Die ungewöhnliche Situation, die Unberechenbarkeit … Calhoun ist einfach besser geeignet.«

»Sie schlagen vor, einen Cowboy in den Sessel des Captains zu setzen«, lautete Jellicos Kommentar.

»Völlig richtig«, bestätigte Picard. »Wir stehen vor einer neuen Grenze, hinter der eine unbekannte Wildnis liegt. Für eine solche Aufgabe ist ein unerschrockener Cowboy am besten geeignet.«

»Also gut, meine Herren«, sagte Nechayev. »Ich möchte Ihre offiziellen Vorschläge in achtundvierzig Stunden auf meinem Schreibtisch in der Starfleet-Zentrale liegen haben. Ich werde Ihre Begründungen sowie die Personalakten Ihrer Kandidaten in Betracht ziehen – und auch über andere Möglichkeiten nachdenken. Ich werde so schnell wie möglich eine Entscheidung treffen.«

Da die Besprechung eindeutig zu Ende war, machte Jellico sich auf den Weg zur Tür. Doch dann hielt er inne, als er bemerkte, daß Nechayev ihm nicht folgte. Er drehte sich um und blickte sie fragend an.

»Ich muß mit Captain Picard über eine andere Angelegenheit reden«, sagte sie. »Wenn Sie gestatten …«

Jellico gab sich Mühe, gelassen zu wirken, als er die Schultern zuckte und hinausging, doch für Picard bestand kein Zweifel, daß der Admiral verärgert war. Andererseits hatte Riker einmal behauptet, es sei leicht festzustellen, ob Jellico verärgert war – er war es nämlich immer dann, wenn er nicht schlief.

Nechayev wandte sich mit verschränkten Armen an Picard. »Was Calhoun betrifft …« sagte sie.

»Ich hoffe doch, daß Sie sich durch Admiral Jellicos Antipathie nicht zu einer vorschnellen Entscheidung haben verleiten lassen …«

»Picard«, sagte Nechayev langsam, »Sie sollten sich bewußt machen, daß ich Ihnen Dinge von äußerst delikater Natur anvertrauen werde.«

Die Veränderung ihres Tonfalls verblüffte Picard. »In welcher Hinsicht delikat?«

Sie ging in Picards Büro auf und ab. »Wie Jellico erwähnte, gab es Gerüchte, nach denen Calhoun an zwielichtigen Aktionen beteiligt war.«

»Und wie ich darauf erwiderte, hoffe ich, daß die Gerüchte nicht …«

»Es sind keine Gerüchte, Jean-Luc.«

Er hob eine Augenbraue. »Wie bitte?«

»Sicher, das genaue Ausmaß von Calhouns Aktivitäten könnte im Verlauf der mündlichen Weitergabe übertrieben worden sein. So ist es schließlich immer. Aber Calhoun hat sich an einigen äußerst fragwürdigen Unternehmungen beteiligt. Ich weiß es, weil ich ihm den Auftrag dazu erteilt habe.«

»Sie …?«

»In Starfleet gibt es gewisse Abteilungen, die ihre Arbeit nicht gerne an die Öffentlichkeit dringen lassen, Captain. Sie beschäftigen sich mit Angelegenheiten, die – wie soll ich es formulieren? – behutsam gehandhabt werden. Denn falls diese Aktivitäten in der Flotte oder der Föderation allgemein bekannt würden, wäre das sehr kontraproduktiv.«

Picard konnte es nicht fassen. »Wollen Sie damit sagen, daß Calhoun als eine Art … Geheimagent gearbeitet hat?«

»Das ist ein häßliches Wort, Captain«, sagte Nechayev mit leichtem Grinsen. »Wir ziehen den Begriff ›Spezialist‹ vor. Mackenzie Calhoun hat sich in gewissen Kreisen den Ruf erworben, ein abtrünniger Starfleet-Offizier zu sein, der jeden Auftrag übernimmt, wenn der Preis stimmt. Dabei konnte er mehrfach schwelende Problemfälle lösen und uns bei verschiedenen Gelegenheiten einen großen Gefallen erweisen. Wenn man es hart ausdrücken will, könnte man sagen, daß er unser Undercover-Agent ist.«

»Also hat er Starfleet niemals verlassen …«

»Oh doch, er ist aus dem aktiven Dienst ausgeschieden. Der Zwischenfall mit der *Grissom*, der zu seiner Entlassung führte, ist tatsächlich so geschehen. Doch dann geriet er in Schwierigkeiten, und meine Abteilung trat mit einem Vorschlag an ihn heran, den er nicht ohne weiteres hatte abweisen können. Um es kurz zu machen, wir haben ihm aus einer Patsche geholfen, aus der er sich selbst kaum mit heiler Haut hätte retten können, und als Gegenleistung …«

»… arbeitet er jetzt für Sie. Ich verstehe.«

»Glauben Sie mir, beide Seiten profitieren davon. Mackenzie Calhoun ist ein Mann, der Herausforderungen braucht. Ohne sie würde er eingehen.«

»Das weiß ich nur allzugut«, gestand Picard ein.

»Wir konnten ihm geben, was er braucht. Damit ist den Bedürfnissen aller Beteiligten Genüge getan.«

»Also wollen Sie mir sagen, daß Calhoun aus dem Rennen ist. Daß Sie weiterhin seine Dienste als ... ›Spezialist‹ benötigen.«

Nechayev blickte aus dem Fenster, während sie die Hände hinter dem Rücken zusammengelegt hatte. »Nicht ... unbedingt«, sagte sie langsam. »Ich stimme Ihnen zu, daß Calhoun möglicherweise einer der besten Offiziere ist, den die Akademie jemals hervorgebracht hat. Ein Grund, weshalb ich ihn rekrutiert habe – unter Zwang, wie ich zugeben muß –, war der, daß ich ihn nicht verlieren wollte. Und gegenwärtig mache ich mir Sorgen, daß wir ihn verlieren könnten. Er hat schon zu lange untergetaucht gelebt, denke ich. Daß er sich in ehrlosen und zwielichtigen Kreisen bewegen muß, zieht ihn allmählich zu Boden, nagt an seiner Substanz. Es vergiftet den guten Kern, der fraglos in ihm steckt.«

»Er starrt in den Abgrund, und der Abgrund starrt zurück.«

»Genau. Im Rahmen der Durchsetzung unserer Ziele, der Erledigung unangenehmer Aufgaben ... haben wir der Seele dieses Mannes Schaden zugefügt, wie ich zunehmend glaube. Wenn wir nicht bald etwas unternehmen, könnte der Schaden irreparabel werden. Wenn ich ihn einfach aus unseren Diensten entlasse ... Gott weiß, was dann mit ihm geschehen wird. Er braucht ein neues Lebensziel, Picard. Er braucht Starfleet, auch wenn er selbst es vielleicht niemals zugeben würde.«

»Wenn ich diese Umstände bedenke – meinen Sie,

daß er noch geeignet ist, eine Stellung als Starfleet-Offizier einzunehmen?«

Sie drehte sich um und sah Picard wieder an. »Zu diesem Zeitpunkt, ja. Es wäre der ideale Moment. In einem Jahr oder vielleicht auch nur in sechs Monaten ... könnte es schon zu spät sein. Er könnte tot sein ... oder Schlimmeres.«

»Können Sie ihn in die Starfleet-Zentrale holen? Mit ihm reden?«

»Ich bin mir nicht ganz sicher, ob er mir zuhören würde«, sagte sie. »Nicht wenn ich mit ihm darüber reden will, daß er zu Starfleet zurückkehren soll. Um dieses Ziel zu erreichen, denke ich ... daß es vielleicht besser wäre, wenn der Berg zum Propheten käme ... wenn Sie verstehen, was ich damit andeuten will.«

IV.

Krassus blickte kritisch auf die Karten in seiner Hand, dann über den Tisch auf das unerträglich süffisante Gesicht des Xenexianers, der sein Hauptgegner war. Noch vor wenigen Augenblicken waren ein Tellarit und ein Andorianer an der Runde Six-Card-Warhoon beteiligt gewesen, aber sie hatten längst die Segel gestrichen und beobachteten nun mit gemäßigtem Interesse das Duell zwischen Krassus und dem Xenexianer.

Der Xenexianer gab nicht den leisesten Hinweis darauf, was er in der Hand hatte. Sein Haar war lang, und über seine rechte Gesichtshälfte zog sich eine eindrucksvolle Narbe. Seine violetten Augen waren so düster wie Sturmwolken, doch sie betrachteten Krassus mit einer Art nichtssagendem Desinteresse. Als würde viel weniger als ein Vermögen an Latinum auf dem Spiel stehen.

Krassus wußte nur wenig über den Xenexianer, außer daß er anscheinend irgendwie mit dem Sklavenhandel zu tun hatte. Das war ein Metier, mit dem Krassus durchaus vertraut war, da auch er im Sklavengeschäft tätig war. Krassus war jedoch ein Orioner und hatte noch nie zuvor die Gelegenheit gehabt, sich in der Umgebung von Xenex umzusehen. Aber er hatte aus verschiedenen Quellen gehört, daß Xenexianer recht zähe Kunden sein konnten, und dieser Vertreter paßte allem Anschein nach hervorragend ins Bild.

Krassus rieb nachdenklich sein grünes Kinn. Er hörte

ein leises Kichern in der Nähe. Zina blickte ihm über die Schulter. »Hör auf, mich anzuhauchen«, fuhr er sie an.

Die knapp bekleidete orionische Sklavin trat einen Schritt zurück, doch sie grinste auf eine Art und Weise, die bereits an unbändiges Vergnügen grenzte. Krassus hatte Zina vor einem Jahr erworben und wollte sie ursprünglich baldmöglichst weiterverkaufen, doch dann hatte er Gefallen an ihr gefunden. Obwohl es bereits einen interessierten Käufer gab, hatte er beschlossen, sie zu behalten. Der potentielle Käufer hatte lauthals protestiert, worauf Krassus keine andere Wahl gehabt hatte, als ihn zum Schweigen zu bringen – indem er ihm einen Dolch zwischen die dritte und vierte Rippe steckte. Das war das Ende des Protests, der geschäftlichen Verbindung und des Kunden gewesen.

Die Reaktion des Mädchens war dem Xenexianer nicht entgangen. »Wenn ich sehe, wie sich Ihre Freundin aufführt«, sagte er, »scheinen Sie ein recht gutes Blatt auf der Hand zu haben. Vielleicht sollte ich jetzt lieber passen.«

Darauf drehte sich Krassus um und versetzte Zina einen Stoß, der sie umwarf. Sie stürzte zu Boden, rollte sich jedoch elegant wie ein Panther ab, um Krassus wild anzufauchen.

»Es wäre natürlich auch möglich«, redete der Xenexianer weiter, »daß Sie beide sich abgesprochen haben und mich in die Irre führen wollen. In diesem Fall ...« Er dachte darüber nach und nickte schließlich. »Ja. Ja, ich glaube, so dürfte es sich verhalten.« Er griff in einen Koffer, der zu seinen Füßen stand, und holte zwei weitere Barren in Gold gepreßtes Latinum hervor, um sie auf den Tisch zu werfen. Die Tischbeine ächzten leise unter dem zusätzlichen Gewicht.

Zu diesem Zeitpunkt hatte das Kartenspiel die Aufmerksamkeit aller zwielichtigen Gäste dieser ebenso zwielichtigen Bar gefesselt. Die Mojov-Station war ein Zwischenstopp, von dem aus man mehrere Raumsektoren erreichte, ein Ort, an dem sich Individuen einfanden, die in »zivilisierteren« Etablissements auf »zivilisierteren« Welten möglicherweise Schwierigkeiten bekommen hätten. Hier jedoch konnten sie sich ausruhen, sich treffen und versuchen, sich ein paar Credits dazuzuverdienen.

Krassus warf einen Blick auf den Pott und spürte, wie ihm das Blut aus dem Gesicht wich. »Ich kann nicht mithalten. Das ist zuviel«, knurrte er.

»Dann scheinen Sie in Schwierigkeiten zu stecken«, erwiderte der Xenexianer.

Krassus' Augen zuckten von seinem Blatt (das recht gut war) zum Einsatz auf dem Tisch, und seine Habgier wurde geradezu überwältigend ... ganz zu schweigen von der Kränkung seines Stolzes, daß er gegen diesen blaßgesichtigen Xenexianer verlieren könnte. Dann fiel sein Blick auf Zina, und kurz darauf wandte er sich wieder seinem Mitspieler zu. »Wie wäre es mit ihr?«

Zina war schockiert, daß sie als Glücksspieleinsatz mißbraucht werden sollte, aber der Xenexianer schien darüber nicht im geringsten überrascht zu sein. Es war beinahe, als hätte er genau das erwartet. »Sie soll zwei Barren Latinum wert sein? Das glaube ich nicht.«

»Was sie im direkten Wiederverkauf erzielen würde, wäre natürlich viel weniger. Aber was Zina in ... körperlicher Hinsicht leisten kann ... ist das Zehnfache wert. Ich spreche aus persönlicher Erfahrung«, gluckste Krassus.

»*Krassus!*« fauchte sie.

Der Xenexianer musterte sie prüfend. »Wenn ich dich gewinne, Zina ... würdest du dann versuchen, mich aus Rache zu töten? Oder würdest du dich jemandem gegenüber dankbar erweisen, der dich viel besser behandeln wird als ein Mann, der dich als Einsatz in einer Runde Six-Card-Warhoon benutzt?«

Zina schien über seine Worte nachzudenken. Dann warf sie dem Xenexianer einen Blick voller Verachtung zu. »Ich wüßte nicht, warum ich Krassus gegenüber loyaler sein sollte, als er es zu mir ist«, sagte sie. »Tu, was du willst, Xenexianer ... und wenn du gewinnst, werde ich tun, was du verlangst.«

»Das kann ich akzeptieren«, sagte der Xenexianer. »Die Wette gilt, Orioner.«

»Ausgezeichnet!« krähte Krassus. »Endlich verläuft das Spiel so, wie es sich für richtige Männer gebührt! Und jetzt wollen wir sehen, wer von uns der Bessere ist!«

Im hinteren Bereich der Bar gab es mehrere Räume, die für gewisse Zwecke angemietet werden konnten. Als der Xenexianer in einen dieser Räume trat, wirbelte er sofort herum, um sich davon zu überzeugen, daß das orionische Mädchen ihm nicht in den Rücken fiel. Zina stand im Türrahmen und grinste wild, während ihre Augen funkelten. Der Raum war nicht sehr üppig eingerichtet, doch andererseits war das robuste Bett in der Ecke auch schon alles, was die meisten Gäste hier benötigten.

»Ich schätze, Krassus hat nun erfahren müssen, wer der Bessere ist«, schnurrte sie. »Dieser Narr.«

»Am Lachen erkennt man den Narren.«

»Und wie soll ich dich nennen?« Sie schlich näher an ihn heran, mit wiegenden Hüften, die kaum von ihrer dürftigen Kleidung verhüllt wurden.

»Mac«, sagte er.

»Du bist jetzt mein Besitzer, Mac. Wirst du mich weiterverkaufen oder möchtest du mich behalten?«

»Ich dachte, ich verschiebe diese Entscheidung lieber auf später«, sagte Mac.

»Wann wirst du dich entschieden haben?«

»In ein oder zwei Stunden, denke ich.«

Als sie sich plötzlich auf ihn warf, wollte er sie instinktiv zurückstoßen, doch dann schlang sie ihre Arme auf recht unbedrohliche Weise um seinen Körper. Ihre Hände lagen auf seinem Rücken, und ihre Schenkel drängten sich gegen seine Hüften. »Eine Stunde?« erwiderte sie mit herausfordernder Miene. »Ich denke, ich kann dir viel schneller zur Entscheidungsfindung verhelfen.«

Dann preßten sich ihre Lippen hungrig auf die seinen, und es schien, als wäre sie eher eine Naturgewalt als nur eine Frau. Auf Mac wirkte sie buchstäblich atemberaubend, als sie an seiner Kleidung zerrte und ihn aus seinem Hemd zu befreien versuchte. Er taumelte rückwärts zum Bett und fiel auf die Matratze. Ungeduldig riß sie ihm das Hemd vom Leib und stellte unbeschreibliche Dinge mit seinem nackten Brustkorb an.

Er zog sie hoch, damit sie ihn ansah, blickte in ihre Augen und hatte das Gefühl, in einen Mahlstrom gesogen zu werden. Sie hatte die glitzernden weißen Zähne gefletscht. Er rollte sie herum, so daß er nun auf ihr lag. Dabei fiel irgendwie auch der letzte Rest Kleidung von ihr ab, und als er seine Brust an die ihre drückte, war die Hitze beinahe unerträglich. Ihre Hände griffen unter seine Hüfte, während er seine Arme zum Kissen streckte, das am oberen Ende des Bettes lag.

Die Tür des Raumes öffnete sich völlig geräuschlos. Der Xenexianer namens Mac sah nicht, wie Krassus eintrat und sich mit einer Lautlosigkeit bewegte, die für einen so massiven Mann unnatürlich schien. Zina entdeckte ihn, aber sie sagte nichts ... sie fauchte nur noch lauter, um seine Annäherung zu kaschieren. Krassus hielt ein großes Messer in der Hand, das in der schwachen Beleuchtung des Raumes funkelte. Er pflegte und polierte es pausenlos, damit es immer scharf war. Es sauber zu halten, war eine gewisse Leistung, wenn man bedachte, wie häufig er damit bereits Blut vergossen hatte.

Er machte zwei weitere lautlose Schritte und hatte den Raum durchquert. Dann hob er das Messer, um es im nächsten Moment niederfahren zu lassen. Der Xenexianer bemerkte nichts von alledem. Sein Rücken glänzte vor Schweiß, und seine rechte Hand war unter dem Kissen …

Und plötzlich entlud sich fauchend ein Energiestrahl, der durch das Kissen drang, es zerfetzte, dann durch die Luft schnitt, in Krassus' Körper eindrang und ihn zerfetzte. Der Strahl traf ihn mitten in den Bauch und warf ihn von den Beinen. Er ließ das Messer fallen, und im selben Augenblick bäumte sich Mac auf und schob Zina zur Seite. Sie rollte unter ihm hervor und landete benommen und verwirrt auf dem Fußboden, während Mac das fallende Messer im Flug mit der linken Hand auffing. In der rechten Hand hielt er die Waffe, die er unter dem Kopfkissen versteckt hatte.

All dies geschah, bevor Krassus den Boden erreicht hatte. Die Wucht des Energiestrahls hatte ihn rückwärts gegen die Tür geworfen, wo er nun mit maßlos überraschtem Gesichtsausdruck zu Boden rutschte.

Mac wälzte sich vom Bett. Zina blickte schockiert auf den schwerverletzten Krassus und dann auf den Xenexianer. »Du hast ihn … erschossen … und dabei … hast du ihn nicht einmal … gesehen …«

»Übung«, sagte Mac lakonisch. Seine Stimme und seine Haltung schienen auf einmal völlig verändert. Er wirkte viel beherrschter, viel gefährlicher als zuvor. Wenn Zina über eine bildreiche Phantasie verfügt hätte, würde sie nun Gewitterwolken sehen, die sich über seinem Kopf zusammenbrauten.

Er ging langsam zu Krassus hinüber, der am Boden

lag und sich den Bauch hielt. Blut quoll hervor, und Krassus' Hände berührten Teile seines Körpers, über die er nicht genauer nachdenken wollte – die er niemals im Leben hatte berühren wollen. Trotzdem versuchte er, sie dorthin zurückschieben, wohin sie normalerweise gehörten. Mac ging vor ihm in die Hocke, und sein Blick war eiskalt und tödlich. »Ein Bauchschuß«, sagte er beinahe mitfühlend. »Es dauert eine Weile, bis man an einer solchen Wunde stirbt. Verdammt schmerzhaft. Die medizinischen Einrichtungen in der Nähe sind nicht gut genug ausgerüstet, um eine so schwere Verletzung zu behandeln. Du bist tot. Natürlich gäbe es da noch eine Möglichkeit ...« Er ließ das Messer mit überraschender Geschicklichkeit in der Hand herumwirbeln, so daß es schien, als würde es in seinen Fingern lebendig werden. »Wenn du es wünschst, kann ich dafür sorgen, daß dein Ende schneller kommt.«

»Du ... du Mistkerl ...« stammelte Krassus.

Mac nickte langsam. »Ja, das bin ich wohl. Aber selbst Mistkerle haben Freunde. Ich hatte mehrere davon, darunter auch jemanden, der mir einmal das Leben gerettet hat. Sein Name war Barsamis. Kommt er dir zufällig bekannt vor?« Zuerst schüttelte Krassus den Kopf, doch dann weiteten sich seine Augen, als er plötzlich verstand. »Ah, du erinnerst dich an ihn. Gut«, sagte Mac. »Barsamis war nicht ohne Fehler. Er war ein Gauner. Aber wie ich schon sagte, hat er mir bei einer Gelegenheit das Leben gerettet, weswegen ich mich ihm verpflichtet fühle. Ich war ihm etwas schuldig, und dann kündigte ein orionischer Sklavenhändler eine Vereinbarung und brachte ihn um. Der Kerl schob ihm ein Messer zwischen die Rippen.« Er blickte nachdenklich auf die Klinge in seiner Hand. »War es vielleicht dieses hier? War es dieses Messer?«

Krassus nickte stumm.

»Nun, in diesem Fall«, fuhr Mac fort, »könnte man sozusagen von poetischer Gerechtigkeit sprechen, meinst du nicht auch?«

Und plötzlich klingelten die Alarmglocken in Macs Hinterkopf.

Dieser Spürsinn hatte überhaupt nichts mit Parapsychologie oder Mystik zu tun. Der Xenexianer nahm es einfach nur wahr, wenn Gefahr drohte, und konnte mit einer Geschwindigkeit und Zielgenauigkeit darauf reagieren, die übernatürlich schien – zumindest für Außenstehende. Im Fall von Krassus war die Sache jedoch vergleichsweise simpel. Mac hatte ohnehin damit gerechnet, daß Krassus zu einer solchen Taktik greifen würde, und sich entsprechend vorbereitet.

Der Angriff des orionischen Mädchens Zina dagegen kam zu einem eher ungünstigen Augenblick.

Zina warf sich auf ihn, und Mac – der immer noch am Boden kauerte – schlug mit dem rechten Fuß aus. Er traf Zina genau in die Magengrube, während sie noch mitten im Sprung war, und schleuderte sie wieder zu Boden. Doch diese Reaktion dämpfte ihren Tatendrang nicht sehr. Mit animalischem Gebrüll stürmte sie erneut los, die Fingernägel wie Krallen ausgefahren.

Gleichzeitig sah Mac aus dem Augenwinkel, daß Krassus unter sein Hemd griff. Es war möglich, daß der Orioner lediglich versuchen wollte, seine Blutungen zu stoppen. Andererseits war es genauso möglich, daß er eine Waffe ziehen wollte.

Mac ging kein Risiko ein. Er riß seine Energiewaffe aus dem Gürtel und vollführte eine schwungvolle Bewegung mit der linken Hand, so daß der Lauf das orionische Mädchen mitten im Gesicht traf. Er hörte ein Knacken, das ihm verriet, daß er ihr vermutlich den Unterkiefer gebrochen hatte, worauf sie schreiend zu Boden ging. Unterdessen holte er mit der rechten Hand aus und ließ die Messerklinge durch Krassus' Kehle sausen. Die Luftröhre und lebenswichtige Arterien des Orioners wurden durchtrennt. Dunkles Blut quoll aus Krassus' Kehle, dann sackte der Mann zusammen und verdrehte die Augen.

Mac kam auf die Beine, während Zina sich an die gegenüberliegende Wand zurückzog. In ihren Augen lag der Blick eines verwundeten wilden Tieres. Ihr gebrochener Kiefer schmerzte und schien ihren Zorn zu flammender Glut anzufachen. Mac hob seine Waffe und richtete sie auf das Mädchen. »Dieses Ding hat nur eine Einstellung, und die ist tödlich«, warnte er sie. »Ich will dich nicht töten ... aber ich werde es tun, wenn du mir keine Wahl läßt.«

Zina stieß einen brutalen Schrei aus und stürmte auf ihn los.

Und einen Sekundenbruchteil bevor er auf den Auslöser drücken konnte, spürte er, daß jemand anderer hinter ihm war, doch er konnte nicht gleichzeitig in zwei verschiedene Richtungen feuern. Dann wurde hinter ihm ein Energiestrahl ausgelöst, begleitet vom vertrauten Summen eines Phasers. Der Betäubungsstrahl erfaßte Zina und warf sie rückwärts über das Bett. Sie stürzte auf den Boden und blieb reglos liegen.

Mac wirbelte herum, die Waffe immer noch im Anschlag, da er keine Ahnung hatte, was ihn erwartete. Doch selbst wenn er es gewußt hätte ... wäre seine Überraschung dadurch nicht gemindert worden.

»Ich glaub', ich spinne!« sagte er.

In der Tür stand Jean-Luc Picard in schwarzer Alltagskleidung mit einem Phaser in der Hand. Er blickte auf den blutüberströmten Krassus und wandte sich dann langsam Mac zu. »Was zum Teufel ist hier geschehen? Sagen Sie mir bitte, daß es Notwehr war.«

»Es war Notwehr.«

»Würden Sie mich anlügen, wenn es sich anders verhielte?«

Calhouns Augen blitzten auf. »Andere vielleicht. Aber nicht Sie.« Er dachte schnell nach. »Sind Sie mit einem Schiff gekommen?«

»Natürlich.«

»Dann sollten wir an Bord gehen. Anschließend werde ich Ihnen alles erklären.« Er machte sich auf den Weg zur Tür, doch dann überlegte er es sich anders. »Gehen Sie zuerst. Ich folge in ein paar Minuten. Ich möchte nicht zusammen mit Ihnen gesehen werden.«

»Warum nicht?«

»Wissen Sie, wie Sie aussehen, Picard?«

Trotz der blutigen Szenerie, trotz der rohen Gewalt, die bis vor wenigen Augenblicken in diesem Raum getobt hatte, mußte Picard innerlich lächeln. Ehrfurcht war noch nie Mackenzie Calhouns starke Seite gewesen. »Wie sehe ich aus, Calhoun?«

»Sie sehen aus wie ein Starfleet-Offizier in Zivilkleidung. Wenn ich mit Ihnen gesehen werde, ist mein Ruf ruiniert.«

Als der Flitzer sich von der Mojov-Station entfernte, wandte sich Picard von den Kontrollen ab, um Calhouns Gesicht zu studieren. Unbewußt suchte er darin nach dem jungen Mann, dem er vor zwanzig Jahren begegnet war. Calhoun wischte sich gerade ungerührt die letzten Spuren von Krassus' Blut von den Händen.

»Sie mußten ihn töten, nicht wahr?« fragte Picard nach einer Weile.

Calhoun blickte auf. »Ja, ich mußte mich verteidigen.«

»So haben Sie es arrangiert. Sie haben sich bewußt in eine Situation begeben, in der es zu einem Angriff kommen mußte ... um sich dann mit tödlichen Mitteln zu verteidigen.«

Calhoun schaute auf das Handtuch, mit dem er sich

abtrocknete. »Er hat einen Mann getötet, dem ich mein Leben verdanke«, sagte er. »Die Ehre verlangte es von mir, diese Rechnung zu begleichen. Aber ich bin kein Mörder. Ich hätte nicht einfach hineinspazieren und ihn umbringen können.«

»Das sind Haarspaltereien, M'k'n'zy.«

»Wenigstens besitze ich noch Haare, die ich spalten könnte«, erwiderte Calhoun mit einem schiefen Grinsen. Er lehnte sich zurück. »M'k'n'zy ... bei den Göttern! Es ist eine Ewigkeit her, seit mich jemand so genannt hat. Es hat mir damals in den Ohren weh getan, wenn ich mir anhören mußte, wie die Leute die Gutturallaute verunstalten. Das Beste, was terranische Zungen produzieren konnten, war ›Mackenzie‹.«

»Ja, ich weiß. Sie ließen Ihren Namen offiziell ändern. Aus M'k'n'zy von Calhoun wurde Mackenzie Calhoun.«

»›Mac‹ für meine Freunde.« Er warf Picard einen neugierigen Blick zu. »Fallen Sie in diese Kategorie, Picard?«

»Ich könnte es mir vorstellen.« Er hielt inne. »Sie versuchen mich vom Thema abzulenken, was Sie schon immer mit großem Geschick versucht haben. Ich will darauf hinaus ... wenn Sie eine offene Rechnung begleichen wollten, hätten Sie ihn auch ...«

»Was hätte ich tun können? Ihn verhaften lassen? Um ihn der Föderationsgerichtsbarkeit zu überstellen? Picard«, sagte er und beugte sich vor, um in den Weltraum hinauszustarren, »viele Dinge sind anders, wenn man da draußen unterwegs und nur auf sich gestellt ist. Wenn man nicht jederzeit die Macht der Föderation im Rücken hat. Ich arbeite am besten, wenn ich mich außerhalb des Systems befinde, Picard ... und da Sie mir einen überraschenden Besuch abgestattet haben, gehe ich davon aus, daß Ihnen bewußt ist, wie weit außerhalb des Systems ich stehe.«

»Hat es Sie in irgendeiner Weise befriedigt? Als Sie den Orioner töteten?«

Er schnaufte ungeduldig. »Ja. Das wollten Sie doch von mir hören, nicht wahr, Picard? Ja, es hat mich befriedigt.« Er saß eine Weile schweigend da und betrachtete dann Picard. Und in diesem ruhigen, düsteren Blick entdeckte Picard einen Hinweis, nicht mehr als einen Hauch, eine Spur jener Seele, die vor zwanzig Jahren bewaffnete Soldaten in Angst und Schrecken versetzt hatte. Er sah das Feuer, das immer noch in Calhoun brannte. »Verstehen Sie es nicht, Picard? Ich bin ein Wilder. Ich bin immer ein Wilder gewesen. Ich habe ... mir dieses Mäntelchen der Zivilisation gewoben, um mich damit zu verkleiden. Aber ich habe das hier zurückbehalten, um mich stets daran zu erinnern.« Er fuhr mit einem Finger über die Narbe in seinem Gesicht. »Obwohl ich mich bemüht habe, meinen Wurzeln zu entwachsen, ist es nichtsdestotrotz notwendig, diese Narbe zu behalten, damit ich es niemals vergesse.«

»Calhoun ... Mac ...«

»Wissen Sie, warum ich es getan habe, Picard?«

»Sie haben es mir gesagt. Sie haben ihn getötet, weil ...«

»Das meine ich nicht.« Er machte eine wegwerfende Geste, als wäre der Orioner ohne jede Bedeutung. »Warum ich mich an Ihre Empfehlungen gehalten habe. Nun, als Sie mir damals erklärten, Sie seien überzeugt, daß ich für Größeres bestimmt sei, da habe ich in meiner Naivität Ihren Worten geglaubt.«

»Wir haben niemals über Hintergründe gesprochen. Ich dachte ...«

»Ich hatte eine Vision von Ihnen, Picard. Es mag absurd klingen ... aber ich habe Sie gesehen, bevor wir uns begegneten. Ich habe Sie in einer Vision gesehen. Ich glaubte, daß Sie eine wichtige Rolle in meinem Leben spielen würden.«

»Eine Vision? Sie meinen einen Traum?«

»Ich meine, daß ich Sie genauso klar und deutlich gesehen habe, wie ich Sie hier und jetzt sehe. Ich sah Sie und ...« Er verstummte.

»Und ...?«

»Und ... noch jemanden. Jemanden mit dem ich ... eine Affäre hatte. Still und heimlich.«

»Die kein gutes Ende nahm, wie ich vermute.«

»Nichts nimmt ein gutes Ende, Picard. Happy-Ends sind eine Erfindung von Phantasten und Narren.«

»Ach, hören Sie auf!« sagte Picard so schroff, daß er Calhouns volle Aufmerksamkeit hatte. »Selbstmitleid steht Ihnen nicht. Es steht niemandem bei Starfleet.«

Calhoun stand auf und ging zum hinteren Ende des Flitzers. Picard stellte den Computer auf Autopilot und folgte ihm. Calhoun drehte sich um und lehnte sich gegen die Rückwand, so daß er Picard in die Augen sehen konnte.

»Sie hätten niemals den Dienst quittieren dürfen, Mac. Das ist die ganze, aber einfache Wahrheit. Ich weiß, daß Sie sich die Schuld an dem geben, was während Ihres Dienstes an Bord der *Grissom* geschah.«

»Fangen Sie nicht wieder davon an.«

»Aber Starfleet hat Sie von allen Vorwürfen freige...«

»Ich sagte, Sie sollen nicht wieder davon anfangen!« unterbrach Calhoun ihn wutschnaubend. Die Narbe schien sich plötzlich deutlicher auf seinem Gesicht abzuzeichnen, als er Picard verärgert zur Seite stieß und wieder in den Kontrollbereich des Flitzers zurückkehrte.

Zu Calhouns großer Überraschung packte Picard sein Handgelenk, um ihn aufzuhalten. Calhoun wurde durch den Schwung herumgewirbelt und gegen die Wand geschleudert, wo er benommen zu Boden rutschte, während er mit maßloser Verblüffung zu Picard aufschaute. »Wollen Sie mir damit Ihre wilden Triebe demonstrieren, Picard?« fragte er.

Picard stieß mit dem Zeigefinger in seine Richtung. »Verdammt, Calhoun, ich habe an Sie geglaubt! Ich habe vor zwanzig Jahren in Ihre Augen gesehen und darin etwas Großes erkannt! Eine Größe, die es nicht verdient hatte, sich auf Xenex beschränken zu müssen.«

»Sie hätten mich einfach in Ruhe lassen sollen. Genauso wie Sie mich auch jetzt in Ruhe lassen sollten.«

»Das ist keine Option. Sie sind Starfleet-Offizier. Ganz gleich, was Sie jetzt sind – das ist es, was Sie immer sein werden. Dem können Sie sich nicht entziehen. Sie haben eine Bestimmung. Wagen Sie nicht, vor ihr davonzulaufen. Stehen Sie endlich auf. Stehen Sie auf, wenn Sie ein Mann sind.«

Diese Worte berührten etwas in Calhoun ... das tief in seiner Erinnerung verborgen war. Was Picard nun sagte – irgend etwas über die Thallonianer –, nahm er nur noch mit einem untergeordneten Teil seines Geistes wahr, während er versuchte, sich den genauen Wortlaut ins Gedächtnis zu rufen.

»... und ich bin fest davon überzeugte, daß es niemanden gibt, der geeigneter wäre ...« sagte Picard soeben.

»Jean-Luc, bitte ... lassen Sie mich kurz nachdenken.« Die Ernsthaftigkeit in Calhouns Tonfall ließ Picard sofort verstummen. Calhoun rappelte sich hastig auf, bis er sich wieder auf gleicher Augenhöhe mit Picard befand. Er war in Gedanken verloren, und Picard – der spürte, daß es um etwas Wichtiges ging – sagte nichts. Dann schnippte Calhoun mit den Fingern. »Natürlich! Sie haben es damals zu mir gesagt. Bei den Göttern, ich habe schon seit Jahren nicht mehr daran gedacht ...«

»Was soll ich gesagt haben?«

»Daß ich Starfleet-Offizier bin. Daß ich eine Bestimmung habe.«

Calhoun wirkte plötzlich um Jahre älter, als er den Flitzer durchquerte und sich in den Pilotensessel fallen ließ. »Das ist das Problem, Picard. Das war schon immer das Problem. Ich konnte die Zukunft deutlich erkennen, auch schon, als ich noch ein Kind war. Ich sah die Freiheit meines Volkes, und alles war so klar, die Vision war so rein, daß ich einfach daran glauben mußte, ich sei dazu bestimmt, mein Volk in diese Freiheit zu führen. Und dann sah ich Sie … fragen Sie mich nicht, wie das möglich war. Und wieder spürte ich, daß mir das Schicksal auf die Schulter tippte, mir eine Richtung gab, mich führte. Ich schätze … ich hatte es zu leicht im Leben.«

»Zu leicht?« wiederholte Picard verblüfft. »Ich kenne niemanden, der unter so brutalen Umständen aufgewachsen ist wie Sie – vielleicht mit Ausnahme der Klingonen. Sie hatten es zu leicht, sagen Sie?«

»Ja, viel zu leicht. Weil ich niemals an mir gezweifelt habe, Picard. Nicht ein einziges Mal. Ich habe niemals daran gezweifelt, daß ich eine Bestimmung habe. Und ich …« Er lächelte verbissen. »Ich habe niemals verloren. Natürlich gab es Rückschläge. Mir wurden Hindernisse in den Weg geworfen. Aber am Ende habe ich immer triumphiert. Außerdem wußte ich, daß ich siegen würde. Und als ich mich bis zum Posten des Ersten Offiziers der *Grissom* hochgearbeitet hatte …« Er schüttelte den Kopf. »Verdammt, Jean-Luc, niemand führt einen Planeten in die Freiheit, wenn er nicht daran glaubt, zum Siegen geboren zu sein. Dieser Glaube hat mich niemals verlassen.«

»Bis zum *Grissom*-Desaster.«

»Ja.«

Picard seufzte schwer. »Mac … ich war schon dort, wo Sie jetzt sind. Ich habe ein … persönliches Desaster erlitten. Ich wurde erniedrigt und gefoltert, psychisch wie physisch. Und ich würde lügen, wenn ich behaupte, daß es niemals Momente gab, in denen ich am liebsten aufgegeben hätte. Als mein Körper und meine Seele schrien: ›Genug! Es reicht!‹ Aber nicht nur xenexianische Rebellenführer haben eine Bestimmung, Mackenzie. In gewisser Weise ruft das Schicksal jeden, der das Kommando über ein Raumschiff anstrebt.«

»Jeden wie Sie«, sagte Calhoun.

»Und auch Sie. Es hat sie schon einmal gerufen, und es ruft Sie jetzt wieder. Sie können und dürfen sich diesem Ruf nicht verschließen.«

Calhoun schüttelte den Kopf. »Es ist verrückt. Sie wollen ernsthaft vorschlagen, daß ich auf die Brücke eines Starfleet-Schiffs zurückkehren soll?«

»Genau davon rede ich. Und das habe ich auch in meiner Empfehlung ausgesprochen, die gleichzeitig an Admiral Nechayev und Admiral Jellico ging.«

»Jellico?« Als Calhoun aufblickte, machte er kein Hehl aus seiner Verachtung. »Er hat es inzwischen zum Admiral gebracht? Großer Gott, Jean-Luc, Sie wollen, daß ich in eine Organisation zurückkehre, die so wenig Wert auf Verdienst legt, daß sie sogar jemanden wie Jellico befördert hat?«

»Jellico erfüllt seine Aufgabe«, erwiderte Picard gleichmütig. »Jeder von uns arbeitet innerhalb der Grenzen, die ihm durch individuelle Fähigkeiten gesetzt sind. Mit Ausnahme einer Handvoll, die sich dem entziehen, wozu ihre Fähigkeiten sie bestimmt haben.«

»Sie wollen, daß ich mich schuldig fühle.«

»Ich will Sie daran erinnern, daß Sie zu größeren Dingen fähig sind, als schmollend durch die Galaxis zu ziehen und Undercover-Aufträge auszuführen. Ja, auch Sie erfüllen die Missionen, die ihnen zugeteilt werden. Ich will Ihnen keineswegs Ihre kleinen Erfolge nehmen. Aber ein Mackenzie Calhoun ist nicht für kleine Erfolge bestimmt. Das ist eine Verschwendung seines Potentials.« Er beugte sich vor und legte eine Hand auf Calhouns Arm. »Vor zwanzig Jahren habe ich einen jungen Mann getroffen, der mehr unentwickeltes Talent besaß, als ich es je zuvor bei einem intelligenten Wesen erlebt hatte ... und auch seitdem nicht mehr erlebt habe. Dieses Talent wurde geformt, verfeinert und konzentriert. Die Leistungen Ihrer Dienstlaufbahn waren beispielhaft, und Sie können nicht – Sie dürfen nicht zulassen, daß der *Grissom*-Zwischenfall Sie zerstört. Betrachten Sie es auf diese Weise: Das *Grissom*-Desaster und der anschließende Prozeß ... Ihre Resignation, Ihre Schuldgefühle ... all das sind Narben, die auf Ihrer Seele zurückgeblieben sind. Aber es sind nur Narben, keine tödlichen Wunden, und Sie müssen sie genauso betrachten wie die Narbe, die Sie in Ihrem Gesicht tragen: als Ansporn. Die Fakten sind: Es gibt ein Raumschiff, das einen Captain braucht, und eine Mission, die jemanden mit ... besonderen Talenten erfordert. Lassen Sie Starfleet und sich selbst nicht im Stich.«

Calhoun lehnte sich in seinem Sitz zurück und kratzte sich nachdenklich am Kinn, während er wieder auf die vorbeiziehenden Sterne schaute. Picard fragte sich, was in seinem Kopf vor sich gehen mochte.

Im Grunde seines Herzens war er ein Wilder, soviel wußte Picard. In gewisser Hinsicht erinnerte er ihn an Worf. Doch es gab Unterschiede. Worf wirkte jederzeit so entspannt wie ein schlafender Vulkan. Seine Wildheit war ein ständiger und hervorstechender Teil seines Wesens. Calhoun war viel weiter gegangen. Er hatte sich praktisch eine ganz neue äußere Persönlichkeit geschaffen. Eine Art Mantel, wie er selbst gesagt hatte, den er sich umhängte, um die Welt auf Distanz zu halten und sie vor seinem wahren stürmischen Wesen zu bewahren. Infolge dessen handelte er äußerst konzentriert und war ein Meister der Problemlösung geworden. Was er tat, tat er mit einem Engagement, wie Picard es noch nie zuvor erlebt hatte.

Worüber dachte er nach? Welche moralischen Fragen bewegten ihn, während er überlegte, ob er wieder in Ehren in den Starfleet-Dienst zurückkehren sollte, um seine erste und größte Bestimmung zu erfüllen? Welche quälenden Zweifel, welche selbstkritischen Grübeleien mochte er …?

Calhoun blickte mit offener und verschmitzter Miene zu Picard auf. »Wenn ich das Kommando über ein Raumschiff übernehme, wird Jellico einen Herzanfall bekommen, nicht wahr?«

Picard dachte darüber nach. »Ja, wahrscheinlich.«

Calhoun beugte sich vor, während ein sadistisches Funkeln in seine Augen trat. »Dann erzählen Sie mir von diesem Schiff, das Sie mir anvertrauen wollen …«

V.

Ein Lämpchen blinkte auf Soletas Computerkonsole, als sie ihre Wohnung betrat. Sie zog ihre Jacke aus und musterte die Anzeige mit leichter Neugier. Draußen schien ein Sturm aufzuziehen. Die Wolken hingen in der Ferne über dem Gebäude der Starfleet-Akademie. Sie hatten bereits den normalerweise ausgezeichneten Blick auf die Golden Gate Bridge getrübt.

Soleta hängte die Jacke ordentlich in ihren Schrank. Sie rief sich einige Punkte ins Gedächtnis, die den morgigen Unterrichtsplan betrafen, und da sie problemlos in der Lage war, mehr als eine Sache gleichzeitig zu erledigen, sagte sie knapp: »Computer, Nachrichten abspielen.«

»Zwei Anrufe«, antwortete der Computer. »Ich spiele die erste Nachricht ab.«

Der Bildschirm flimmerte kurz, dann wurde das Gesicht von Commander Seth Goddard von der Starfleet-Zentrale sichtbar. Sein Haar war an den Schläfen bereits ergraut. Er kam sofort zur Sache. »Lieutenant Soleta, diese Nachricht ist mit einem automatischen Rückrufbefehl versehen. Warten Sie bitte auf eine direkte Verbindung.«

Soleta nahm vor dem Bildschirm Platz und verschränkte die Hände im Schoß. Sie fragte sich, was die Zentrale mit ihr zu besprechen hatte. Sie hatte sich sehr im Hintergrund gehalten, seit sie als Dozentin an der Akademie arbeitete. Es war nicht unbedingt das Leben, das sie sich erträumt hatte, aber die Tätigkeit war befriedigend. Die Entwicklung ihrer Persönlichkeit und vor allem ihr eigener Umgang mit ihrer gemischten Herkunft waren ein langer und steiniger Weg gewesen. Aber das alles lag jetzt weit hinter ihr. Sie hatte ihren Weg gefunden.

Zumindest redete sie sich das gerne ein.

Erneut erschien Goddards Gesicht auf dem Bildschirm, diesmal jedoch nicht als Aufzeichnung. »Ah, Lieutenant. Danke für Ihre prompte Antwort.«

»Wie kann ich Ihnen helfen, Commander?«

»Indem Sie ganz schnell Ihre Sachen zusammenpacken.«

Sie blickte ihn verblüfft an. »Packen? Wie soll ich das …«

»Sie wurden wieder in den aktiven Dienst versetzt, Lieutenant. Sie gehen nächste Woche an Bord der *Excalibur*.«

»Commander … nein«, sagte sie fassungslos. »Ich will nicht … ich möchte keine Stellung an Bord eines Schiffes. Ich dachte, das wäre allen Betreffenden klar. Mein Platz ist hier auf der Erde.«

»Es heißt ›Starfleet‹, Lieutenant, und nicht ›Terrafleet‹. Ich fürchte, Sie können sich nicht ewig hier verstecken.«

»Bei allem Respekt, Commander, ich verstecke mich nicht. Ich erfülle eine Aufgabe, und zwar eine sehr wichtige.«

»Ihre Aufgabe könnte von mindestens hundert anderen Leuten erfüllt werden, die zur Zeit in der Warteschlange stehen und dafür genauso qualifiziert sind wie Sie. Sie werden als Wissenschaftsoffizier auf der *Excalibur* gebraucht, und Sie sind die Person, die in einzigartiger Weise für diesen Job geeignet ist. Außerdem wurden Sie von höchster Stelle empfohlen.«

»Wissenschaftsoffizier …? Empfehlung …?« Sie verzweifelte beinahe über ihre plötzliche Unfähigkeit, in vollständigen Sätzen kommunizieren zu können. »Wer hat mich empfohlen?«

»Botschafter Spock.«

Wenn ihr nicht eine gewisse Fähigkeit verblieben wäre, ihre Überraschung zu verbergen, hätte sie nun ihren Unterkiefer vom Fußboden aufheben müssen. »Botschafter … Spock.«

»Ich vermute, der Name ist Ihnen vertraut.«

»Aber ja. Sehr vertraut sogar. Wir sind uns sogar einmal begegnet. Aber mir ist immer noch nicht klar … warum er mich für irgend etwas empfehlen sollte. Sagten Sie Wissenschaftsoffizier, Commander?«

»Das ist korrekt, Lieutenant.«

»An Bord der *Excalibur*.« Trotz ihres Zögerns verspürte sie ein aufgeregtes Kribbeln, was ihr gar nicht ins Konzept paßte. Es war nicht so, daß man unvermittelt beschlossen hatte, sie auf irgendein Forschungsschiff zu versetzen und in die Weltraumprovinz zu verbannen. Es ging um die *Excalibur*, ein Starfleet-Raumschiff mit einer langen und berühmten Geschichte. Doch dann bemühte sie sich mit Entschiedenheit, ihre vorübergehende Begeisterung angesichts derAussicht auf eine Mission abzuschütteln. »Aber ich verstehe immer noch nicht, warum ausgerechnet ich für dieses Schiff ausgesucht wurde. Es ist drei Jahre, fünf Monate und achtzehn Tage her, seit ich das letzte Mal im Weltraum war.«

»Sie werden sich sehr schnell wieder daran gewöhnen«, erwiderte Goddard. »Aber sie fragen sich vermutlich, aus welchen Gründen wir uns für Sie entschieden haben. Warum der Botschafter Sie ausgewählt hat.«

»Ja, Commander, diese Frage habe ich bereits mehrfach angedeutet.«

Er ging nicht auf die leichte Ironie in ihrer Bemerkung ein. »Die *Excalibur* geht auf eine sehr spezielle Mission, Lieutenant. In den Sektor 221-G.«

Soleta mußte gar nicht ihr Gedächtnis bemühen, um zu verstehen, was es mit dieser Nummer auf sich hatte. »Das Thallonianische Imperium«, sagte sie langsam.

»Völlig richtig, Lieutenant.«

»Ich habe gehört, daß es dort Schwierigkeiten gibt. Es gab Berichte über Flüchtlinge ... und Bürgerkrieg ...«

»Das und noch viel mehr. Und wir werden die *Excalibur* mitten hinein schicken. Es wird ein gefährliches Abenteuer. Ich wünschte, ich könnte mitfliegen.«

»Ich trete gerne von meinem neuen Posten zurück, um Ihnen die Erfüllung dieses Wunsches zu ermöglichen, Commander.«

»Sehr witzig, Lieutenant«, sagte Goddard. »Wir sollten nicht vergessen, daß Sie immer noch Starfleet angehören. Die Entscheidung ist gefallen, daß Ihre Anwesenheit bei dieser Mission von entscheidender Bedeutung ist, da Sie zu der kleinen Gruppe von Personen gehören, die sich schon zuvor in diesem Sektor aufgehalten haben.«

Ihr Instinkt riet ihr zu protestieren, es Goddard auszureden. Obwohl sie sich natürlich durch Spocks Empfehlung geehrt fühlte, war sie mit ihrer Dozententätigkeit völlig glücklich. Sie verspürte nicht den Wunsch, sich erneut den Widrigkeiten und Gefahren des Weltraums auszusetzen.

Trotzdem ...

Sie mußte sich eingestehen, daß das Geheimnis von Thallon immer noch eine starke Anziehungskraft auf sie ausübte. Dieser Planet hatte etwas Besonderes, etwas Faszinierendes, doch sie hatte niemals herausfinden können, was es war. Dieses Rätsel hatte sich tief in ihrem Hinterkopf festgesetzt, und die Ankündigungen des Commanders hatten es wieder in den Vordergrund gedrängt.

»Also gut, Commander. Ich werde bereit sein.«

»Gut. Goddard Ende.«

Sein Bild verschwand, und während sie auf den leeren Bildschirm starrte, meldete die Computerstimme: »Zweite Botschaft. Nur eine Bildübertragung.«

Sie betrachtete verwirrt den Schirm. Es war nur Schwärze zu sehen. Offenbar handelte es sich um einen Übertragungsfehler. Doch dann schälten sich langsam Buchstaben aus der Finsternis. Zwei Worte wurden sichtbar.

Sie lauteten: *Keine Bewegung*.

»Keine Bewegung?« sagte Soleta verständnislos. »Was für eine Art von Nachricht soll das sein?«

Dann spürte sie, wie etwas Metallisches in ihren Nacken gepreßt wurde. Es fühlte sich wie eine Energiewaffe an. Sie konnte es nicht fassen. Wer immer hinter ihr stehen mochte, hatte entweder die Wohnung betreten, während sie mit Goddard sprach, oder war schon die ganze Zeit anwesend gewesen – ohne daß Soleta trotz ihres feinen Gehörs etwas davon bemerkt hatte.

»Es handelt sich um die Art von Nachricht«, sagte eine leise, aber drohende Stimme, »der Sie unbedingt Aufmerksamkeit schenken sollten, wenn Sie wissen, was für Sie das beste ist. Und jetzt ... werden Sie genau das tun, was ich Ihnen sage ... und die Götter mögen Ihnen helfen, wenn Sie es nicht tun, denn sonst wird Ihnen niemand mehr helfen können. Das können Sie mir glauben.«

STAR TREK
DIE NEUE GRENZE

INS LEERE

DIE EXCALIBUR

Persönliches Logbuch des Captains, Sternzeit 50923.1. »Captain.« Captain Mackenzie Calhoun. Ich dachte, ich hätte Starfleet für immer hinter mir gelassen, doch nun stelle ich fest, daß ich nicht nur in die Flotte zurückgekehrt bin, sondern sogar ein Raumschiff kommandiere.

In der Excalibur *geht es augenblicklich zu wie in einem Bienenstock. Es ist ein Schiff der* Ambassador-*Klasse, Registrierungsnummer 26517. Komisch. Ich befinde mich erst seit wenigen Stunden an Bord und bin schon stolz auf das Schiff. Noch haben sich nicht alle Besatzungsmitglieder auf ihren Posten eingefunden, aber die letzten Vorbereitungen stehen kurz vor dem Abschluß. Ich habe mich ausführlich mit Chefingenieur Burgoyne 172 unterhalten, und er/sie hat mir versichert, daß wir zum vorgesehenen Zeitpunkt zum Sektor 221-G starten können. Burgoyne ist der erste Hermat, dem ich jemals begegnet bin, und offen gesagt ist er/sie selbst für einen Hermat recht ungewöhnlich. Aber er/sie kennt sich zweifellos mit Maschinen aus, und das ist alles, was zählt.*

Ich kann es immer noch nicht glauben, daß ich hier bin. Als ich noch ein junger »Rebell« auf meiner Heimatwelt Xenex war – im Kampf gegen die Danteri, um diese verfluchten Unterdrücker meines Volkes zu vertreiben –, hätte ich mir niemals vorstellen können, jemals außerhalb der Begrenzungen mei-

nes heimatlichen Planeten zu leben. Es war Jean-Luc Picard, der zu mir kam, als wir kurz davor standen, unseren langen Kampf gegen die Danteri zu gewinnen. Er hat etwas in mir erkannt, von dem er meinte, daß daraus ein Starfleet-Offizier geschliffen werden müßte. Ich werde niemals vergessen, wie er mir von jenem berühmten Erdenbewohner erzählte, Alexander dem Großen, der angeblich weinte, als er erkannte, daß es für ihn keine neuen Welten mehr zu erobern gab. Und ich hatte die Befreiung meines Volkes erreicht, noch bevor ich zwanzig Jahre alt geworden war. Picard erkannte, daß es mir in den folgenden Jahren nicht gut ergehen würde, wenn ich zuließ, daß dies der Höhepunkt meines Lebens blieb. Er ist verantwortlich dafür, daß ich schließlich nach meiner wahren Bestimmung gesucht habe.

Verdammter Kerl!

Ich bemühe mich, ein Leben ohne Reue zu führen. Ich bereue es nicht, daß ich Starfleet verlassen habe, denn es war genau das, was ich zu jener Zeit tun mußte. Und jetzt bin ich fest entschlossen, nicht zu bereuen, daß ich den Dienst wieder aufgenommen habe. Zumindest hatte Picard recht, was die Reaktion von Admiral Jellico betrifft. Als er hörte, daß ich das Kommando über die Excalibur *erhalten sollte, mit der Mission, das untergegangene Thallonianische Imperium im Sektor 221-G zu erkunden und humanitäre Hilfe zu leisten, wo es möglich ist, wirkte Jellico wütend genug, um einen Borg mit den Zähnen zerreißen zu können. Aber er wird sich irgendwie damit abfinden müssen. Es ist sein Problem, nicht meins. Mein Problem ist es, mich auf die anliegende Aufgabe zu konzentrieren und darauf zu achten, daß meine angeborene Ungeduld gegenüber dem dümmlichen und hochtrabenden Starfleet-Geschwätz mich nicht daran hindert, meine Arbeit zu tun.*

Es gibt noch eine Reihe von Punkten, um die ich mich kümmern muß. Ich warte nach wie vor auf das Eintreffen von Lieutenant Soleta, meines wissenschaftlichen Offiziers. Sie kennt das Territorium der Thallonianer aus eigener Erfahrung. Obwohl Xenex direkt an der Grenze zwischen den Thallonianern und Danteri liegt, verfüge ich lediglich über dürftige Kenntnisse dieser Region. Soleta ist persönlich in das Herz dieses für seine Xenophobie berüchtigten Reiches eingedrungen und hat überlebt, um ihre Erfahrungen weitergeben zu können. Ihre Einsichten werden für uns von unschätzbarem Wert sein. Sie lebt in San Francisco, wo sie an der Starfleet-Akademie unterrichtet, aber sie müßte inzwischen längst ihre Befehle erhalten haben und auf dem Weg sein, um baldmöglichst zu uns zu stoßen. Was die übrigen meiner Offiziere betrifft, so ist Dr. Selar gegenwärtig damit beschäftigt, die Krankenstation in einen funktionierenden Zustand zu versetzen. Es ist seltsam. Ich habe schon zuvor mit Vulkaniern gearbeitet, und mir ist bewußt, daß sie für ihre Zurückhaltung berüchtigt sind, doch Selar ist selbst für eine Vertreterin dieses Volkes äußerst unnahbar. Eiskalt und distanziert. Ich frage mich unwillkürlich, ob sie einfach nur eine übermäßig strenge Anhängerin der vulkanischen Disziplin ist oder ob etwas anderes in ihrem Kopf vor sich geht, von dem ich nichts weiß. Ihre medizinischen Leistungen sind tadellos, und Picard hat sie mit ausgezeichneten Empfehlungen zu uns geschickt, da er auch von seinem eigenen Ersten Medo-Offizier nur Gutes über sie gehört hat. Normalerweise vertraue ich Picards Wort blind, doch, um ehrlich zu sein, macht Selar auf mich den Eindruck, als hätte sie die Persönlichkeit eines Schwarzen Lochs, und ich hoffe, daß ich ihre Anwesenheit an Bord nicht eines Tages bedauern muß.

Sicherheitsoffizier Zak Kebron ist ein Brikar und vermittelt zweifelsohne das Gefühl von Sicherheit. Ich muß ihn ständig dazu auffordern, sich bedächtiger zu bewegen, da regelmäßig das gesamte Deck erzittert, wenn er rennt. Ich habe Gebirgszüge gesehen, die kleiner als er wirken. Und dennoch ist er erstaunlich agil für jemanden, der über eine Haut verfügt, die dicker als die von zwanzig Hortas ist.

Unser Astronavigator Mark McHenry kommt mit hervorragenden Empfehlungen als Pilot, doch es gibt gewisse Vorbehalte hinsichtlich seiner Person. Ich habe schon nach kurzer Zeit erfahren, daß es während eines Gesprächs mit Lieutenant McHenry scheint, als würde er entweder überhaupt nicht zuhören oder ein Gespräch zwischen zwei anderen Personen belauschen – die keineswegs in unmittelbarer Nähe sein müssen. Dennoch scheint ihm niemals auch nur ein Wort zu entgehen. In welcher Weise sein Geist diese Form des Multitasking beherrscht, ist mir ein absolutes Rätsel.

Einsatzoffizier Robin Lefler wurde vor kurzem aus der technischen Abteilung befördert. Sie wirkt sehr gesellig … vielleicht etwas zu sehr, als würde sie versuchen, irgend etwas zu kompensieren. »Verzweifelt kontaktfreudig« wäre die angemessene Beschreibung. Ich habe Schwierigkeiten, sie zu »durchschauen«, und werde sie vorläufig genauestens im Auge behalten.

Die Position des Ersten Offiziers ist noch nicht besetzt. Für mich stellt die Ausfüllung dieser Vakanz das größte Problem dar, mit dem ich mich zur Zeit auseinandersetzen muß. Es gibt eine Reihe von Kandidaten, die meiner Ansicht nach geeignet wären, und ich habe mich bereits mit einigen unterhalten. Jeder von ihnen war außerordentlich kompetent, fähig und freundlich … und doch schien sich jeder von ihnen in meiner Nähe etwas nervös zu fühlen. Möglicherweise verängstigt. Sie konzentrieren sich auf meine Narbe, die ich seit meiner Jugend besitze, als ein Danteri mir das halbe Gesicht aufschlitzte. Es scheint ihnen schwerzufallen, mir in die Augen zu schauen. Und sie verhalten sich, als könnte ich jeden Augenblick damit beginnen, mit einem Dolch, den ich aus sentimentalen Gründen stets bei mir trage, meine Initialen in meinen Schreibtisch zu ritzen. Ich verstehe nicht, wieso. Es ist mein Dolch und mein Schreibtisch, und wenn ich Lust habe, ihn in Holzspäne zu verwandeln, dann werde ich es einfach tun.

Hmm.

Offensichtlich brauche ich einen Ersten Offizier, den nicht nur ich tolerieren kann, sondern der genauso in der Lage ist, mich zu tolerieren.

SHELBY

I.

Elizabeth Paula Shelby starrte Admiral Edward Jellico mit offenem Mund an. Er hätte ihr kaum eine fassungslosere Reaktion entlocken können, wenn er sich plötzlich das eigene Gesicht heruntergerissen und sich als Gorn in außergewöhnlich glaubwürdiger Verkleidung offenbart hätte.

Jellico saß hinter seinem Schreibtisch, hatte die Ellbogen aufgestützt und die Finger verschränkt. Er beobachtete mit einer Mischung aus Belustigung und Ehrfurcht, wie Shelby in seinem Büro auf und ab ging. Wie immer schien die Frau mit einer kaum zu bändigenden Energie geladen zu sein. Wenn sie so aufgeregt wie jetzt war, neigte ihr Gesicht dazu, sich zu verdunkeln, was einen auffälligen Kontrast zu ihrem rotblonden Haar bildete und den Eindruck erweckte, ihr Kopf würde in Flammen stehen. Ihr Zorn und ihr Erstaunen waren so heftig, daß es mehrere Augenblicke dauerte, bis sie sich genügend gefaßt hatte, um ihre Gedanken artikulieren zu können. »Calhoun?« war das einzige, was sie hervorbrachte. »Mackenzie Calhoun? *Mein* Mackenzie Calhoun?«

»*Ihr* Mackenzie Calhoun?« Jellico gab sich keine Mühe, seine Überraschung zu verbergen. »Commander, ich bin mir durchaus der Gerüchte bewußt, die Ihre gemeinsame Vorgeschichte betreffen. Dennoch hatte ich den Eindruck, daß die Zeit, als er *Ihr* Mackenzie Calhoun war, schon viele Jahre zurückliegt.«

»Ja … ja, natürlich«, sagte sie hastig, während sie es

längst bereute, daß sie sich hatte gehenlassen. »In dieser Hinsicht ist nichts zurückgeblieben. Absolut nichts. Es hat einmal eine ... kurze Affäre gegeben, das gebe ich zu ...«

»Wie kurz?«

Sie richtete sich steif auf. »Ich glaube nicht, daß Sie das etwas angeht, Admiral.«

»Richtig. Wie kurz?«

Sie seufzte. »Drei Jahre.«

»Das würde ich nicht gerade als kurz bezeichnen, Commander«, erwiderte Jellico zweifelnd. Dann zuckte er die Schultern. »Nun, Sie waren schließlich nicht verlobt ...« Dann bemerkte er ihren Blick. »Sie ... waren doch nicht verlobt, oder?«

Shelby gelang es mühevoll, sich wieder zu fassen. »Admiral«, sagte sie, »ich bitte Sie darum, mir zu glauben, daß die Vergangenheit keine Rolle mehr spielt. Darüber hinaus denke ich, daß ich Sie fragen muß ... das heißt, es würde mich sehr interessieren, was ...« Sie räusperte sich und zwang sich schließlich dazu, nicht zu vergessen, in welcher Situation sie sich befand. »Bitte um Erlaubnis ...«

»Ja, sicher, sprechen Sie frei«, sagte Jellico ungeduldig.

Was Shelby dazu veranlaßte, jeden Versuch einer Rücksichtnahme auf die Konventionen der Höflichkeit und Diplomatie aufzugeben. »*Verdammt noch mal, Admiral, was zum Teufel ist eigentlich mit Starfleet los?*« verlangte sie zu wissen, als ihr Zorn schließlich explodierte.

»*So* frei nun auch wieder nicht ...«

Sie ignorierte seine ironische Bemerkung. Sie war viel zu wütend und fuchtelte so heftig mit den Armen, daß es schien, als würde sie sich jeden Augenblick in die Luft erheben. »Ich will gar nicht darauf hinaus, daß die *Excalibur* mein Schiff sein sollte ... oder daß ich schon vor Ewigkeiten mein eigenes Kommando hätte bekommen sollen ... Vergessen wir diese Punkte vorläufig ... Aber davon abgesehen finde ich es unerhört, daß ein Mann bevorzugt wird, der Starfleet verlassen hat, während ein anderer Offizier, der unerschütterlich und uneingeschränkt seinen Dienst verrichtet hat ...«

»Sie scheinen entschlossen zu sein, diese Angelegenheit persönlich zu nehmen.«

»Abgesehen von Ihnen, Admiral, geht es hier nur um mich, wenn ich offen sprechen darf.« Sie schüttelte den Kopf. »Darf ich fragen, wer diese Entscheidung getroffen hat? Ich weiß mit ziemlicher Sicherheit, daß Sie es nicht waren.«

»Der Vorschlag kam von Picard ...«

Sie verdrehte die Augen. »Ich hätte es wissen müssen! Er will es mir heimzahlen! Nur weil ich Riker Schwierigkeiten gemacht habe.«

Obwohl er wußte, daß es eigentlich nicht angebracht war, mußte Jellico leise lächeln. »Ob Sie es glauben oder nicht, Commander, aber die Galaxis dreht sich nicht um Sie. Probleme treten auf, Entscheidungen werden getroffen, Menschen werden geboren, altern und sterben, ohne daß es irgend etwas mit Elizabeth Shelby zu tun hat.«

»Es tut mir leid, Admiral.«

»Entschuldigen Sie sich nicht bei mir. Bei dem Tempo, das Sie vorlegen, könnte es sein, daß sich eines Tages tatsächlich alles um Sie dreht. Obwohl Calhoun von Picard vorgeschlagen wurde, war es Admiral Nechayev, die schließlich die Entscheidung getroffen hat.«

»Nechayev?« Sie war ehrlich überrascht. »Ich dachte, Nechayev und Picard können sich nicht ausstehen.«

»Diesen Eindruck hatte ich bei unserer letzten Begegnung nicht mehr. Irgend etwas scheint sich geändert zu haben. Was es ist, konnte ich bislang nicht erschöpfend klären.« Er trommelte nachdenklich mit den Fingern auf die Tischplatte. »Gewisse Gerüchte machen die Runde.«

»Was für Gerüchte?«

»Abenteuerliche Geschichten. Zum Beispiel soll Calhoun, kurz nachdem er den Starfleet-Dienst quittierte, mit einem Admiral um die Wette gesoffen haben. Dabei soll es um den Planeten Zantos gegangen sein.«

»Zantos!« Shelby verzog unbehaglich das Gesicht. »War das nicht der Planet, auf dem vor Jahren ein Erkundungsteam von Eingeborenen gefangengenommen wurde? Dann schnitt man dem Anführer des Teams … wie soll ich sagen? … Er verlor seine …«

»Seine Privilegien«, sagte Jellico sachlich. »Um ebendiesen Planeten ging es. Man soll nicht behaupten, daß Starfleet schwer von Begriff wäre. Wir haben seitdem einen weiten Bogen um Zantos gemacht. Andererseits scheint auf Zantos das beste Ale des ganzen Quadranten gebraut zu werden. Viel besser als romulanisches Ale und viel schwieriger zu bekommen. Offensichtlich gelang es Calhoun, sich im Zuge einer Wette auf Zantos einzuschleusen, eine Kiste Ale zu erwerben und damit den Planeten zu verlassen, während ihm die halbe Flotte der Zantosianer auf den Fersen war.«

Shelby mußte lächeln, obwohl sie es gar nicht wollte. »Ja, das sieht Calhoun ähnlich.« Dann schüttelte sie den Kopf. »Aber ich verstehe nicht, was das mit allem anderen zu tun hat.«

»Vielleicht gar nichts«, erwiderte Jellico mit einem Schulterzucken. »Oder eine ganze Menge. Jemand mit einer derartigen Lebenseinstellung und Erfindungsgabe könnte für Nechayev von großem Interesse sein. Sie hat ihre Finger in verschiedenen ›inoffiziellen‹ Angelegenheiten, die sich ›hinter den Kulissen‹ abspielen.« Als er bemerkte, daß Shelby ihn verständnislos anstarrte, seufzte er ungeduldig. »Muß ich es Ihnen auch noch buchstabieren, Commander?«

»Wollen Sie damit andeuten, daß Calhoun an der … Beschaffung gewisser … Informationen, die nicht für die Öffentlichkeit bestimmt sind, beteiligt war?«

»Das ist durchaus möglich, Commander. Wir leben in einem Universum voller Möglichkeiten. Letztlich läuft alles darauf hinaus …« Er beugte sich über seinen Schreibtisch. »… daß Calhoun sehr mächtige Fürsprecher gewonnen hat. Und diese Fürsprecher sind offenbar geneigt, ihm die *Excalibur* zu geben und ihn auf das frühere Thallonianische Imperium loszulassen.«

Shelby hatte irgendwann wieder vor Jellicos Schreibtisch Platz genommen. Doch mit der letzten Bemerkung des Admirals schien für sie das Treffen beendet zu sein. Sie ließ die Hände auf ihre Knie fallen, stand auf und sagte: »Admiral, ich danke Ihnen für Ihre Offenheit.« Als sie weitersprach, mußte sie sich anstrengen, ihre Stimme gleichmäßig klingen und sich die Enttäuschung nicht anmerken zu lassen. »Ich hoffe, Sie werden meine Leistungen nicht vergessen und mich für zukünftige Missionen im …«

»Setzen Sie sich, Commander. Wir sind noch nicht fertig.«

»Nein?« Sie war aufrichtig verblüfft, obwohl sie gehorsam wieder Platz nahm. »Mit allem gebührenden Respekt, Admiral, ich wüßte nicht, was es darüber hinaus noch zu sagen gäbe.«

»Es mag sein, daß ich überstimmt wurde, was die Frage der Besetzung des Kommandosessels betrifft«, sagte Jellico, »aber ich verfüge immer noch über genügend Einfluß, um Sie ganz oben auf die Liste für den Ersten Offizier zu setzen.«

Sie starrte ihn längere Zeit schweigend an. Dann drang ein knappes, ungläubiges Lachen aus ihrer Kehle, gefolgt von einem länger anhaltenden schallenden Gelächter. Jellico legte eine bemerkenswerte Geduld an den Tag, während er darauf wartete, daß dieser Heiterkeitsanfall vorüberging. Immerhin hielt er einige Zeit an. Schließlich konnte sie sich wieder soweit zusammenreißen, um zu erwidern: »Das meinen Sie doch nicht ernst! Sie erlauben sich einen Scherz!«

»Commander«, erwiderte er nüchtern, »man sagt mir vieles nach, aber mir ist niemals zu Ohren gekommen, daß ich den Ruf eines Komikers hätte. Erwecke ich in irgendeiner Form den Eindruck, daß ich mir einen Scherz erlaubt habe?«

»Das ist einfach lächerlich!«

»Wieso lächerlich?«

»Erstens bin ich nicht im geringsten an diesem Posten interessiert. Zweitens würde Calhoun mich niemals akzeptieren. Drittens ...«

»Nicht interessiert? Commander, ich hatte nicht erwartet, daß ich Ihnen diesen Posten anpreisen muß«, sagte Jellico ungeduldig. »Es geht hier um die Stellung des Ersten Offiziers an Bord eines Schiffes, mit dem Sie bereits recht gut vertraut sind. Ein Schiff, das demnächst zu einer sehr wichtigen Mission aufbrechen wird, die hervorragende Gelegenheiten bietet. Als Erster Offizier wären Sie an allen Außeneinsätzen beteiligt ...«

Sie schnaufte. »Sie scheinen Mackenzie Calhoun nicht sehr gut zu kennen, Admiral. Wenn Sie glauben, er würde auf der Brücke herumsitzen, während ich mit Außenteams gefährliche Einsätze ...«

»Es ist die Aufgabe des Ersten Offiziers, dafür zu sorgen, daß der Captain sich nicht in derartige Gefahrensituationen begibt.« Er lehnte sich in seinem Sessel zurück und betrachtete sie mit einem Ausdruck, der leichte Enttäuschung zu vermitteln schien. »Wollen Sie mir sagen, Commander, daß Sie sich nicht in der Lage sehen, Mackenzie Calhoun im Zaum zu halten? Daß er

Sie jedesmal mit Füßen treten würde, wenn Sie versuchen, Ihre Pflicht zu erfüllen? Nun …« Er schüttelte langsam den Kopf. »Dann habe ich Sie wohl überschätzt.«

Jellico konnte die Strahlenschauer der kaum unterdrückten Wut, die von Shelby ausgingen, geradezu körperlich spüren. »Das habe ich nicht gesagt, Admiral.«

»Entschuldigen Sie bitte, Commander, aber genau das *haben* Sie gesagt …«

»Ich habe nur gesagt, daß Calhoun es sich nicht gefallen lassen wird. Das bedeutet keineswegs, daß ich klein beigeben würde.« Sie lächelte matt. »In gewisser Weise war genau das der Grund, warum wir uns damals getrennt haben. Ich war nicht das, was er sich unter einer idealen Frau vorstellte. Ich wollte nicht nach seiner Pfeife tanzen, und ich war nicht bereit, meine Karriere seiner unterzuordnen.«

»Eine recht antiquierte Sichtweise.«

»Er kann nicht anders. Es liegt an seiner kulturellen Herkunft. Letztendlich besitzt das Volk der Xenexianer keinen besonders hohen sozialen Entwicklungsstand.«

»Genau deswegen mache ich mir Sorgen, Commander. Calhoun ist ein gerissener Teufel. Sehr einfallsreich und sehr verschlagen. Ich finde, er braucht einen Ersten Offizier, der all seine Tricks kennt. Jemanden, den er nicht hinters Licht führen kann, den er nicht einfach zur Seite schubsen kann. Jemanden, der es mit ihm aufnehmen kann.« Er erlaubte sich ein feines Lächeln. »Ich bin weder dumm noch uninformiert, Shelby. Bevor Sie Ihren Fuß in mein Büro setzten, wußte ich über alles Bescheid, was zwischen Ihnen und Calhoun gelaufen ist. Meiner Meinung nach sind Sie genau das, was er braucht. Und Sie besitzen weitere … Pluspunkte … von denen ich glaube, daß Sie für Ihre Eignung als Erster Offizier sprechen.«

»Die darin bestehen, daß ich ehrgeizig bin«, sagte Shelby. »Und daß ich ein eigenes Kommando anstrebe. Und daß ich, wenn Calhoun Mist baut, zur Stelle bin, um in allen Einzelheiten zu notieren, was er verbockt hat, damit wir ihn aus dem Kommandosessel werfen und durch jemanden ersetzen können, der diese Position verdient hat.«

Jellico nickte. »Es freut mich, daß wir auf einer Wellenlänge liegen, Commander. Mit Ihrer Erlaubnis würde ich also gerne Ihre Bewerbung zusammen mit meinen nachdrücklichen Empfehlungen weiterleiten.«

Sie dachte sehr lange darüber nach. »Ihnen ist klar, daß er niemals sein Einverständnis geben wird.«

»Vielleicht, vielleicht auch nicht. Wenn es nötig ist, seine Möglichkeiten zu reduzieren, kann ich in der entsprechenden Abteilung einige Hebel bewegen. Das würde ich natürlich zum jetzigen Zeitpunkt noch nicht tun, sondern erst, wenn er ›zögert‹.«

»Ich verstehe. Gut.« Sie verschränkte die Arme und blickte Jellico unverwandt an. »Es gäbe da noch zwei Punkte, die ich vielleicht klarstellen sollte, Admiral. Erstens, die Widerspruchstaktik ist recht simple Psychologie und leicht zu durchschauen, und ich wünschte, Sie hätten nicht darauf zurückgegriffen.«

»Hmm«, machte er unverbindlich. »Und der zweite Punkt?«

»Zweitens«, begann sie und beugte sich vor, während sie sich mit den Fingerknöcheln auf der Schreibtischplatte abstützte, »falls ich diesen Posten bekomme, sollte Ihnen bewußt sein, daß meine Loyalität als Erster Offizier meinem Captain gilt. Es spielt überhaupt keine Rolle, daß wir uns früher einmal geliebt haben. Es spielt auch keine Rolle, ob ich ihn für einen sturen Holzkopf oder einen Kotzbrocken halte. Wenn ich den Auftrag annehme, dann unterschreibe ich für das gesamte Paket. Es ist ganz allein meine Sache, wie ich damit zurechtkomme. Und wenn Sie glauben, daß ich mich auf diesen Posten hieven lasse, um anschließend als Agent, Spion, Quisling oder Informant tätig zu werden oder in irgendeiner anderen Art und Weise die Autorität meines vorgesetzten Offiziers zu unterminieren, um meine Karriere zu befördern, dann können Sie sich Ihre Vorstellungen mit allem gebührenden Respekt sonstwo hinschieben.« Damit kehrte sie ihm den Rücken zu und marschierte durch die Tür nach draußen.

Jellico saß reglos da und starrte auf die Stelle, an der sie sich noch vor wenigen Augenblicken befunden hatte. Seine Miene zeigte maßlose Verblüffung. Schließlich sagte er, obwohl niemand mehr da war, der ihn hätte hören können: »Ich würde gerne einmal erleben, daß jemand die Redewendung ›mit allem gebührenden Respekt‹ mit einer Aussage verbindet, die aufrichtig respektvoll gemeint ist.«

SI CWAN

II.

Soleta war völlig überrascht worden … und dieser Zustand war für sie äußerst ärgerlich. Sie stand in ihrem Apartment in San Francisco. Der wunderbare Blick durch das Fenster auf die Starfleet-Akademie hatte auf die Vulkanierin immer eine seltsam beruhigende Wirkung gehabt. Doch nun schien er nicht mehr als ein ironischer Kontrapunkt zu sein. Dort gab es möglicherweise eine Rettung aus ihrer gegenwärtigen Zwangslage, aber sie hätte sich genausogut auf der Venus befinden können.

Auf ihrem Computerbildschirm leuchteten immer noch die Worte *Keine Bewegung* in dunklen Buchstaben… eine Botschaft, die ihr in der Tat äußerst seltsam vorgekommen war, als sie sie erstmals gelesen hatte. »Was für eine Art von Nachricht soll das sein?« hatte sie in den leeren Raum gefragt.

In jenem Augenblick hatte sie erfahren, daß der Raum in Wirklichkeit alles andere als leer war. In ihrem Nacken hatte sie plötzlich den sanften, aber sehr beunruhigenden Druck einer Waffe gespürt und die mit eiskalter Stimme gesprochenen Worte gehört: »Es handelt sich um die Art von Nachricht«, sagte eine leise, aber drohende Stimme, »der Sie unbedingt Aufmerksamkeit schenken sollten, wenn Sie wissen, was für Sie das Beste ist. Und jetzt … werden Sie genau das tun, was ich Ihnen sage … und die Götter mögen Ihnen helfen, wenn Sie es nicht tun, denn sonst wird Ihnen niemand mehr helfen können. Das können Sie mir glauben.«

Soleta war viel zu gut ausgebildet, um sich ihr Erstaunen anmerken zu lassen, weder in der Stimme noch in der Haltung. Sie verhielt sich vielmehr so, als wäre ihr die Identität des unbekannten Besuchers völlig gleichgültig. »Ich bin beeindruckt«, sagte sie. »Mein Gehör ist normalerweise ausgesprochen gut. Daß Sie in der Lage waren, sich Zugang zu meiner Wohnung zu verschaffen und sich hier zu verstecken, ohne daß ich es bemerkte, ist, wie ich bereits erwähnte, beeindruckend. Daß es Ihnen obendrein gelang, mir nahe genug zu kommen, um mich mit einer Waffe zu bedrohen, ohne daß ich auch diese Aktionen akustisch registrierte, ist höchst erstaunlich.« Nach einer kurzen Pause fügte sie einschränkend hinzu: »Was natürlich einen wesentlich nachhaltigeren Eindruck hinterlassen würde, wenn ich in der Lage wäre, erstaunt zu sein.«

»Sie sind unerschrocken«, sagte die Stimme. »Sie haben sich nicht verändert.«

Die Stimme ließ eine Saite in Soletas Gedächtnis vibrieren. Sie runzelte beinahe unmerklich die Stirn. »Wir sind uns schon einmal begegnet, nicht wahr?«

»Denken Sie an einen opulenten Korridor«, sagte die Stimme zu ihr, als würde der Sprecher Gefallen daran finden, diesen Moment so lange wie möglich hinauszuzögern. »Denken Sie an eine Flucht, die beinahe vereitelt wurde …«

»Auf Thallon«, sagte sie langsam.

»Korrekt.«

»Si Cwan.«

Es war, als hätte dieser Name sie plötzlich von der Androhung unmittelbarer Gewalt befreit, denn nun drehte Soleta sich einfach zu ihm herum. Vor ihr ragte in der Tat die imposante Gestalt von Lord Si Cwan auf, dem Aristokraten des ehemaligen Thallonianischen Imperiums. Er war zwei Schritte zurückgewichen, um einen respektvollen Abstand zu wahren. »Bleiben Sie, wo Sie sind«, sagte er entschieden. »Ich bin nicht daran interessiert, Ihnen die Gelegenheit zu geben, einen Ihrer diversen vulkanischen Tricks an mir auszuprobieren.«

»Ebensowenig bin ich daran interessiert, sie einzusetzen«, erwiderte Soleta und betrachtete ihn mit unverhohlener Neugier. »Ich verstehe immer noch nicht, warum ich nichts gehört habe, als Sie sich an mich angeschlichen haben.«

Er zuckte die Schultern, als wäre dieser Punkt ohne jeden Belang. »Ich habe diese Technik schon vor längerer Zeit erlernt. Es ist äußerst praktisch für eine so auffällige Person wie mich, sich in bestimmten Situationen unsichtbar und unhörbar machen zu können. Ich hatte einen guten Lehrer.«

»Es scheint so.« Sie deutete auf einen Stuhl. »Möchten Sie sich nicht setzen?«

Mit einer Bewegung seiner Waffe deutete er auf einen weiteren Stuhl, der nicht weit entfernt stand. »Nach Ihnen«, sagte er mit übertriebener Freundlichkeit.

Sie nickte knapp und setzte sich. Er tat es ihr nach.

»Als ich Ihnen das letzte Mal begegnete«, sagte Si Cwan so beiläufig, als wären sie sich soeben in irgendeiner Kneipe begegnet, »waren Sie und Botschafter Spock damit beschäftigt, von Thallon zu fliehen. Sie inszenierten einen recht beeindruckenden Ausbruch aus Ihrer Zelle und hofften, den Palast unbemerkt verlassen zu können, als sich unsere Wege kreuzten. Erinnern Sie sich an die Ereignisse?«

»Natürlich«, sagte sie. »Sie erlaubten dem Botschafter und mir die Abreise … nachdem Sie mir dies zurückgaben.« Dabei tippte sie auf die UMUK-Nadel, die sie im Haar trug.

Er nickte. »So viel Zeit ist vergangen, und Sie tragen sie immer noch. Es ist tröstlich zu wissen, daß sich einige Dinge in diesem Universum der dynamischen Evolution niemals verändern.«

»Was geschah nach unserer Flucht?«

»Wachen wurden bestraft. Die Sicherheit des Palasts wurde verbessert. Der Drill wurde strenger.«

»Nichts … Schwerwiegenderes?«

»Falls Sie darauf hinauswollen, ob jemand wegen seiner Unfähigkeit, auf Sie aufzupassen, exekutiert wurde, lautet die Antwort nein«, versicherte Si Cwan ihr. »Schließlich liegt den Ereignissen die unausweichliche Tatsache zugrunde, daß ich Ihre Flucht ermöglicht habe. Hätte ich es nicht getan, wären Sie niemals entkommen. Es war meine persönliche Entscheidung, und ich war nicht gewillt, sie zu einer öffentlichen zu machen, auch nicht, als die näheren Umstände Ihres Ausbruchs untersucht wurden.«

»Warum? Sie waren ein Adliger. Sie hatten doch bestimmt keine Vergeltungsmaßnahmen zu befürchten.«

»Selbst Adelige möchten vor ihren Untertanen nicht als schwach erscheinen. Das erschwert die Aufrechterhaltung der Kontrolle.«

»Und trotzdem«, sagte Soleta gelassen, »haben Sie die Kontrolle verloren. Ihre Familie herrscht nicht mehr über das Thallonianische Imperium.«

»Ein berechtigter Einwand«, räumte er ein. »Und der Grund für mein Hiersein.« Er schien sie eine Weile mit gesteigerter Aufmerksamkeit zu beobachten, bis er unvermittelt seine Waffe einsteckte und die Hände in den Schoß legte. Die Botschaft, die mit dieser Geste ausgedrückt werden sollte, war unmißverständlich: Es war Zeit, die Drohungen und Einschüchterungsversuche einzustellen. Um offen und vertrauensvoll miteinander umzugehen, sofern dergleichen noch möglich war.

»Es gibt weitere Dinge in diesem Universum der dynamischen Evolution, die ebenfalls unverändert bleiben sollten. Ich würde meinen«, sagte Si Cwan zu ihr,

»daß die Dankbarkeit dazugehört. Die Dankbarkeit und Wertschätzung für geleistete Dienste, insbesondere wenn diese Dienste die Verlängerung des Lebens eines Beteiligten zur Folge hatten.«

»Ich vermute, Sie spielen darauf an, daß ich Ihnen etwas schuldig bin, weil Sie mir erlaubt haben, von Thallon zu fliehen.«

»In der Tat.«

Sie senkte vorübergehend den Blick, während ein Ausdruck leichten Bedauerns auf ihr Gesicht trat. »Wäre ich zur Gänze Vulkanierin«, sagte sie, »wäre ich der Ansicht, daß Sie mit der Ermöglichung meiner Flucht auf höchst unlogische Weise gehandelt haben. Doch als Nicht-Vulkanier wäre es Ihr gutes Recht, unlogisch zu handeln. Nachdem Sie sich dazu entschieden hatten, unlogisch zu handeln, hätte ich meine Ansichten über Sie revidiert. Ich hätte Ihnen ...« Sie hielt inne, um nach dem geeigneten Wort zu suchen. »... Verachtung entgegengebracht, würde ich meinen. Verachtung und vielleicht sogar ein wenig Faszination, daß jemand eine Machtposition erlangen konnte, obwohl er derartig unlogische Gedankengänge verfolgt. ›Dankbarkeit‹ würde für mich niemals eine Rolle spielen.«

Er nickte grimmig. »Das würde die Haltung von Botschafter Spock erklären. Während einer privaten Unterredung appellierte ich an seine Dankbarkeit, um ihn zu bewegen, meinen Wünschen zu entsprechen. Er weigerte sich und schien gar nicht verstanden zu haben, was ich meinte, als ich davon sprach, daß er sich mir gegenüber verpflichtet fühlen sollte.«

»Botschafter Spock ist ebenfalls nicht zur Gänze Vulkanier. Er hatte jedoch viel mehr Zeit, mit dieser Tatsache zurechtzukommen und sie zu kompensieren. Aus reiner Neugier gefragt: Haben Sie auch ihn während der Unterredung mit einer Waffe bedroht?«

»Nein«, gab er zu. »Ich beschloß jedoch, das Mittel

diesmal einzusetzen, um meinem Anliegen Nachdruck zu verleihen.« Er dachte kurz über die Situation nach. »Darf ich Ihre Worte dahingehend verstehen, daß Sie keine reine Vulkanierin sind? Was sind Sie?«

Sie blickte ihm ruhig in die Augen und sagte dann mit einer Sanftheit, die beinahe an Verletzlichkeit grenzte: »Ich würde es vorziehen, nicht weiter über dieses Thema zu reden.« Eine Weile herrschte Schweigen, bis sie fragte: »Was wollten Sie von Spock? Und was wollen Sie von mir?«

»Ich muß in die *Excalibur* gelangen. Ich muß die Reise mitmachen, um ins Thallonianische Imperium zurückzukehren. Es ist äußerst wichtig für mich, und obendrein kann ich Ihnen von großem Nutzen sein.«

»Sie haben sich mit diesem Wunsch bereits an Starfleet gewandt, vermute ich.«

»Ja, und er wurde abgelehnt. Man lehnte ... *mich* ab.« Es gab keinen Zweifel, daß ihn diese Vorstellung immer noch wurmte.

»Warum?«

»Weil die Leute Dummköpfe sind. Weil ich kein Starfleet-Angehöriger bin. Ein Mann – sein Name ist Jellico – sprach sich dagegen aus, und die anderen haben es nicht gewagt, ihm zu widersprechen. Sie haben sich gegen mich verschworen.«

»Und was erwarten Sie nun von mir?«

»Daß Sie mich an Bord des Schiffes bringen.«

Sie rieb sich nachdenklich das Kinn. »Ich kenne den Captain nicht«, sagte sie, »aber ich könnte natürlich mit ihm sprechen, sobald ich an Bord eingetroffen bin. Ich könnte ein Treffen zwischen Ihnen und dem Captain arrangieren ...«

»Ich habe genug von Treffen«, erwiderte Si Cwan wütend. Er erhob sich von seinem Sessel und ging zornig auf und ab. »Ich bin es leid, Speichel zu lecken und um Dinge zu betteln, die mir selbstverständlich gewährt werden sollten, weil es einfach richtig ist und der Respekt es gebietet.«

»Erwarten Sie von mir, daß ich Sie auf irgendeine Weise an Bord schmuggle?« fragte sie skeptisch.

Und Soleta war maßlos verblüfft, als er nun entgegnete: »Ja. Das ist genau das, was ich von Ihnen erwarte.«

»Aber wie? Sie sind nicht gerade ein Nanite, Si Cwan. Sie sind mehr als einen Meter achtzig groß. Wie stellen Sie sich eine solche Aktion vor? Soll ich Sie zusammenklappen und in meinem Koffer hineintragen?«

»Das überlassen ich Ihnen und Ihrem Einfallsreichtum.«

»Aber wenn wir mit dem Captain reden ...«

»Er könnte ablehnen. Das wird er sogar mit großer Wahrscheinlichkeit tun. Ich rechne damit, daß er nicht gegen die Entscheidung seiner Starfleet-Kollegen handeln wird.«

»Selbst wenn ich Sie irgendwie an Bord bringen könnte, ohne daß es jemand bemerkt«, sagte sie zweifelnd, »könnten Sie sich nicht unbegrenzt verstecken.«

»Dessen bin ich mir bewußt. Sobald wir den thallonianischen Raumsektor erreicht haben, würde ich Ihrem Captain meine Anwesenheit offenbaren. Zu diesem Zeitpunkt wird es zu spät sein.«

»Was die historischen Präzedenzfälle betrifft, gehen Schiffskommandanten im allgemeinen nicht sehr zuvorkommend mit blinden Passagieren um, Si Cwan. In Extremsituationen wäre der Captain sogar befugt, Sie in eine Rettungskapsel mit Peilsender zu stecken und aus dem Schiff zu stoßen, ohne sich weiter um Ihr Wohlergehen kümmern zu müssen. Und da es dem Captains überlassen ist, im Einzelfall zu definieren, was eine ›Extremsituation‹ darstellt, bleibt ihm ein sehr großer Ermessensspielraum.«

»Damit werde ich mich auseinandersetzen, wenn es soweit ist.«

»Das ist kein logischer Plan, Si Cwan. Wenn Sie unbedingt in Ihre Heimat zurückkehren wollen, können Sie sich ein privates Raumschiff mieten. Wie Ihnen bekannt sein dürfte, gilt der Sektor 221-G nicht mehr als verbotene Zone.«

»Für manche schon.«

Sie hob eine Augenbraue. »Wie bitte?«

Er ließ sich wieder ihr gegenüber in den Sessel fallen und sagte mit kaum unterdrückter Wut: »Verstehen Sie mich doch, Soleta! Ich habe immer noch Anhänger. Viele Anhänger. Auch auf die Gefahr hin, mich dem Verdacht der Selbstüberschätzung auszusetzen ...«

»Eine Gefahr, die Sie bestimmt problemlos in Kauf nehmen würden«, bemerkte Soleta trocken.

Falls er Ihren Sarkasmus registriert hatte, ließ er es sich nicht anmerken. »... ich war einmal eins der beliebtesten Mitglieder der königlichen Familie. Die Gnade, die ich Ihnen und Spock erwiesen habe, war kein Einzelfall. Ich habe immer wieder anderen geholfen, wenn sich derlei umsichtige Taten ohne ungebührende Aufmerksamkeit bewerkstelligen ließen. In gewissen Kreisen war ich als mitfühlend und gerecht bekannt, ein Ruf, den ich mir offen gestanden zu Recht verdient hatte.«

»Meinen Glückwunsch.«

»Aus demselben Grund hatte ich auch Feinde. Insbesondere einen, einen Mann namens Zoran, dessen Haß auf mich geradezu wahnsinnig war. Ich habe niemals den genauen Grund dafür erfahren; ich weiß nur, daß Zoran alles getan hätte, um mich und den Rest meiner Familie auszulöschen. Auf jeden Fall ... gab es Leute, die mir und anderen Mitgliedern meiner Familie zur Flucht verholfen haben, als das Imperium zusammenbrach. Und wir ...«

Er ließ den Satz ausklingen, als hätte er sich plötzlich an Dinge erinnert, an die er lieber nicht denken wollte. Soleta wartete geduldig ab.

»Wir wollten uns an einem verabredeten Ort treffen«, fuhr er wenige Augenblicke später fort, als wäre er nie verstummt. »Wir wollten uns treffen und anschließend gemeinsam aufbrechen. Ich war der einzige, der sich am Treffpunkt einfand. Später habe ich gehört, daß die meisten der anderen geschnappt und hingerichtet wurden.«

»Die meisten?«

Sie hatte ihn die ganze Zeit genau beobachtet, und er hatte stets seine gebieterische Haltung bewahrt. Doch nun schien es, als wäre er leicht zusammengesackt. Wie ein großes Segelschiff, dessen Segel in einer Flaute erschlafften. »Ich habe immer noch nichts von Kallinda gehört.«

Soleta wollte gerade fragen, um wen es sich handelte, als sie sich an etwas erinnerte. Sie sah wieder Si Cwan vor sich, wie er bei ihrer ersten Begegnung stolz und herrschaftlich auf seinem Reittier saß. Und neben ihm hatte sich ein junges Mädchen befunden, dessen Lachen keinen Zweifel ließ, wie sehr es den Mann an seiner Seite bewunderte.

»Das kleine Mädchen in Ihrer Begleitung?« fragte sie. »Als ich gefangengenommen wurde?«

»Ja. Meine Schwester. Meine kleine Schwester, die niemals jemandem etwas zuleide getan hat. Die vor Freude und Lebenslust übersprudelte.« Er blickte Soleta mit dunklen Augen voller Trauer an. »Kallinda. Ich habe sie immer Kally genannt. Bisher konnte ich nicht in Erfahrung bringen, was mit ihr geschehen ist. Ich weiß nicht, ob sie noch lebt, ob sie sich versteckt oder ob sie …«

Als würde er sich plötzlich peinlich seiner emotionalen Verletzlichkeit bewußt, riß er sich schnell zusammen. Er nahm wieder seine königliche Haltung an, als hätte er sich in einen kostbaren Mantel gehüllt. »Ich gebe es nur ungern zu, aber ich brauche den Schutz, den nur ein Starfleet-Schiff gewährleisten kann. Schutz vor Feinden wie Zoran. Und den Einfluß, den ein solches Schiff ausüben könnte. Und etwas, das mir die Suche nach meiner Schwester ermöglicht. Diese Ziele ließen sich nicht erreichen, wenn ich ein kleines Ein- oder Zweimannschiff mieten würde.«

»Lord Si Cwan, ich wünschte, ich könnte Ihnen helfen, aber ...«

»Nein«, sagte er schroff. »In dieser Angelegenheit lasse ich kein ›Aber‹ gelten. Ich brauche Ihre Hilfe, und Sie werden mir helfen. Sobald wir thallonianisches Gebiet erreicht haben, werde ich meine Nützlichkeit unter Beweis stellen. Ich brauche Ihre Unterstützung, um meine Ziele zu erreichen. Sie verdanken mir Ihr Leben, Soleta. An dieser simplen Tatsache können auch alle logischen Argumente und rationalen Einwände der Welt nichts ändern. Wenn ich nicht gewesen wäre, wären Sie jetzt tot; eine verrottende Leiche in irgendeinem namenlosen Grab auf Thallon. Wenn Sie nur über einen Funken Ehre verfügen, müssen Sie anerkennen, daß Sie mir etwas schuldig sind, und meinem Wunsch entsprechen.«

»Ich würde ein großes Risiko eingehen, Si Cwan«, warnte sie ihn. »Wenn herauskommt, daß ich an einem derartigen Unternehmen beteiligt bin ...«

»Durch mich würde es niemals herauskommen«, erwiderte er ohne jede Spur von Ungewißheit. »Zumindest das kann ich Ihnen versprechen. Verstehen Sie mich nicht falsch, aber für mich sind Sie nur Mittel zum Zweck. Aber Sie sind ein Mittel, das ich nutzen muß, weil ich keine andere Möglichkeit sehe. Ich kann Ihnen nicht befehlen, mir zu helfen. Aber ich kann es von Ihnen verlangen, weil Sie es mir schuldig sind, weil ich

Ihr Leben gerettet habe… Und ich fordere Sie im Namen meiner Schwester, deren Leben wir möglicherweise retten können, dazu auf.« Dann fügte er ein Wort hinzu, das er vermutlich noch niemals zuvor in seinem Leben benutzt hatte:

»Bitte!«

Und aus den Tiefen ihrer Seele entließ Soleta einen langen, unsicheren Seufzer, während sie sich fragte, wer vor dem Kriegsgericht zu ihrer Verteidigung aussagen könnte.

III.

Calhoun blickte vom Computerbildschirm auf, als die Tür zu seinem Bereitschaftsraum aufglitt. Dr. Selar trat ein und sagte ohne jegliche Vorrede: »Dr. Maxwells mangelhafte Leistungsfähigkeit ist inakzeptabel. Bitte entlassen Sie ihn unverzüglich aus der Besatzung.«

»Computer aus«, sagte Calhoun, während er sich hinter seinem Schreibtisch erhob. Er gab Selar mit einem Wink zu verstehen, daß sie sich setzen sollte. Doch die vulkanische Ärztin blieb stehen, worauf Calhoun nach einem mentalen Schulterzucken wieder Platz nahm. »Seine mangelhafte Leistungsfähigkeit ist inakzeptabel?«

»Das ist korrekt.«

»Hatten Sie Sex mit ihm?«

Selar schien verblüfft, obwohl sie sich zu keiner tiefgreifenderen Regung hinreißen ließ, als eine Augenbraue zu heben. »Wie bitte?«

»Hatten Sie Sex mit Dr. Maxwell?«

»Nein, natürlich nicht. Und ich verstehe auch nicht ...«

»Ist Dr. Maxwell Sänger? Versagt seine Stimme bei schwierigen Passagen?«

Jetzt wußte Selar überhaupt nicht mehr weiter. »Nicht daß ich wüßte. Aber ich wollte ...«

»Betreiben Sie gemeinsam mit Dr. Maxwell einen Mannschaftssport?«

Selar schien es aufzugeben, verstehen zu wollen, in

welche Richtung der Captain dieses Gespräch zu bringen versuchte. Also sagte sie einfach: »Ich übe keine menschlichen Sportarten aus. Ob er es tut, ist mir nicht bekannt.«

»Dann verstehe ich nicht recht, was Sie von mir wollen. Sie platzen hier herein und beklagen sich über seine Leistungsfähigkeit, und da ich genau weiß, daß bislang noch kein Patient in die Krankenstation eingeliefert wurde, ging ich davon aus, daß Sie keinesfalls seine Leistungsfähigkeit als Arzt gemeint haben können ... was meines Wissens der Grund ist, warum er zur Besatzung dieses Schiffes gehört.«

Selar neigte ein wenig den Kopf zur Seite. »Captain Calhoun, sind Sie immer so weitschweifig?«

»Nicht generell. Im allgemeinen sage ich es den Leuten direkt, wenn ich das Gefühl habe, daß sie meine Zeit vergeuden und schnellstens aus meinem Büro verschwinden sollten. Aber wir haben noch nicht einmal das Raumdock verlassen, also bemühe ich mich, großzügig zu sein.« Er ging um den Schreibtisch herum. »Hören Sie, Selar ...

»*Doktor* Selar wäre mir lieber.«

Er lächelte. »Kennen Sie diesen Witz? Wie bezeichnet man den schlechtesten Medizinstudenten einer Klasse, der mit Mühe und Not seinen Abschluß geschafft hat?« Ohne auf ihre Antwort zu warten, sagte er: »*Doktor*.«

Sie starrte ihn an.

»Haben Sie verstanden, worauf ich hinauswill?«

»Ich denke schon. Sie wollen den Titel, den ich führe und den ich mir durch viele Jahre des Studiums und der Arbeit erworben habe, herabsetzen, indem sie andeuten, daß sich die Qualität der akademischen Bildung gar nicht in diesem Titel niederschlägt.«

Er massierte seine Schläfen, während er sich daran zu erinnern versuchte, warum in aller Welt er sich von Picard zu dieser Sache hatte überreden lassen. »Hören

Sie mir zu, Dr. Selar. Es ist Ihre Krankenstation, und wenn Sie Maxwell nicht haben wollen, dann fliegt er raus. Ich will mich gar nicht mit Ihnen darüber streiten. Vielleicht sind Ihnen mögliche Konfliktpunkte aufgefallen, oder vielleicht ist es eine persönliche Sache, weswegen Sie sich in die Haare geraten …«

»Vulkanier geraten sich nicht ›in die Haare‹«, teilte sie ihm mit.

Calhoun bemühte sich, mit ruhiger und gleichmäßiger Stimme weiterzusprechen. »Ich will damit nur sagen, daß Sie das Kommando über die Krankenstation haben. Die Besetzung sämtlicher Posten Ihrer Abteilung wurde durch die medizinische Sektion von Starfleet veranlaßt. Ich habe mein Einverständnis mit den offiziellen Empfehlungen erklärt, und ich überlasse Ihnen die Feinabstimmung, Dr. Selar. Maxwell arbeitet unter Ihnen. Arbeiten Sie mit ihm, oder lassen Sie es bleiben. Schießen Sie ihn meinetwegen durch eine Photonentorpedoröhre ins All. Aber ich sage Ihnen jetzt, daß jede personelle Veränderung einen offiziellen Bericht erfordert. Und wenn es zu einem offiziellen Bericht mit anschließendem bürokratischem Verfahren kommt, dann sollten Sie auf jeden Fall konkrete Gründe vorlegen können, warum Maxwell versetzt werden soll. Sie müssen sich vergegenwärtigen, daß die Starfleet-Zentrale sich nicht mit einem Wir-kommen-nicht-so-gut-miteinander-Aus zufriedengibt.«

»Ich verstehe.«

»Wenn Sie meinen Rat hören wollen – das ist übrigens das Schöne an der Stellung des Captains, daß man jedem einen Rat erteilen kann, ob der Betreffende ihn hören will oder nicht –, dann schlage ich vor, daß Sie sich hinsetzen und mit Maxwell über die Bereiche reden, in denen Ihrer Ansicht nach seine Fähigkeiten zu wünschen übrig lassen. Versuchen Sie sich auf irgendeine Weise mit ihm zu einigen. Das wäre eine Lösung, die mir wesentlich angenehmer wäre.«

»Möchten Sie Ihre Dienste als Vermittler anbieten, Captain, um die Angelegenheit zu erleichtern?«

»Gütiger Himmel, nein! Ich würde lieber meinen Kopf in eine Warpspule stecken. Um ehrlich zu sein, ich habe den Eindruck, als würde Ihre Reaktion auf einer irrationalen Regung beruhen ... was mich, gelinde ausgedrückt, sehr beunruhigen würde, wenn ich bedenke, wer Sie sind. Und jetzt tun Sie Ihre verdammte Arbeit, während ich meine tue, dann werden wir beide glücklich sein. Oder zumindest werde ich glücklich sein und Sie ...« Er vollführte eine vage Geste. »... das, was Vulkanier statt dessen sind. Und nun verschwinden Sie aus meinem Büro!«

Auf dem Weg zur Tür blieb sie noch einmal kurz stehen, um festzustellen: »Ihre Neigung zu Profanitäten ist größer als bei jedem anderen Starfleet-Offizier, dem ich bisher begegnet bin.«

Und mit einem ironischen Lächeln erwiderte der Captain: »Ich bin Offizier und keineswegs nur Gentleman.«

Burgoyne 172 befand sich zusammen mit Fähnrich Yates im Transporterraum D, wo er/sie die Rekalibrierung der Heisenberg-Kompensatoren überwachte, als sein/ihr Kommunikator einen Anruf signalisierte. Er/sie richtete sich hastig auf, wobei sein/ihr Kopf nur knapp einem Zusammenstoß mit der Unterseite der Konsole entging.

Der/die Hermat war mittelgroß, schlank und schmalbrüstig. Er/sie hatte eine hohe Stirn, blaßblonde Augenbrauen und blaßblondes Haar in zwei unterschiedlichen Färbungen, vorne kurzgeschoren und auf der Rückseite lang. Er/sie tippte auf den Kommunikator und sagte: »Hier ist Burgoyne. Sprechen Sie.«

»Burgoyne? Hier ist Shelby.«

»Commander!« Burgoyne war aufrichtig erfreut. Er/sie war bislang sehr gut mit Shelby zurechtgekommen, als sie gemeinsam an Bord der *Excalibur* unter dem verstorbenen Captain Korsmo zusammengearbeitet hatten. »Wie geht es Ihnen? Wo sind Sie überhaupt?«

»In einem Shuttle, das sich dem Raumdock nähert. Man war so freundlich, diese Nachricht von der Brücke aus weiterzuleiten. Sagen Sie, Burgy, wie lange würden Sie benötigen, um den nächsten Transporterraum zu erreichen?«

Burgoyne lächelte und entblößte seine/ihre länglichen Eckzähne. »Nun, mal sehen ... wenn ich die Größe des Schiffes berücksichtige, meine Geschwindigkeit zu Fuß und die ...«

»Burgoyne!«

»Ich befinde mich in diesem Augenblick in einem Transporterraum, wie es der Zufall will.«

»Ausgezeichnet. Ich hatte gehofft, daß Sie mich an Bord beamen könnten.«

»Das ist gegen die Vorschriften.« Burgoyne runzelte die Stirn. »Warum landen Sie nicht einfach im Shuttle-Hangar? Ich werde den Captain informieren, daß er sie abholt und ...«

»Genau das wollte ich eigentlich vermeiden.«

»Vermeiden? Ich fürchte, ich kann Ihnen nicht ganz folgen, Commander.«

»Ich wollte zuerst unter vier Augen mit dem Captain sprechen, bevor wir uns in aller Öffentlichkeit begegnen, wenn Sie verstehen, worauf ich hinauswill.«

»Ich denke schon. Sie möchten ihn überraschen.«

»In gewisser Weise. Ich übernehme die volle Verantwortung. Gibt es damit irgendwelche Probleme?«

»Nicht die geringsten, Commander. Genaugenommen sind Sie immer noch mein Erster Offizier, bis wir das Dock verlassen haben. Wenn Sie es so haben möchten, kann ich keine Einwände erheben. Geben Sie mir bitte einen Augenblick, damit ich Ihr Signal erfassen kann …« Seine/ihre langen, spitzen Finger flogen geradezu über die Transporterkontrollen. »… dann werden wir Sie direkt an Bord holen.«

Kurz darauf erwachten die Transporterstrahlen zu flirrendem Leben, und Shelby erschien auf der Plattform. Sie stieg herab und streckte Burgoyne ihre Hand hin, die Burgoyne auf seine/ihre gewohnte, äußerst kräftige Art ergriff … so kräftig, daß Shelby anschließend vorsichtig die Finger bewegen mußte, um den Blutkreislauf wieder zu aktivieren. »Es freut mich, Sie zu sehen, Commander.«

»Mir geht es genauso, Lieutenant Commander.«

»Soll ich Yates abstellen, damit er Sie auf die Brücke begleitet?«

»Ach, ich glaube, ich finde den Weg alleine.«

Als sie den Raum verlassen wollte, fragte Burgoyne: »Werden Sie für längere Zeit bei uns bleiben, Commander?«

»Das«, sagte Shelby, »ist genau die Frage, die ich jetzt klären werde.«

Als Shelby die Brücke betrat, wäre sie um ein Haar mit einem Gebirgszug zusammengestoßen.

Zumindest machte es genau diesen Eindruck. Sie blieb wie angewurzelt stehen. Nicht daß sie die Wahl gehabt hätte; denn ihr Weg war blockiert. Sie blickte auf … und hinauf … und weiter hinauf …

Das Wesen, dem sie gegenüberstand, war kräftig und muskulös, seine Haut dunkelbraun mit pechschwarzen Akzenten. Jeder der Arme war größer als ihre beiden zusammen, und sie hatten jeweils drei Finger an einer Hand. Zwei der Finger standen V-förmig ab und wurden durch einen gegenüberliegenden Daumen ergänzt. Der Kopf war kantig wie ein Rohdiamant und besaß kleine Hörlöcher auf beiden Seiten des Schädels. Die Nase bestand lediglich aus zwei vertikalen, parallelen Schlitzen, die zwischen den Augen begannen und kurz vor dem Mund endeten.

»Sie *müssen* ein Brikar sein.« Sie hatte noch nie zuvor eins dieser Riesenwesen gesehen, doch sie kannte ihre Beschreibungen. Wenn es stimmte, was sie gehört hatte, dann konnte dieser Gigant Phasertreffer überstehen, die einen Menschen auf der Stelle getötet hätten … beziehungsweise eine größere Menschengruppe.

Er (sofern es sich tatsächlich um ein männliches Wesen handelte) trug eine Starfleet-Uniform, deren Nähte bis zum Platzen angespannt schienen, und Shelby hatte nur einen einzigen Gedanken: *Dem Himmel sei Dank, daß er auf unserer Seite steht!*

»Und Sie sind …?« grollte er. Seine Stimme schien von irgendwo aus der Umgebung seiner Stiefel zu kommen.

»Commander Shelby. Ich möchte Captain Calhoun sprechen.«

»Ich habe nichts von Ihrer Ankunft bemerkt, Commander.«

»Es ist …« begann sie, während sie vage mit dem Kopf wackelte. »Es soll sozusagen eine Überraschung sein.«

»Bei allem gebührenden Respekt, Commander, aber ich mag keine Überraschungen.«

»Lassen Sie mich raten. Sie sind für die Sicherheit zuständig.«

Seine Augen musterten sie funkelnd von oben herab. Sie hatte das Gefühl, daß er einzuschätzen versuchte, ob sie versteckte Waffen bei sich trug. Offenbar zufrieden mit dem Ergebnis seiner Inspektion sagte er: »Warten Sie hier, Commander.« Der Brikar setzte sich in Bewegung und betrat den Bereitschaftsraum des

Captains. Es ist gut, dachte Shelby, daß die Tür sich schnell genug öffnete. Denn andernfalls wäre der Brikar vermutlich einfach hindurchspaziert.

»Commander Shelby?« Shelby drehte sich zu einer kessen jungen Frau um, die neben sie getreten war. Sie hatte ein rundes Gesicht und dunkelblondes Haar, das sich auf ihrem Kopf türmte. Sie streckte ihr eine Hand hin, die Shelby nachdrücklich schüttelte. »Lieutenant Robin Lefler. Einsatzleitung. Burgoyne hat mir gesagt, daß Sie auf dem Weg nach oben sind.«

»Es wäre nett gewesen, wenn er/sie das auch diesem Kontinent mitgeteilt hätte.« Sie zeigte mit einem Daumen in die Richtung, in die der Brikar verschwunden war.

»Das hätte auch keinen Unterschied gemacht«, sagte Lefler. »Zak ist ziemlich starrsinnig. Wenn er keine Anweisung vom Captain erhalten hat, dann existiert die Sache für ihn ganz einfach nicht.«

»Zak?«

»Zak Kebron. Er ist ein verdammt schwerer Brocken, dieser Zak. Ich habe ihm geholfen, einen kleinen Gravitationskompensator einzurichten, den er am Gürtel trägt. Die Brikar sind so sehr an hohe Schwerkraft angepaßt, daß er sich ohne Kompensator fast überhaupt nicht bewegen könnte. Wenn er in Eile ist, kann man ihn noch drei Decks höher oder tiefer hören.«

»Das kann ich mir vorstellen.«

»Es sind noch einige Leute an Bord, die schon unter Captain Korsmo gearbeitet haben«, sprach Lefler weiter. »Sie alle haben nur gute Dinge über Sie gesagt.«

Shelby grinste verschmitzt, als sie erwiderte: »Sie sind viel zu klug, um etwas Schlechtes über mich zu sagen.«

Dann hörte sie ein leises Geräusch, ein rhythmisches Schnarchen. Sie blickte sich nach der Quelle um … und konnte es zuerst nicht fassen. An der Navigationskonsole saß ein Lieutenant, der die Füße hochgelegt hatte. Die Arme hatte er über der Brust verschränkt, während sein Kopf sich im Rhythmus der Schnarchgeräusche auf und ab bewegte. Er hatte kurz geschnittenes rotes Haar und Sommersprossen. Das war ungewöhnlich, denn Starfleet-Offiziere, die den größten Teil ihres Lebens in isolierten Umgebungen ohne direktes Sonnenlicht verbrachten, entwickelten normalerweise keine Sommersprossen. Shelby drehte sich zu Lefler um. In ihrem Gesicht stand eine unausgesprochene Frage.

»Man kann sich auf ihn verlassen«, sagte Lefler optimistisch. »Wirklich.«

Die Tür zum Bereitschaftsraum glitt auf, und Zak Kebron erschien im Rahmen. »Der Captain möchte Sie sprechen, Commander«, sagte er mit einer Stimme, die wie die Androhung einer Lawine klang.

Shelby nickte knapp und machte sich auf den Weg. Kebron trat zur Seite und ließ sie herein. Die Tür schloß sich hinter ihm, worauf Zak an seine Station zurückkehrte. Robin kam in seine Nähe geschlendert und beugte sich über das Geländer. »Hat der Captain irgendeine Reaktion gezeigt?«

»Eine Reaktion?« Er blickte sie verständnislos an.

»Als er erfuhr, daß Commander Shelby an Bord ist.«

»Hätte er eine Reaktion zeigen sollen?«

»Ich bin mir nicht sicher. Ich hatte den Eindruck gewonnen, sie würde etwas Bestimmtes erwarten ...« Lefler zuckte die Schultern. »Ich weiß auch nicht, was. Deshalb habe ich Sie gefragt.«

Sein Gesicht ließ keine Regung erkennen.

»Kommen Sie, Kebron! Hat er gelächelt? Die Stirn gerunzelt? Wirkte er angespannt, neugierig, aufgeregt, gleichgültig ... sagen Sie Bescheid, wenn ich auf ein Wort stoße, das angemessen ist.«

Nichts. Zak Kebron starrte sie einfach nur an.

Lefler brummte verärgert. »Leflers neuestes Gesetz: Ihnen Informationen entlocken zu wollen, ist genauso, als würde man eine Statue verhören.« Dann wandte sie sich von ihm ab.

»Gut«, murmelte Kebron.

Dr. Selar betrat die Krankenstation und ging direkt in ihr Büro. Doch sie bemerkte sofort, daß Dr. Maxwells Blicke ihr folgten. Er hatte genau gewußt, daß Selar mit seinen Vorbereitungen in der medizinischen Abteilung unzufrieden war, und er hatte keinen Hehl daraus gemacht, daß Selar seiner Meinung nach zu streng mit ihm war. Und er hatte völlig richtig vermutet, daß Selar den Captain aufsuchen würde, um die Angelegenheit mit ihm zu besprechen.

Selar, die nichts von Heimlichtuerei hielt, drehte sich um und erwiderte offen seinen Blick. Und in gewisser Weise hatte sie den Eindruck, als würde sie ihn zum ersten Mal ansehen – ihn zum ersten Mal richtig wahrnehmen.

Bis zu diesem Zeitpunkt war ihr nicht bewußt gewesen, wie sehr Maxwell mit seinem schwarzen Haar, dem kantigen Kinn und der ernsten Miene ihrem verstorbenen Gatten ähnelte. Voltak, der mitten im *Pon Farr* einen tödlichen Herzanfall erlitten hatte. Er war gestorben, während Selar ohnmächtig dagelegen hatte, ohne ihm helfen zu können.

Und der rationale Teil von Selars Geist sagte: *Nein. Das ist Unsinn. Primitivste Psychologie, platt und unzulänglich. Eine negative Reaktion auf einen Mitarbeiter, weil er eine flüchtige Ähnlichkeit mit Voltak aufweist? Das ist absurd. Das ist unlogisch. Das kann es nicht sein. Es muß … noch andere Vorbehalte geben.*

Nur daß ihr im Augenblick kein einziger einfiel.

Maxwell rang sich dazu durch, das betretene Schweigen zu brechen, und sagte: »Dr. Selar … ich würde gerne wissen, ob Sie weiterhin meine Dienste benötigen.«

»Haben Sie Pflichten zu erfüllen?« fragte sie ihn.

»Nun ... ja ... aber ...«

»Dann schlage ich vor, daß Sie sich darum kümmern. Unser Starttermin hat sich nicht geändert, und es wäre angemessen, wenn Sie entsprechend vorbereitet wären.« Damit machte sie kehrt und ging zu ihrem Büro – und ließ einen verwirrten, aber glücklichen Maxwell zurück.

Das erste, was Shelby bemerkte, war das an der Wand befestigte Kurzschwert. Sie blieb stehen und starrte es an. Calhoun schien gebannt auf seinen Computerbildschirm zu starren und es Shelby überlassen zu wollen, das Gespräch zu eröffnen. Sie enttäuschte ihn nicht. »Du hast es immer noch?«

Er mußte gar nicht aufblicken, um zu wissen, worauf sie anspielte. »Natürlich.«

»Mac, dieses Schwert hat dein Gesicht aufgeschlitzt. Es hätte dich beinahe getötet. Ich hatte gehofft, du wärst inzwischen erwachsen geworden und hättest solche Dinge nicht mehr nötig.«

»Es erinnert mich daran, wie wichtig es ist, niemals in meiner Wachsamkeit nachzulassen. Genauso wie das hier.« Er tippte auf seine Narbe. Dann drehte er sich mit seinem Sessel herum und sah sie zum ersten Mal an. »Ich kann nicht behaupten, daß es mich überrascht, Sie wiederzusehen, Commander.«

»Legst du neuerdings Wert auf Förmlichkeiten, Mac?«

»Ja.«

Ohne sich lange zu besinnen, sagte sie: »Also gut. Captain, ich hoffe, Sie können mein unangemeldetes Erscheinen entschuldigen, aber ich möchte eine Angelegenheit von einiger Dringlichkeit mit Ihnen besprechen.«

»Sie möchten sich um den Posten des Ersten Offiziers bewerben.«

»Das ist richtig.« Dann bemerkte sie, daß ihr vom Computermonitor ihr eigenes Gesicht entgegenstarrte. Calhoun hatte die letzten Eintragungen ihrer Personalakte gelesen. »Da Sie bereits begonnen haben, meine Personaldaten zu sichten ...«

»Jellico hat mir geraten, Sie nicht zu akzeptieren.«

Sie schüttelte leicht den Kopf, als hätte sie plötzlich Wasser in den Ohren. »Wie bitte?«

»Ich habe ein Kommuniqué von Admiral Jellico erhalten. Darin heißt es, daß Sie sich um den Posten bewerben würden und daß er es nicht mit seinem guten Gewissen vereinbaren könnte, Sie zu empfehlen.«

»Ich verstehe.« Shelby hatte gedacht, daß Jellico sie unterstützen würde. Aber wenn die Dinge so lagen ... nun, auch damit konnte sie leben. Calhoun konnte unmöglich über sämtliche Entwicklungen informiert sein, die ...

»Ich vermute, daß einer von zwei möglichen Fällen zutrifft«, sagte Calhoun und lehnte sich ein wenig in seinem Sessel zurück. »Entweder wollte Jellico, daß Sie mich ausspionieren, und Sie haben ihm gesagt, er solle sich zum Teufel scheren, worauf er wutentbrannt versucht hat, Ihre Beförderung zu verhindern. Oder er hofft, daß Sie mir das Leben zumindest ein wenig schwerer machen ... und sein Ratschlag, Sie nicht anzunehmen, ist in Wirklichkeit eine Widerspruchstaktik. Ähnlich wie in der Geschichte vom Kaninchen, das darum bettelt, nicht in den Gemüsegarten gesperrt zu werden, hat er sich gedacht, wenn er mir abrät, würde ich Sie aus Trotz nehmen.« Er blickte sie unverbindlich an. »Wie würden Sie die Situation einschätzen, Commander?«

Sie gab sich alle Mühe, ihr maßloses Erstaunen vor ihm zu verstecken. Einen Moment lang fühlte sie sich, als würde sie in einer Achterbahn sitzen, ohne daß sie verstand, warum ihr dieses Gefühl so bekannt vorkam. Dann wurde es ihr bewußt: Während ihrer Beziehung mit Calhoun war es ihr häufiger so ergangen. *Warum lasse ich mich schon wieder darauf ein? Ich muß völlig verrückt sein!* Das waren die Gedanken, die ihr durch den Kopf gingen. Doch sie sagte nur: »Ich stimme mit Ihrer Einschätzung überein, Captain.«

»Gut.«

Sie räusperte sich. »Captain«, begann sie, »es gibt da einige Dinge, die Sie wissen sollten ...«

»Ich muß sie nicht unbedingt erfahren, Commander.«

»Captain, bei allem gebührenden Respekt, ich denke, Sie sollten es wissen. Meine dienstlichen Leistungen sind vorbildlich, ich habe als Erster Offizier an Bord der *Excalibur* gedient, außerdem auf der *Enterprise,* auf der ...«

»Ich sagte, ich muß es nicht erfahren.«

»Ich bin die richtige Person für diesen Job, und um es unverblümt zu sagen, bin ich genau die richtige Kandidatin für Sie. Und ich kann zumindest eine wertvolle ...«

»Commander!« sagte er mit eisiger Stimme.

»Bitte, hören Sie mir einfach zu ...!«

»Eppy, halt jetzt verdammt noch mal die Klappe!«

Ihr Rücken versteifte sich. »Ja, *Captain.*«

»Verbindlichsten Dank, Eppy.«

»Ich sollte jedoch darauf hinweisen – wenn ich Sie nicht mit Ihrem Vornamen anreden soll –, daß ich es für gleichermaßen unangemessen halte, wenn Sie diesen ... ärgerlichen ... Spitznamen verwenden.«

»Elizabeth Paul. E. P. Eppy.«

»Ich kann mich an die Ableitung des Namens erinnern, Captain. Es wäre mir allerdings lieber, wenn Sie ihn nicht benutzen würden.«

»Früher haben Sie keine derartigen Bedenken geäußert. Damals haben Sie ihn als Kosenamen aufgefaßt.«

»Nein, ich habe mich schon immer darüber geärgert. Ich habe mich nur nicht getraut, es zu sagen, weil ... nun, wegen unserer damaligen Situation.«

Er bedachte sie mit einem skeptischen Blick. »Elizabeth Shelby? Hat sich nicht getraut?« Er seufzte und drehte sich mit dem Sessel herum, so daß er ihr den Rücken zukehrte und auf den schmalen Ausschnitt des freien Weltraums blickte, der neben dem Raumdock zu erkennen war. »Es war schön, Sie wiederzusehen, Commander.«

»Ich empfinde genauso, Captain. Und ich denke, ich sollte noch sagen ... wenn ich vergesse, was zwischen uns gewesen ist ... daß ich Ihnen alles erdenkliche Glück bei ihrer neuen Karriere wünsche.«

»Vielen Dank. Wo sind Ihre Sachen?«

Sie starrte verwirrt auf die Rückenlehne seines Sessels. »Sachen?«

»Ihre Ausrüstung, Ihr persönlicher Besitz. Haben Sie schon alles mitgebracht, oder lassen Sie es sich nachschicken? Erzählen Sie mir nicht, daß Sie Ihre Zeit damit verschwenden wollen, noch einmal zurückzukehren, um die Sachen zu holen!«

»Ich verstehe nicht ...«

Er seufzte. »Commander, wir werden in achtundvierzig Stunden von hier aufbrechen. Ich würde gerne wissen, ob wir gezwungen sein werden, noch eine Weile zu warten, bis Ihre Sachen an Bord sind, oder ob wir den vorgesehenen Starttermin einhalten können.«

»Wollen Sie damit sagen, daß Sie mich an Bord der *Excalibur* haben möchten?«

»Ja, das will ich damit sagen.«

»Ich welcher Stellung?«

Er drehte sich mit fassungslosem Gesichtsausdruck zu ihr herum. »Als Chefkoch und Tellerwäscher natürlich! Gütiger Himmel, Shelby, soll ich es Ihnen wirklich vorbuchstabieren?«

»Ja, ich denke, das sollten Sie tun, Captain.«

»Also gut.« Er stand auf und streckte ihr die Hand hin. »Meinen Glückwunsch, Commander. Sie sind der neue Erste Offizier der *Excalibur*, sofern Sie noch an diesem Job interessiert sind.«

»Ja, ich nehme das Angebot an.« Sie schüttelte seine Hand. Dann verdunkelte sich ihre Miene. »Es könnte da allerdings ein Problem geben.«

»Und das wäre?«

»Nun, der Papierkram für meine Versetzung müßte an Admiral Jellico vorbeigeleitet werden. Wenn er tatsächlich versucht hat, meine Anstellung zu verhindern – aus welchen Gründen auch immer –, dann könnte das zu einem Problem werden. Der Dienstweg muß eingehalten werden, Berichte müssen geschrieben werden ...«

»Shelby, ich kann es gar nicht oft genug betonen: Ich pfeife auf Berichte und Dienstwege. Es ist meine Entscheidung, und ich habe mich entschieden.«

»Wie Sie meinen, Captain.«

Sie hielt inne, als wollte sie noch etwas sagen. Zumindest bestand für Calhoun in dieser Hinsicht kein Zweifel. »Was ist los? Haben Sie noch etwas auf dem Herzen, Commander?«

»Captain.« Sie scharrte unbehaglich mit den Füßen. »Unsere Beziehung ... liegt schon sehr lange zurück. Für mich ist die Angelegenheit erledigt. Nun würde ich gerne wissen, wie Sie dazu stehen. Haben Sie mich nur angenommen, weil wir einmal etwas miteinander hatten?«

»Nein, Commander. Ich habe Sie *trotzdem* eingestellt. Sie können gehen.«

»Ich wollte nur sagen …«

»Sie können gehen!«

Sie gab sich mit einem knappen Nicken mit der Antwort zufrieden und verließ den Bereitschaftsraum. Calhoun wandte sich wieder dem Sichtfenster zu und starrte nach draußen.

Es hatte schon viele Situationen gegeben, in denen andere ihn für verrückt gehalten hatten. Zum Beispiel die Danteri, als er sein Volk in den Kampf gegen sie geführt hatte, als er sich von einer gefährlichen Situation in die nächste geworfen hatte, mit einer Rücksichtslosigkeit, die viele als gedankenlosen Leichtsinn mißverstanden hatten.

In der Starfleet-Akademie hatte es Kameraden gegeben, die unverhohlen entsetzt und insgeheim amüsiert gewesen waren, wenn Calhoun wieder einmal bereit war, sich mit den angesehensten Professoren der Ausbildungsstätte anzulegen. Er hatte niemals gezögert, seine Meinung zu sagen, und hatte niemals klein beigegeben, wenn er überzeugt war, daß er recht hatte.

Während seiner Dienstzeit an Bord der *Grissom* hatte er das Pokerspiel gelernt und sich schon nach kurzer Zeit den Ruf erworben, mit jedem Blatt durch puren Bluff gewinnen zu können. Einmal hatte man ihm sogar einen Empathen als Gegner vorgesetzt, und selbst diesem war es nicht gelungen, ihn zu durchschauen.

Und die Risiken, die er in den folgenden Jahren eingegangen war, wenn er eine jener Missionen ausführte, die Nechayev gerne als seine »kleinen Abenteuer« bezeichnet hatte … Nun, Nechayev selbst hatte bei mehr als einer Gelegenheit erwähnt, daß sie ihn für völlig übergeschnappt hielt, obwohl es sie nicht davon abgehalten hatte, immer wieder auf seine »besonderen Fähigkeiten« (wie sie sich ausdrückte) zurückzugreifen, wenn sie jemanden benötigte, der ein Problem ohne öffentliches Aufsehen lösen konnte.

Doch in all diesen Situationen, in all diesen Jahren, wenn andere ihn für verrückt erklärt hatten … war es nicht ein einziges Mal vorgekommen, daß Mackenzie Calhoun dieselbe Meinung über sich selbst gehabt hatte.

Bis jetzt.

»Ich habe gerade meine ehemalige Verlobte als Ersten Offizier eingestellt«, sagte er laut. »Ich muß völlig den Verstand verloren haben.«

»Ich denke, sie ist ausreichend qualifiziert, Captain.«

Calhoun zuckte erschrocken zusammen und drehte sich schnell mit dem Sessel herum. Im Türrahmen stand eine junge Vulkanierin. Er erteilte sich einen mentalen Verweis, weil er seine Wachsamkeit vernachlässigt hatte. Er war so tief in Gedanken versunken, daß er nicht einmal gehört hatte, wie jemand sein Büro betreten hatte. Damals auf Xenex hätte diese verantwortungslose Nachlässigkeit mit hoher Wahrscheinlich ein Messer in seinem Rücken zur Folge gehabt.

»Ja. Sie ist hervorragend qualifiziert, und nur das zählt«, sagte Calhoun schnell. Er starrte die Vulkanierin eine Weile an, während er das Gefühl hatte, daß ihr Gesicht ihm bekannt vorkam. Dann fiel der Groschen: Er hatte ihr Bild in den Personalakten gesehen, die er durchgearbeitet hatte. »Sie sind Lieutenant Soleta.«

»Ja, Captain.«

»Willkommen an Bord. Wir haben schon auf Sie gewartet.«

»Es ist zu … einigen Verzögerungen gekommen.«

»Ich würde mich gerne ausführlich mit Ihnen unterhalten, um mir ein Bild zu machen, wie gut Sie sich im thallonianischen Einflußgebiet auskennen.«

»Wie Sie wünschen, Captain. Doch zuvor … müßte

ich noch eine Angelegenheit von einiger Dringlichkeit mit Ihnen besprechen.«

»Worum geht es?«

»Um mein Gepäck.«

Er dachte eine Weile nach. »Ihr Gepäck.«

»Ja, Captain.«

Er beugte sich vor, verschränkte die Finger und sagte: »Ich hoffe, es ist wirklich eine dringliche Angelegenheit.«

RYJAAN

IV.

»Das ist nicht gut.« Ryjaan, der Botschafter der Danteri, war erst vor kurzem auf seinen Heimatplaneten zurückgekehrt. Jetzt stand er in seinem opulent eingerichteten Büro hoch über der Hauptstadt und genoß den beeindruckenden Ausblick. Tief unter ihm gingen die Bewohner von Danter ihren Tätigkeiten nach, ohne von den Bemühungen zu wissen, die Ryjaan und weitere Regierungsvertreter unternahmen, um die Sicherheit des Volkes zu gewährleisten.

»Nein, das ist ganz und gar nicht gut«, fuhr er fort und drehte sich dann zu der Person um, die in seinem Büro Platz genommen hatte. Es war ein Xenexianer, der eine flüchtige Ähnlichkeit mit einem anderen Xenexianer aufwies, einem Mann, der einst als M'k'n'zy von Calhoun bekannt gewesen war. Der Unterschied zu letzterem bestand darin, daß er größer und umfangreicher und wesentlich besser genährt war, um es rücksichtsvoll auszudrücken. Und weniger rücksichtsvoll ausgedrückt: Er war ziemlich fett. Sein Haar jedoch war ordentlich gepflegt, genauso wie seine Fingernägel. Seine Kleidung war selbst für einen Xenexianer recht ausgefallen. Er trug ein purpurnes Gewand, hohe schwarze Stiefel und ein Schwert, das an seiner rechten Hüfte baumelte. Dieses Schwert diente vorwiegend ornamentalen Zwecken; er zog es nur, wenn er damit eine junge Dame beeindrucken wollte, die er zu verführen beabsichtigte. Und es wirkte in der Tat beeindruckend, was durch die Tatsache, daß es niemals im Kampf eingesetzt worden war, keineswegs geschmälert wurde.

»Ihr Bruder«, sprach Ryjaan weiter, »könnte uns ernsthafte Schwierigkeiten bereiten, D'ndai.«

D'ndai schüttelte langsam und mit ungläubiger Miene den Kopf. »Man hat ihm wirklich das Kommando über ein Starfleet-Schiff anvertraut?«

»Ich war von Anfang an unglücklich darüber, ein Starfleet-Schiff auf den Schauplatz zu schicken«, sagte Ryjaan. »Als ich am Treffen an Bord der *Enterprise* teilnahm, hatte ich gehofft, diese Entwicklung abwenden zu können. Es wäre unseren Zwecken äußerst dienlich gewesen, wenn die Danteri die bedeutendste Weltraumpräsenz in ... wie haben sie es genannt ...?« Er schlug in einem Bericht nach, den er im Anschluß an die Konferenz erstellt hatte. »Ach ja. In ihren Karten ist das Gebiet als Sektor 221-G verzeichnet. Ich muß sagen, die Föderation hatte schon immer ein Faible für phantasievolle Namen, nicht wahr?«

D'ndai sagte nichts. Irgendwie hatte er das Gefühl, daß seine Meinung gar nicht gefragt war. Womit er völlig richtig lag.

»Also wurden unsere Interessen einfach übergangen. Natürlich können wir nach Belieben kommen und gehen. Aber wir werden es nun etwas vorsichtiger tun müssen. Subtiler. Wir können zum jetzigen Zeitpunkt nicht offen auftreten.«

»Das könnte sich als glücklicher Umstand erweisen«, meldete sich D'ndai doch noch zu Wort. »Wenn Chaos und Verwirrung herrschen, weiß niemand mehr, wem er vertrauen kann. Je größer die Präsenz ... nun, desto größer auch die Angriffsfläche.«

»In der Tat.«

»Ja.« Er hob umständlich die Schultern. »Die Föderation soll ruhig ihr großes Schiff schicken. Es soll sich überall zeigen und alle Aufmerksamkeit auf sich lenken. Und wenn es wieder abgezogen ist …«

Dann schreckte D'ndai beinahe aus seinem Sitz hoch, weil mit einem abrupten Stoß ein Dolch in die Schreibtischplatte gerammt wurde. Ryjaan hatte die Klinge mit beträchtlicher Wucht hineingetrieben, und nun steckte sie vibrierend fest, als anschauliches Spiegelbild von Ryjaans Zorn. Sein Gesichtsausdruck war im Vergleich dazu außergewöhnlich gelassen.

»In meinen Ohren klingt das sehr nach einer umständlichen Rechtfertigung für eine äußerst bedauernswerte Situation, D'ndai«, sagte Ryjaan, dessen Stimme einen gefährlich sanften Unterton angenommen hatte. »Wie ich bereits erwähnte, ist Ihr Bruder der Captain dieses Raumschiffs.«

»Ich verstehe nicht, wie man ausgerechnet ihm das Kommando übertragen konnte.«

»Ich auch nicht. Aber ich bin auch gar nicht daran interessiert, es zu verstehen, weil es letztlich nicht den geringsten Unterschied macht, ob wir es verstehen oder nicht. Die einzige Frage ist, wie wir mit dieser Tatsache umgehen. Und die Antwort ist sehr einfach: Sie müssen es ihm ausreden.«

»Ich?«

»Wer wäre besser geeignet? Sie sind sein großer Bruder.«

D'ndai schüttelte den Kopf. »Sie verstehen nicht. Die Sache ist ziemlich … kompliziert.«

Ryjaan beobachtete ihn eine Weile, bis er langsam sagte: »D'ndai … wir haben über viele Jahre hinweg eine für beide Seiten vorteilhafte Beziehung gepflegt. Ich habe Ihnen geholfen, und Sie haben mir geholfen. Wir haben eine Situation, die sehr leicht zu einem schrecklichen Chaos hätte führen können, in einen Zustand überführt, der für alle Beteiligten gleichermaßen befriedigend ist. Muß ich Sie daran erinnern, daß eine fortgesetzte Stärkung der Danteri-Regierung nicht nur für Danter ertragreich ist, sondern auch Ihrer Heimatwelt Xenex zugute kommt? Vor diesem Hintergrund sollten Sie mir lieber erklären, inwiefern es sich um eine übermäßig komplizierte Situation handelt.«

D'ndai erhob sich langsam aus dem Sessel und ging im Büro umher. »Sie wissen nicht, wie er ist«, teilte er Ryjaan mit. »Sie haben einfach keine Ahnung.«

»Ich kann Ihnen nicht folgen. Wollen Sie damit andeuten …«

»Ich will nur sagen, daß er unbestechlich ist. Daß er ein starkes Gerechtigkeitsempfinden besitzt. Und daß er meinen Ansichten zu bestimmten Angelegenheiten nur wenig Aufmerksamkeit schenken wird.«

»Aber wieso? Sie haben gemeinsam gekämpft, Seite an Seite, um die Befreiung Ihres Volkes von der Herrschaft meiner Regierung. Dafür muß er Ihnen zumindest eine gewisse Dankbarkeit entgegenbringen. Die alten Tage, die gemeinsame Zeit muß ihm doch noch irgend etwas bedeuten. Es ist einfach nicht möglich, daß Sie ihm völlig gleichgültig geworden sind.«

»Sie kennen ihn nicht, Sie wissen nicht …«

D'ndai lehnte sich gegen die Fensterscheibe, indem er sich mit den Handflächen daran abstützte. Es erstaunte ihn, wie kalt das Glas war. »Wir haben für … Ideale gekämpft, Ryjaan. Wir haben dafür gekämpft, Xenex nach unseren Vorstellungen zu verändern. Und in allererster Linie kämpften wir, weil wir eine bestimmte Vorstellung von uns selbst hatten. Doch nachdem wir die grundsätzliche Freiheit gewonnen hatten, nach der wir so lange gestrebt hatten, wurde alles … anders.«

»Inwiefern?«

»Sie wissen sehr gut, was anders wurde«, gab D'ndai zurück, ohne seinen Zorn zu unterdrücken. »Nachdem wir unsere Freiheit gewonnen hatten, mußten wir lernen, wie man regiert. M'k'n'zy stellte fest, daß er keinen Sinn für diese Dinge hat. Kein Interesse. Er überließ es mir, die Trümmer unserer Welt zusammenzufegen, während er fortging, um seine idiotische Starfleet-Karriere zu verfolgen. Und dann kam er zurück und ... urteilte über mich.« D'ndai spürte, wie sein Blut zu wallen begann, als er sich an diese erniedrigende Erfahrung erinnerte. »Er kehrte nach Xenex zurück, in seiner funkelnden neuen Starfleet-Uniform, und er blickte von oben auf uns herab. Als wäre er etwas viel Besseres als wir. Als wäre er viel klüger, viel ...« Er kämpfte um seine Beherrschung, hatte aber nur teilweise Erfolg damit. »Keine unserer Leistungen war ihm gut genug. Weder die Regierung, die wir etabliert hatten, noch das neue Leben, das wir uns erarbeitet hatten. Er warf uns vor, wir würden unser Volk an die Interessen der Danteri verkaufen. Er sah das Land, das wir erworben hatten, den Wohlstand, den wir angehäuft hatten, weil wir Handel mit unserem Volk trieben ... und es erzürnte ihn.«

»Sie haben getan, was Sie für richtig gehalten haben«, sagte Ryjaan nicht ohne Mitgefühl. »Und es war das, was richtig war. Verträge wurden unterschrieben, Geschäfte wurden abgeschlossen, Vereinbarungen wurden getroffen. Xenex ist frei, und jeder profitiert davon.«

»Nicht jeder. Ich profitiere. Einige meiner Freunde und Verbündeten profitieren. Andere ...«

»Andere schlagen sich irgendwie durch, das ist richtig. Aber sie haben nicht die gleichen Risiken wie Sie auf sich genommen. Sie sind eine Führungspersönlichkeit, D'ndai. Sie genauso wie alle Ihre Freunde.« Er kam hinter dem Schreibtisch hervor und fing D'ndai ab, der immer noch wutschnaubend auf und ab ging. Er hielt ihn an der Schulter fest. »Führer haben größere Sorgen und größere Erträge. Aus welchem anderen Grund sollte jemand eine führende Position anstreben?«

»Das hat M'k'n'zy schon immer anders gesehen«, sagte D'ndai verbittert. »Er wurde unser Anführer, weil das Volk dringend einen Anführer brauchte. Die Vorstellung, etwas anderes als Siege zu erringen ... war ihm völlig fremd.«

»Und jetzt ist er wütend, weil andere und nicht er selbst auf die Idee gekommen sind.« Ryjaan winkte ab. »Es ist viel mehr sein Problem als Ihres.«

D'ndai hörte die Worte, doch irgendwie waren sie nicht geeignet, den Schmerz zu lindern, den seine Erinnerungen ihm bereiteten ... Erinnerungen, von denen er angenommen hatte, er hätte sie schon vor langer Zeit begraben. M'k'n'zy, groß und aufrecht und stolz, wie er verächtlich auf D'ndai herabschaute. Wie er ihn anklagte, die errungene Freiheit seines Volkes zu verkaufen und zu dem geworden zu sein, wogegen sie gemeinsam gekämpft hatten. Wie er ihm sagte, daß Xenex nur dem oberflächlichen Anschein nach frei war, daß es den Danteri nun gelungen war, ihre Interessen an Xenex auf wesentlich subtilere Weise zu verfolgen. Und daß diesmal jene dafür verantwortlich waren, die zuvor für die Freiheit des Planeten gekämpft hatten.

Während all dieser Vorwürfe hatte D'ndai kaum ein Wort gesagt. Er hatte M'k'n'zys Tirade standgehalten, weil er tief innen gewußt hatte, daß sein Bruder recht hatte. Erst nachdem M'k'n'zy wieder abgereist war, hatte er zugelassen, daß sein Zorn hochkochte, erst dann hatte er an all das gedacht, was er hätte sagen können und sollen.

Ryjaan schwieg eine Weile, bis er schließlich sagte: »Nun ... auch wenn es sein Problem ist ... so ist es nun zu meinem geworden. Ich hatte gehofft, ich könnte mich auf Sie verlassen, daß Sie ihn unter Kontrolle bringen.«

»Ryjaan ... wenn die gesamte Regierung von Danter nicht in der Lage war, ihn unter Kontrolle zu halten ... wie sollte es dann mir gelingen?«

Ryjaan nickte nachdenklich. »Ein berechtigter Einwand. Aber wir wollen ganz offen sein, D'ndai.« Jetzt wurde sein Tonfall strenger. »Wir Danteri haben uns Ihnen gegenüber unter dem Strich sehr großzügig verhalten. Wir haben bisher nur wenig von Ihnen verlangt. Doch in dieser Angelegenheit müssen wir unsere Interessen mit großem Nachdruck vertreten. Wir müssen Sie bitten, jeden erdenklichen Einfluß auszuüben, um Ihren Bruder davon zu überzeugen, daß unsere Interessen auch seine Interessen sind.«

»Wenn ich genauso offen sein darf«, erwiderte D'ndai, »möchte ich einwerfen, daß ich in dieser Hinsicht nicht die geringsten Erfolgsaussichten hätte. Allerdings würde es mich sehr interessieren, worin diese Interessen der Danteri bestehen. Es wäre auf jeden Fall hilfreich, um einen besseren Blickwinkel auf das Gesamtbild zu bekommen.«

Ryjaan schaute zu den Sternen auf, als wäre er in der Lage, die genaue Position der thallonianischen Heimatwelt intuitiv zu bestimmen. »Bislang bin ich Ihnen gegenüber völlig aufrichtig gewesen, D'ndai. Und es gibt keinen Grund, warum sich daran etwas ändern sollte ... nicht wahr?« Er beobachtete D'ndais Reaktion, der sich lediglich bemühte, eine ausdruckslose Miene zu wahren. »Der Planet Thallon«, fuhr Ryjaan fort, »ist nach unseren heiligsten Schriften ein Ort großer Macht. Die weisesten und gelehrtesten Mystiker unter den Danteri bezeichnen ihn als die Rastwelt.«

»Die Rastwelt? Wieso?«

»Die Gründe liegen größtenteils im Dunkeln. Wir vermuten jedoch, daß vor Jahrhunderten große Flotten die thallonianische Heimatwelt als eine Art Zwischenstation und zum Auftanken benutzt haben könnten. Nun, wir wissen es nicht genau. Wie ich bereits andeutete, sind es lediglich Mutmaßungen. Der Punkt ist jedoch, daß wir sehr, sehr lange Zeit auf die Gelegenheit gewartet haben, die Geheimnisse Thallons erkunden zu können, was immer sich dahinter verbergen mag. Vielleicht eine neue Quelle unbegrenzter Energie. Vielleicht haben unvorstellbar hochentwickelte Völker Waffen hinterlassen, die für uns von Nutzen sein könnten. Die Möglichkeiten sind unendlich … vorausgesetzt, die Danteri müssen sich keine Sorgen wegen einer Einmischung seitens der Föderation machen.«

»Meines Wissens hat Starfleet den ausdrücklichen Auftrag, jede Einmischung zu vermeiden.«

»Ein Auftrag ist immer nur eine Seite der Angelegenheit. Wir haben es jedoch mit der einfachen Tatsache zu tun, daß ein Starfleet-Schiff von einem Xenexianer kommandiert wird. Der obendrein in der Vergangenheit aktiv Danteri-Interessen behindert hat, auch wenn er damals noch ein hitzköpfiger Teenager war. Und er hat sich sehr weit von seinen primitiven Anfängen entfernt. Jetzt ist er ein Erwachsener, der seine Fähigkeiten einsetzen kann und die Macht über ein Raumschiff besitzt, während ihm die gesamte Föderation den Rücken deckt. Wenn er sich dazu entschließt, uns das Leben schwerzumachen, dann wird es ihm sehr leicht fallen, das zu tun. Wir müssen in aller Heimlichkeit und mit extremer Vorsicht handeln, und das stellt eine bedeutende Unannehmlichkeit dar. Wir würden gerne gewährleisten, daß unsere Unannehmlichkeiten auf ihren gegenwärtigen Umfang beschränkt bleiben. Der Zusammenbruch des Thallonianischen Imperiums ist die ideale Gelegenheit für die Danteri, ihre Machtbasis zu erweitern. Ihr Bruder sollte uns nicht – er *darf* uns nicht in die Quere kommen, sowohl in seinem wie auch in unserem Interesse. Sind wir uns in diesem Punkt einig?«

»Vollkommen, Ryjaan. Aber ich weiß immer noch nicht, was ich dazu beitragen kann.«

»Dann schlage ich vor, daß Sie nach einer Möglichkeit suchen, D'ndai.« Er kehrte an seinen Schreibtisch zurück, nahm dahinter Platz und verlieh seiner Zuversicht demonstrativ Ausdruck – auch wenn er selbst sie gar nicht in diesem Ausmaß empfand –, indem er seine Beine hob und die Füße auf die Tischplatte legte. »Denn wenn Sie keine Möglichkeit finden, werden wir uns eine überlegen müssen. Und das wäre für alle Betroffenen höchst bedauerlich.« Nach einer kurzen Pause wiederholte er mit ausdrücklicher Betonung: »*Höchst* bedauerlich.«

Logbuch des Captains, Sternzeit 50924.6. Wir sind vom Raumdock gestartet und befinden uns auf dem angewiesenen Kurs.

Logbuch des Ersten Offiziers, Sternzeit 50924.7. Der Start vom Raumdock erfolgte mit minimalen Schwierigkeiten, und gegenwärtig nähern wir uns Sektor 221-G mit Warp sechs. Ich habe bemerkt, daß der Captain im öffentlichen Logbuch nicht, wie es bei Starfleet üblich ist, den Text seiner Ansprache zum Start gespeichert hat. Diese Ansprache ist eine altehrwürdige Starfleet-Tradition. Manche Raumschiffskommandanten verlesen lediglich einen vorbereiteten Text, und einige lesen sogar bei jedem Start denselben Text, ganz gleich, welches Schiff sie befehligen. Captain Calhoun entschied sich für eine Rede aus dem Stegreif. Im Interesse der historischen Vollständigkeit gebe ich hiermit den Wortlaut dieser Rede ins Logbuch der Excalibur *ein. Die Rede wurde über das interne Kommunikationssystem um exakt 11 Uhr 20 zur Sternzeit 50924.5 gehalten:*

»Meine Herren … meine Damen … hier spricht Captain Calhoun. Ich heiße Sie alle an Bord der Excalibur *willkommen und freue mich auf das Abenteuer, für das wir … zusammengewürfelt wurden, wenn sie mir diesen – durchaus zutreffenden – Ausdruck verzeihen.*

Für viele von Ihnen ist es der erste Flug an Bord eines Starfleet-Schiffs. Es mag Ihnen auf den ersten Blick gewaltig, vielleicht sogar furchteinflößend vorkommen. Aber das ist es nicht. Ich wette, daß unsere kleine Bevölkerung von sechshundertunddrei Köpfen im Vergleich zu den Städten, in denen Sie aufgewachsen sind, sehr winzig ist. Und wenn wir uns mit der unermeßlichen Leere vergleichen, in die wir jetzt vorstoßen werden … dann sind wir kaum mehr als ein Staubkörnchen.

Ich bin einem recht … verschlungenen Weg gefolgt, bis ich schließlich Ihr Captain geworden bin. Ich bin sicher, Sie alle haben Ihre eigene Geschichte, Ihre eigene Vergangenheit, Ihre eigenen Gründe, warum Sie zu Starfleet gekommen sind. Ich sage Ihnen jetzt: Angesichts der Aufgabe, die vor uns liegt, ist all dies ohne jede Bedeutung. Ich habe gehört, daß es in den Tagen der alten Erde eine Organisation gab, die sich Fremdenlegion nannte, der Männer mit fragwürdigem Lebenslauf beitreten konnten, wenn sie hofften, ein neues Leben beginnen zu können. In gewisser Weise … beginnen auch Sie jetzt ein neues Leben. Wer Sie sind und was Sie zuvor geleistet haben … all das sind Faktoren, die sie hierhergeführt haben. Doch von nun an sind Sie in erster Linie Besatzungsmitglieder der Excalibur. *Ich erwarte, daß Ihre oberste Loyalität diesem Schiff, diesem Namen und den Kollegen Ihrer Besatzung gilt.*

Wir sind alles, was wir haben. Es gibt keine Familien, keine ›Zivilisten‹ an Bord der Excalibur. *Dieser Luxus ist bedauerlicherweise nur größeren Schiffen vorbehalten. Diejenigen von Ihnen, die keine Familien zu Hause zurückgelassen haben – und auch diejenigen, die Familien haben –, mögen sich umblicken. Die Menschen zur Ihrer Linken und Rechten, die Menschen vor und hinter Ihnen … sie alle sind jetzt Ihre Familie. Sie werden sich ihnen anvertrauen, sich auf sie verlassen, mit ihnen lachen, sie lieben, sie hassen, und Sie werden bereit sein, für sie Ihr Leben aufs Spiel zu setzen. Von Ihnen wird eine große Hingabe verlangt, denn nur unter dieser Voraussetzung werden wir in der Lage sein zu überleben … und insbesondere … zu triumphieren.*

So. Was stehen Sie noch herum und hören sich das Geschwätz Ihres Captains an, als hätte er etwas zu sagen, das Sie nicht längst wissen? Zurück an die Arbeit!«

Persönliches Logbuch des Captains, Sternzeit 50924.7. Unser Start verlief ausgesprochen gut, bis mein Erster Offizier darauf bestand, daß ich mich an das Schiffsinterkom setze und mich vor der gesamten Besatzung zum Narren mache. Ich kann mich nicht einmal erinnern, was ich gesagt habe, irgendein übertriebenes Gefasel nach dem Motto: »Auf in den Kampf, Jungs und Mädels!« Verdammt, haben die Starfleet-Angehörigen von heute wirklich so etwas nötig? Auf Xenex war es viel leichter. Ich mußte nur mein Schwert in die Luft recken und rufen: »Tod den Danteri!« Dann konnte es losgehen. Wäre ich klüger gewesen, hätte ich Eppy mitgeteilt, daß sie selbst eine Ansprache halten soll, wenn sie unbedingt eine haben will. Aber als sie es vorgeschlagen hat, haben mich alle Mitglieder der Brückenbesatzung erwartungsvoll angestarrt, also wollte ich nicht wie ein Feigling wirken. Es ist schon Jahre her, seit ich mir das letzte Mal etwas daraus gemacht habe, wie ich in den Augen der anderen erscheine, und es ist ein verdammt beunruhigendes Gefühl. Zumindest sollte ich dafür sorgen, daß Eppy mich nie wieder in ein solches Dilemma manövriert.

Persönliches Logbuch des Ersten Offiziers, Sternzeit 50924.7. Der Captain hielt während des Starts eine ergreifende und bewegende Rede, was er nicht getan hätte, wenn ich ihn nicht dazu gedrängt hätte. Obwohl Calhouns strategische Kenntnisse und seine Fähigkeiten als Raumschiffkommandant unbestritten sind, muß er noch an seinem Geschick, mit Menschen umzugehen, arbeiten. Ich bin davon überzeugt, daß sich Captain Calhoun trotz seiner Ungeschliffenheit in dieser Hinsicht unter meiner Führung zu einem wirklich guten Kommandanten entwickeln wird. Aber ich bin auch der Ansicht, daß ich noch einmal mit ihm über den Inhalt seiner recht saloppen Ansprache reden muß, um sicherzustellen, daß kritische Botschaften nicht an die Besatzung weitergegeben werden.

V.

Si Cwans Bewußtsein trieb in einem Bereich genau zwischen Schlafen und Wachen. Als er diesen Zustand erreichte, verlangsamte sich sein Herzschlag, bis er kaum noch feststellbar war. Seine Atmung war unglaublich flach. Er hätte ewig in diesem Zustand verbleiben können.

Im Frachtcontainer war es vollkommen finster. Aber das störte ihn nicht. Er war sich dieser Tatsache nicht einmal bewußt.

In diesem halbbewußten Zustand sah er Bilder. Bilder von seinem Vater, seiner Mutter, seinen Onkeln, alle schwebten an ihm vorbei. Alle waren tot oder vermißt, doch in seiner traumartigen Trance war es ihm gleichgültig. Außerdem hatte er die meisten ohnehin nicht sehr gemocht, war mit keinem von ihnen gut zurechtgekommen. Denn die meisten hatten sich für dem einfachen thallonianischen Volk überlegen gehalten, nicht nur hinsichtlich des sozialen Standes, sondern auch hinsichtlich ihrer Rechte als intelligente Lebewesen. Si Cwan war nie ein Anhänger dieser Philosophie gewesen, was zu einigen erregten Streitgesprächen geführt hatte. Obwohl sie für die Öffentlichkeit eine geschlossene Front präsentierten, spielten sich hinter den Kulissen ganz andere Dinge ab. Si Cwan hatte im Geheimen immer dafür gearbeitet, daß auch die entlegenen Regionen des Thallonianischen Imperiums berücksichtigt wurden.

Und langsam hatten sich Informationen über gewisse

Kanäle verbreitet, wie es in solchen Fällen immer geschah. Wenn es Grund zur Klage gab, wenn eine Bitte weitergeleitet werden sollte, so wurde allmählich bekannt, daß Lord Si Cwan derjenige war, an den man sich wenden sollte. Eine Zeitlang hatte diese Entwicklung einen wohltätigen Effekt, doch bald drang Si Cwans Ruf an die falschen Ohren innerhalb des Palastes. Das hatte zur Folge, daß jeder Vorschlag Si Cwans nun auf viel größeren Widerstand stieß als zuvor.

In der schwerelosen Dunkelheit seines Halbbewußtseins sah Si Cwan sich selbst, wie er argumentierte, warnte und drohte. Der Zusammenbruch des Thallonianischen Imperiums stand kurz bevor, das konnte jeder Dummkopf sehen. Warum weigerten sie sich, die Augen zu öffnen? Warum wollten sie nicht zuhören? Aber er konnte die Antwort auf seine Fragen in ihren Gesichtern lesen. Er sah die Arroganz, das überwältigende Selbstvertrauen, das sie auf lange Sicht teuer zu stehen käme.

Und *sie* war auch da. Kallinda. Sie hatte die Arme ausgestreckt, ihre Miene war ein verzweifeltes Flehen, und er sah, wie ihre Lippen die Worte *Hilf mir* bildeten. Er verfluchte sich, daß er nicht auf dem Planeten gewesen war, als die Schwierigkeiten begonnen hatten. Er, der alles hatte kommen sehen, war zur falschen Zeit am falschen Ort gewesen. Andererseits hieß es, wenn ein Imperium zusammenbrach, wäre es am besten, sich nicht im Zentrum des Aufruhrs aufzuhalten, vor allem, wenn man Feinde hatte. Si Cwan jedoch hatte den entgegengesetzten Standpunkt vertreten. Wenn er in der Nähe gewesen wäre, hätte er vielleicht jene retten können, die ihm nahestanden. Oder wenn es hart auf hart gekommen wäre, wäre er zusammen mit ihnen gestorben.

Statt dessen fühlte er sich nun, als würde er im Nirgendwo schweben … und schweben …

… und schweben …

Bis Si Cwan plötzlich auf brutale Weise in die Wirklichkeit zurückgerissen wurde.

Seine meditative Trance wurde abrupt beendet, als von allen Seiten Licht hereinströmte. Da er völlig überrascht wurde, blieb ihm keine Zeit für Selbstverteidigungsmaßnahmen, als er körperlich aus seinem Versteck gehoben wurde.

Sein »Versteck« bestand in diesem Fall aus einer silbrig glänzenden Kiste, die in einem Nebenfrachtraum des Raumschiffs *Excalibur* stand. Sie war relativ klein und enthielt laut Deklaration »Nahrungsmittel«. Wegen des begrenzten Raums war Si Cwan gezwungen gewesen, sich buchstäblich in der Körpermitte zusammenzuklappen.

Unter normalen Umständen hätte es mehrere Minuten, wenn nicht gar Stunden gedauert, bis Si Cwan in der Lage war, irgendeinen Protest zu äußern. Er hatte minimale Wasser- und Nahrungsvorräte in den Container mitgenommen, da Platz der kritischste Faktor gewesen war. Er hatte sogar darauf verzichtet, sich mit sanitären Einrichtungen auszustatten. Also hatte er seine körperlichen Funktionen auf ein Minimum heruntergeschraubt, da er nicht sicher sein konnte, wann ihm möglich sein würde, sein Versteck zu verlassen. Er hatte die meiste Zeit damit verbracht, seine körperlichen Bedürfnisse sorgfältig zu regulieren, und infolgedessen hätten all seine Muskeln völlig erschlafft sein müssen. Außerdem war sein Herzschlag extrem verlangsamt, so daß er nicht einmal einen Adrenalinausstoß initiieren konnte, um sich auf einen Angriff vorzubereiten.

Doch wenn es um Si Cwan ging, waren die Umstände fast nie gewöhnlich.

Als er aus dem Container gehoben wurde, blieb ihm kaum Zeit, seinen Angreifer zu identifizieren. Er wußte nur, daß er einer ähnlichen Spezies noch nie zuvor begegnet war. Die Haut wirkte wie dickes, schwarzes Leder, und das Geschöpf hielt Si Cwan mit einer großen dreifingrigen Hand gepackt. Er wußte nicht, wozu dieses Geschöpf imstande war, und er wollte nicht warten, bis er es herausgefunden hatte. Außerdem besaß er trotz der Tatsache, daß er sich auf recht erniedrigende Weise verkrochen hatte, immer noch ausreichend Würde, um an einer derartigen Behandlung Anstoß zu nehmen.

»Ich bin Sicherheitsoffizier Zak Kebron von der *Excalibur*, und Sie sind vorläufig fest...« sagte Kebron. Weiter kam er nicht, weil plötzlich Si Cwans Beine, die eigentlich völlig taub hätten sein müssen, austraten. Er rammte beide Füße genau in Kebrons Gesicht, was den Giganten zurückwarf – etwa drei bis vier Zentimeter weit. Kebron hatte sich so schnell und mühelos wieder gefaßt, daß es schien, als wäre der Schlag niemals erfolgt. »...genommen«, vervollständigte er seinen Satz. In der Nähe hielten sich mehrere Besatzungsmitglieder auf, in erster Linie Wartungspersonal. Keiner von ihnen gehörte der Sicherheit an. Offenbar war Kebron der Ansicht, seine Gegenwart sei völlig ausreichend, um mit dem anliegenden Problem fertig zu werden.

»Lassen Sie mich herunter!« knurrte Si Cwan, dessen Füße etwa einen Meter über dem Boden baumelten.

»Sie befinden sich kaum in der Lage, mir Befehle erteilen zu können«, erwiderte Kebron gleichmütig. Er machte den Eindruck, als würde er niemals außer sich geraten. Aber es war durchaus möglich, daß es für ihn auch völlig unnötig wäre.

Si Cwans Temperament war mit Kebrons überhaupt nicht zu vergleichen – vor allem in Anbetracht der gegenwärtigen Situation. Eigentlich hätte sein Körper nicht auf die Befehle reagieren dürfen, die von seinem Gehirn ausgegeben wurden, doch durch reine Willenskraft schlug Si Cwan wesentlich schneller zurück, als Kebron es für möglich gehalten hätte.

Er riß seine langen Beine hoch und legte sie fest um Kebrons Kopf, um ihn mit den Knien in den Schwitzkasten zu nehmen. Kebron wankte leicht, offensichtlich mehr aus Überraschung als aus Schmerz oder auch nur Unbehagen. Dann bewies Si Cwan seine erstaunliche Körperbeherrschung, als er sich in der Hüfte krümmte, während er noch in der Luft hing, womit er genügend Hebelkraft aufbrachte, um Zak Kebron zu Boden zu werfen. Im letzten Moment sprang Si Cwan zurück, worauf Zak mit einem Krachen und Vibrieren auf den Boden aufschlug, das dem eines Steinschlags vergleichbar war.

»Ich verlange, mit Ihrem Captain zu sprechen!« verkündete Si Cwan, während er sich wieder aufrappelte.

Kebron hingegen schien nicht in der Stimmung zu sein, sich auf eine Diskussion einzulassen. »Alles, was Sie verlangen dürfen, ist eine bequeme Arrestzelle«, gab er zurück, während er wieder auf die Beine kam.

Si Cwan entschied, daß möglicherweise eine gewisse Zurückhaltung angebracht wäre. Er wußte nicht, ob ein »gerechtes Verfahren« an Bord der *Excalibur* vielleicht nur darauf hinauslief, daß dieser monströse Sicherheitsoffizier ihn ohne Gelegenheit zur Rechtfertigung in eine Zelle warf, wo er den Rest seiner Tage verbringen durfte. Er mußte den Captain finden. Ein Mann, der eine vorgesetzte Position innehatte, wäre sicherlich in der Lage, Si Cwans Zwangslage zu verstehen, und würde ihm die Höflichkeit entgegenbringen, die seiner Stellung angemessen war.

Ein Beobachter der Szene hätte unmöglich erraten können, daß Si Cwan noch vor wenigen Sekunden praktisch paralysiert gewesen war. Er wirbelte auf dem linken Fuß herum, trat mit dem rechten Bein aus und versetzte Kebron einen gezielten Schlag gegen den Unterkiefer. Si Cwan spürte die Wucht des Aufpralls in seinem Bein, doch Kebron wurde nicht mehr verletzt als durch die erste Attacke. Aber zumindest wurde er aus dem Gleichgewicht gebracht und stürzte erneut zu Boden. Si Cwan gelangte zu einer schnellen und bestürzenden Erkenntnis, daß es nämlich in der gegenwärtig herrschenden Situation keine Möglichkeit für ihn gab, Kebron auf längere Sicht auszuschalten. Kebron machte es überhaupt nichts aus, zu Boden geworfen zu werden. Er würde sich problemlos noch ein dutzendmal attackieren lassen, ohne daß es eine Rolle spielte. Denn er würde jedesmal wieder aufstehen, genauso kräftig wie zuvor und vermutlich jedesmal etwas zorniger als zuvor.

Also nahm Si Cwan Reißaus.

Zwei der Besatzungsmitglieder, die die Auseinandersetzung beobachtet hatten, versuchten ihn aufzuhalten. Si Cwan machte einen Satz, schlug mit beiden Füßen gleichzeitig aus und streckte beide Männer nieder. Er landete sicher auf den Beinen und stürmte sofort in Richtung der Tür weiter, als diese sich wenige Augenblicke vor seinem Eintreffen öffnete. Jemand anderer betrat soeben den Raum.

Si Cwan wurde nicht langsamer, sondern stieß so schnell mit der Faust zu, daß ein Beobachter nur eine verschwommene Bewegung wahrgenommen hätte.

Und das war das letzte, an das Si Cwan sich erinnerte. Das und einen Ruf, der wie »*Später!*« klang.

»Captain, ich möchte Sie für einen Moment um Aufmerksamkeit bitten«, sagte Shelby, als sie sah, wie Calhoun sein Quartier verließ und auf den Turbolift zusteuerte.

»Folgen Sie mir, Commander«, sagte er schroff, während er in den Lift trat. Sie bestieg nach ihm die Kabine und rechnete damit, daß er den Lift anweisen würde, sie zur Brücke zu bringen. Statt dessen sagte er: »Deck zwölf.«

»Deck zwölf?« wiederholte sie mit leichter Überraschung.

»Es gibt ein Gepäckproblem«, antwortete er. Ihr Gesichtsausdruck ließ keinen Zweifel, daß sie nicht die geringste Ahnung hatte, was er damit meinen könnte, doch bevor sie ihn um Aufklärung bitten konnte, sagte er: »Ich stehe Ihnen jetzt für einen Moment zur Verfügung, Commander. Was gibt es?«

»Es geht um Ihre Ansprache, Captain. Die Willkommensadresse zum Start.«

Er nickte. »Eine brillante Rede. Das war zumindest mein Eindruck.«

»Ja, ohne Zweifel, aber ...«

»Aber?« Er warf ihr einen skeptischen Blick zu. »Gibt es ein Problem?«

»Nun, ich meine die Stelle, als Sie davon sprachen, daß die oberste Loyalität der Besatzung dem Schiff, dem Namen des Schiffes und den übrigen Besatzungsmitgliedern gilt.«

»Sind Sie anderer Ansicht?«

»Ich will nicht in Abrede stellen, daß es sich um wichtige Elemente handelt. Aber finden Sie nicht auch, daß unsere vordringlichste Loyalität Starfleet und den Idealen von Starfleet gelten sollte?«

Er musterte sie gleichmütig. »Natürlich«, antwortete er völlig sachlich. »Das haben Sie gut formuliert. Natürlich sehe ich es genauso. Entschuldigen Sie mich, bitte.« Die Tür des Turbolifts glitt auf, und Calhoun trat hinaus, ohne sich weiter um Shelby zu kümmern. Als die Tür der Kabine wieder zuglitt, besann sie sich und gab stirnrunzelnd die Anweisung, daß sie geöffnet bleiben sollte. Dann folgte sie Calhoun nach draußen. Er marschierte mit schnellen Schritten durch den Korridor, so daß Shelby sich beeilen mußte, um ihn nicht aus den

Augen zu verlieren. Aber sie würde den Teufel tun und ihn bitten, etwas langsamer zu gehen!

»Mit allem Respekt, Captain, aber ich glaube, ich kenne diesen Tonfall.«

»Tatsächlich?«

»Ja. Sie benutzen ihn immer, wenn sie sagen wollen: *Ich bin anderer Meinung, aber ich werde alles tun, um ein Streitgespräch zu vermeiden, bei dem ich vermutlich den kürzeren ziehen werde.*«

Er wurde nicht langsamer, aber der Ansatz eines Lächelns zuckte um seine Mundwinkel. »Ich glaube nicht, daß ich *den kürzeren ziehen werde,* aber Ihre Feststellung hat etwas für sich.«

»Captain, im Interesse einer funktionierenden Zusammenarbeit muß ich darauf bestehen, daß ich jederzeit über Ihre Ansichten informiert bin.«

»Das entspricht nicht meinem Führungsstil, Commander.«

»Entschuldigung ... aber sagten Sie gerade etwas von *Stil*?«

Calhoun war unvermittelt vor dem Eingang zu einem Frachtraum stehengeblieben, wo er auf etwas zu lauschen schien.

»*Ihr Stil?*« wiederholte Shelby.

»Später, Commander.«

»Captain, ich glaube, es handelt sich hier um ein grundlegendes Problem, das wir unbedingt ...«

Plötzlich öffnete sich die Tür, und ein großer, dunkelroter und offensichtlich äußerst wütender Thallonianer stürmte hindurch.

»Ich sagte, *später!*« schrie Calhoun.

Für den Thallonianer schien Calhoun nicht mehr als ein Hindernis darzustellen, das aus dem Weg geräumt werden mußte, und zwar so schnell und gründlich wie möglich. Shelby reagierte genauso, wie es in einem solchen Notfall angemessen war, und schlug auf ihren

Kommunikator. »*Shelby an Sicher...*« brachte sie noch heraus, bevor der Thallonianer angriff.

Der Captain bewegte sich so schnell, daß es wirkte, als wäre er überhaupt nicht in Eile. Mit einem Schritt brachte er sich aus der unmittelbaren Gefahrenzone und riß dann den rechten Arm hoch. Seine Faust schlug gegen die Schläfe des Thallonianers und traf einen Druckpunkt mit solcher Präzision, daß der Fremde bewußtlos war, bevor er bemerken konnte, was geschah. Seine Augen verdrehten sich, und seine Hände krampften sich in der leeren Luft zusammen. Dann kippte er nach vorn und ging zu Boden. Der Captain hätte ihn mühelos auffangen können, doch Calhoun behielt seine Arme in sicherer Abwehrhaltung, während der Thallonianer stürzte.

Der gesamte Vorgang – der Angriff, die Verteidigung und die Ausschaltung des Gegners – war in so kurzer Zeit erfolgt, daß der Thallonianer bereits ausgestreckt am Boden lag, als Shelby ihr letztes Wort um die Silbe »*...heit*« vervollständigt hatte.

Calhoun blickte leidenschaftslos auf den Bewußtlosen herab, dann kam Zak Kebron aus dem Frachtraum. »Sie haben gerufen, Commander?« grollte er.

»Eine schnelle Reaktion, Lieutenant«, sagte Calhoun schlagfertig. »Gut gemacht.«

»Danke, Captain«, sagte Zak.

»Wenn ich mich nicht irre«, sprach Calhoun weiter, während er die Gestalt am Boden betrachtete, »hat uns Lord Si Cwan vom ehemaligen Thallonianischen Imperium mit seiner Anwesenheit beehrt. Sorgen Sie dafür, daß er angemessen untergebracht wird, Lieutenant.«

Kebron griff mit einer Hand zu und hob den bewußtlosen Si Cwan vom Boden auf. »Arrestzelle oder Krankenstation, Captain?«

»Wenn wir ihn in die Krankenstation schaffen und der pflichtbewußten Obhut von Dr. Selar anvertrauen, wird er vermutlich ohne Kopfschmerzen aufwachen. In der Zelle wird er sich fühlen, als sei ihm der Kopf abgerissen worden, wenn er aufwacht.« Er dachte schnell nach. »Also in die Arrestzelle.«

Kebron schien kaum merklich zu lächeln. »Gut.« Dann marschierte er mit Si Cwan in der Hand durch den Korridor davon.

Calhoun drehte sich zu Shelby um und lächelte. »So ... was wollten Sie mir sagen?«

Ihr Blick wanderte von Kebron zum Captain. »Sie wußten, daß er hier unten war. Sie sind nicht zufällig vorbeigekommen. Sie wußten ganz genau, daß sich dieser Mann, Si Cwan, im Frachtraum aufgehalten hat.«

»Ja.«

Calhoun erkannte, wie Shelbys Zorn zu brodeln begann, wie ihr Körper vor mühsam unterdrückter Wut zitterte. Die Tür zum Frachtraum wollte sich gerade schließen, als Shelby im letzten Moment hindurchstürmte. Calhoun folgte ihr – in erster Linie aus Neugier.

Die Arbeiter blickten auf, als Shelby eintrat, doch bevor irgendeiner von ihnen etwas sagen konnte, bellte Shelby mit kaum unterdrückter Wut: »Sie alle, raus hier! Sofort!« Selbst unter normalen Umständen hätten sie keinerlei Anstalten gemacht, einen Befehl in Frage zu stellen, doch in Anbetracht des Auftretens des Commanders hätten sie sich beinahe gegenseitig über den Haufen gerannt, als sie sich hastig entfernten. Shelby fuhr wutschnaubend herum, als Calhoun den Frachtraum betrat und sich die Tür zischend hinter ihm schloß. Bevor er ein Wort sagen konnte, fauchte sie ihn ohne jede Zurückhaltung an: »*Wie konntest du? Wie konntest du nur?*«

»Sollten Sie nicht vorher um Erlaubnis bitten, frei reden zu dürfen?« erwiderte er unerschüttert.

»Zum Teufel damit! Zum Teufel mit dir, Mac! Wie

konntest du es wagen, mich nicht zu informieren, daß wir einen Eindringling an Bord haben! Ich bin dein Stellvertreter! Wenn ich etwas Wichtiges erfahre, setze ich dich unverzüglich in Kenntnis, und ich erwarte, daß du dich mir gegenüber genauso verhältst!«

»Ich fürchte, ich muß dir widersprechen«, entgegnete er steif. »Es gibt Situationen, in denen bestimmte Informationen zu brisant sind. Und wenn ich zu dem Urteil komme, daß ich diese Informationen nicht an dich weitergeben sollte, dann werde ich das Vorrecht in Anspruch nehmen, sie für mich zu behalten.«

Ihre leeren Hände vollführten eine ungeduldige Geste. »Gut, einverstanden. Aber es gibt einen Unterschied, Mac, zwischen Informationen, die im Interesse der Sicherheit von Starfleet geheimgehalten werden müssen, und solchen, die du nur für dich behalten willst, weil du irgend jemandem irgend etwas beweisen willst.«

»Ich kann dir versichern, Elizabeth, daß ich kein derartiges Bedürfnis verspüre.«

»Blödsinn!« fauchte sie zurück. Er hob eine Augenbraue angesichts dieser Respektlosigkeit, doch sie ließ sich nicht beirren. »Du willst alles mögliche beweisen. Du hast Starfleet verlassen und jahrelang eine schwere Schuld mit dir herumgeschleppt, und jetzt bist du zurückgekehrt und hast mehr Verantwortung, als du jemals zuvor erlebt hast. Natürlich mußt du beweisen, daß du unter dieser Belastung nicht zusammenbrichst. Captain Mackenzie Calhoun, der das Raumschiff *Excalibur* im Alleingang führt! Aber so kann das nicht funktionieren, Captain. Zumindest nicht mit einem Schiff, auf dem ich etwas zu sagen habe. Du hältst dich für Atlas, der das gesamte Universum auf den Schultern trägt, und wenn irgend etwas in diesem Schiff schiefgeht, ist es allein deine Schuld. Das trifft aber weder an Bord der *Grissom* noch hier zu.«

Seine Miene verfinsterte sich. »Laß die *Grissom* aus dem Spiel, Elizabeth. Wenn du etwas zu sagen hast, dann sag es mir, und damit ist die Sache erledigt.«

Sie senkte den Blick, da die unmittelbare Kraft ihres Zorns verraucht war. »Ich will dir nur sagen«, erklärte sie, während sie immer noch den Fußboden betrachtete, »daß in einem Team jeder die Verantwortung hat, auch wenn die letzte Verantwortung bei dir liegt. Du gehörst trotzdem zum Team und mußt als Teil des Teams funktionieren. Das sollte deine Priorität sein. Das sollte deine erste Verpflichtung sein. Deine Pflicht gegenüber der *Excalibur* und der Besatzung … und …«

Sie sprach nicht weiter. Er betrachtete sie mit ausdrucksloser Miene, als er erwiderte: »Komisch. Das gleiche habe ich vor gar nicht langer Zeit zu dir gesagt, und da hast du mir widersprochen. Es freut mich, daß du dich meiner Ansicht anschließen konntest. Ich werde jetzt die Arrestzellen aufsuchen …« Als er nach draußen ging, stieß er hinter der Tür auf die Besatzungsmitglieder, die kurz zuvor den Frachtraum verlassen hatten. Sie gaben sich alle Mühe, möglichst gleichgültig oder beschäftigt zu wirken – also ganz wie Leute, die auf gar keinen Fall irgendein Gespräch belauscht hatten. Nach kurzer Zeit hatten sich alle entfernt, so daß Shelby allein zurückblieb.

»Ich hasse diesen Kerl!« seufzte sie.

HUFMIN

VI.

Der Captain der *Cambon* erkannte die Gefahr erst, als es bereits zu spät war.

Sein Name war Hufmin, ein Weltraumveteran und gelegentlicher Schmuggler von Comar IV, einem Planeten in der äußeren Randzone des ehemaligen Thallonianischen Imperiums. Obwohl viele seiner langjährigen Kunden und Handelsrouten ausgefallen waren, machte er dennoch einen lohnenswerten Profit, indem er seine Dienste den wohlhabenderen Flüchtlingen anbot, die den ins Chaos versinkenden Sektor 221-G verlassen wollten. Zumindest hatte er diese Absicht verfolgt. Doch im Verlauf seiner gegenwärtigen Verpflichtung, die er ursprünglich nur aus kommerziellen Interessen eingegangen war, hatte er – zu seiner großen Verärgerung – feststellen müssen, daß er zu sentimentalen Anwandlungen neigte, was ihm bislang unbekannt gewesen war. Vielleicht war es der verzweifelte Blick einiger Frauen oder, was viel schlimmer war, das dankbare Gesicht der Kinder, wenn sie zu ihm aufblickten. Die *Cambon* faßte unter normalen und komfortablen Umständen neunundzwanzig Passagiere; Hufmin hatte sie nun mit siebenundvierzig vollgestopft, von denen viele zu einem Spottpreis und manche – welcher Teufel hatte ihn nur geritten? – gratis mitflogen. Er betrachtete diesen Umstand als besorgniserregende Schwäche seiner Persönlichkeit. Ihm blieb nur, auf zwei Dinge zu hoffen: daß er wieder zur Vernunft kam, wenn die Krise überstanden war, und daß er kein

Unglück erlitt, da er fest daran glaubte, daß keine gute Tat ungestraft bleiben konnte.

Da die Kapazitäten der *Cambon* deutlich überschritten waren, beschloß Hufmin, ein gewisses Risiko einzugehen und eine Abkürzung zu nehmen, die abseits seiner gewohnten Flugstrecken lag. Auf seinen Sternenkarten war dieser Bereich als »Walstatt« vermerkt. Dieser Begriff ging auf eine Zeit zurück, die mehr als ein Jahrhundert zurücklag, als Flotten von zwei benachbarten Welten sich hier des öfteren ein Stelldichein gegeben und sich gegenseitig beschossen hatten. Doch es war schon sehr lange her, seit diese Zone das letzte Mal als Schlachtplatz benutzt worden war. Es stimmte zwar, daß es die starke Hand des Thallonianischen Imperiums gewesen war – ganz zu schweigen von der exemplarischen Exekution der Anführer beider kriegführender Planeten durch die Thallonianer –, die in dieser Zone den Frieden oder zumindest den Waffenstillstand etabliert hatte. Aber es stimmte auch, daß mit dem Zusammenbruch des Thallonianischen Imperiums wieder alles möglich war. Falls sich die Situation tatsächlich ändern sollte, konnte Hufmin sich jedoch nicht vorstellen, dies könnte so schnell geschehen, daß es sein Schiff oder seine Passagiere in Gefahr zu brachte.

Davon war er so lange überzeugt, bis die ersten angreifenden Schiffe unter Warp gingen.

Er hatte die Walstatt zur Hälfte durchquert, als seine Sensoren plötzlich Alarm gaben. Erschrockene Passagiere riefen ihn an, wollten wissen, was los war, doch er konnte ihnen nur sagen, daß sie still sein und sich festhalten sollten. Er wollte nicht glauben, was seine Sensoren ihm offenbarten: nämlich daß er auf allen Seiten von Kampfschiffen umgeben war, die sämtlich um ein Mehrfaches größer als Hufmins bescheidenes Transportschiff waren, und die sich gegenseitig ins Visier nahmen. Sie scherten sich überhaupt nicht um ihn. Sie waren nur daran interessiert, sich gegenseitig aus dem Weltraum zu pusten.

Unglücklicherweise stand die *Cambon* genau zwischen den Fronten.

Hufmin hämmerte verzweifelt auf die Kontrollen ein und versuchte, die *Cambon* von hier wegzubringen, bevor die Schießerei begann.

Die Schiffe eröffneten das Feuer, und schlagartig erhöhten sich die Temperaturen in diesem Weltraumabschnitt. Sie schossen ohne elegante oder kunstvolle Strategie und legten auch keinen besonderen Wert darauf, ihre Ziele genau zu erfassen, um mit minimalem Energieaufwand den größtmöglichen Schaden anzurichten. Statt dessen schienen sie so begeistert über die Gelegenheit, jede Zurückhaltung vergessen zu dürfen, daß sie einfach alles abfeuerten, was sie hatten. Tödliche Energie zuckte hin und her, ohne Rücksicht auf unbeteiligte Passanten. Die kämpfenden Parteien schienen in dieser Hinsicht eine sehr simple Ansicht zu vertreten: Jeder, der sich in Reichweite befand, hätte sich schon lange vorher aus dem Staub machen können.

Die *Cambon* wurde zweimal mittschiffs getroffen – und dann ein drittes Mal. Die Triebwerke waren nicht mehr zu gebrauchen, und nur die Gesetze der Physik retteten das Schiff, denn die Wucht der Treffer versetzte es in eine wilde Rotationsbewegung. Da Objekte in Schwerelosigkeit dazu neigten, ihre Bewegung beizubehalten, wurde die *Cambon* aus der unmittelbaren Gefahrenzone katapultiert, nachdem sie ohnehin schon begonnen hatte, sich mit hoher Geschwindigkeit vom Schauplatz des Gefechts in der Walstatt zu entfernen.

Das änderte jedoch nichts an den längerfristigen Problemen der *Cambon*. Hufmin versuchte verzweifelt, das Schiff auf Kurs zu halten, womit er jedoch von vornherein zum Scheitern verurteilt war. Das Schiff war völlig außer Kontrolle geraten. Also bemühte er sich, die Situation zumindest nicht eskalieren zu lassen. Doch es fiel ihm sogar schwer, sich auf seine unmittelbaren Probleme zu konzentrieren, denn er hatte sich während des ersten Treffers an der Kontrollkonsole den Kopf gestoßen. Höchstwahrscheinlich hatte er sich eine Gehirnerschütterung zugezogen. Er spürte bereits, wie eine zunehmende Dunkelheit von ihm Besitz zu ergreifen schien, und es fiel ihm immer schwerer, dagegen anzukämpfen.

Er löste das automatische Notrufsignal aus und betete, daß es von jemandem gehört wurde. Dann erbrach er sich und stieß ein hastiges Gebet aus, daß sie nicht in eine Sonne stürzen mochten, bis er am Boden zusammenbrach.

Ohne Piloten, völlig außer Kontrolle und offensichtlich ohne jede Hoffnung raste die *Cambon* wirbelnd in die Leere. Hinter ihr setzten zwei mächtige Flotten ihren Kampf fort und beschossen sich, ohne sich um den Schaden zu kümmern, den sie angerichtet hatten. Nach zehn Minuten war die Schlacht vorbei, da Weltraumgefechte im allgemeinen nur kurz dauerten. Die überlebenden Schiffe humpelten zu ihren Heimatbasen zurück, und schnell verbreitete sich die Kunde, daß man die Walstatt tunlichst meiden sollte.

Die Menschen an Bord der *Cambon* hätten liebend gerne die Aufgabe übernommen, diese Kunde zu verbreiten … doch dazu müßten sie ihrer gegenwärtigen Notlage lebend entrinnen.

VII.

Calhoun stand mit verschränkten Armen vor der Arrestzelle, in der sich Si Cwan aufhielt. Der Thallonianer saß nicht, sondern stand ebenfalls. Calhoun hätte es nur ungern zugegeben, aber er war dadurch beeindruckt. Dem leicht glasigen Blick von Si Cwans Augen konnte er entnehmen, daß der Thallonianer einen harten Kampf gegen Schmerzen und drohende Ohnmacht kämpfte. Er hätte sich problemlos setzen können, doch etwas in seiner Natur – sei es Stolz, Entschlossenheit, Arroganz oder Starrsinn – drängte ihn, auf den Beinen zu bleiben.

»Sie dürfen sich gerne setzen«, sagte Calhoun entgegenkommend.

»Ich ziehe es vor, Sie weiterhin zu überragen«, erwiderte Si Cwan.

Calhoun mußte innerlich lächeln. Äußerlich warf er lediglich Shelby einen Blick zu, die neben ihm stand, um zu sehen, wie sie reagierte.

Sie verdrehte die Augen auf eine Art und Weise, die nicht mehr als ein verächtliches *Männer!* auszudrücken schien.

»Ich bin Lord Si Cwan«, sagte Cwan in spöttischem Tonfall.

»Captain Mackenzie Calhoun. Würden Sie mir bitte erklären, warum Sie als blinder Passagier an Bord meines Schiffes gekommen sind?«

»Woher wollen Sie wissen, daß ich etwas Derartiges getan habe?«

»Ich bin es, der hier die Fragen stellt«, entgegnete Calhoun schroff.

Si Cwan erwiderte unerschüttert: »Aber offensichtlich sind Sie nicht der einzige.«

Zak Kebron stand ebenfalls in der Nähe und hatte die massiven, dreifingrigen Hände in die Hüften gestemmt, während er die Befragung verfolgte. »Soll ich ihm ein paar Knochen brechen, Captain?« fragte er. In seiner Stimme lag weder Übereifer noch Bestürzung. Er hatte lediglich eine sachliche Frage gestellt.

Calhoun dachte einen Moment darüber nach. »Meinetwegen, Lieutenant. Zumindest wird er dann meiner Bitte nachkommen und gezwungen sein, sich zu setzen.«

Kebron nickte und streckte die Hand nach dem Knopf aus, mit dem das Kraftfeld deaktiviert wurde, damit er die Zelle betreten und Si Cwan wie angekündigt verprügeln konnte. Shelbys Blick wanderte von Calhouns ausdrucksloser Miene zu Kebron und dann zu Si Cwan, der ein wenig beunruhigt über die Richtung schien, in die sich die Dinge plötzlich entwickelten. Sie wandte sich zu Calhoun um und flüsterte: »*Captain!* Bei allem gebührenden Respekt, aber das können Sie nicht tun!«

»Ich kann es nicht«, sagte Calhoun nüchtern und laut genug, daß alle Anwesenden ihn verstehen konnten. »Aber Lieutenant Kebron kann es. Lieutenant, legen Sie los. Brechen Sie ihm alle Knochen. Oder zumindest die Hälfte. Hier geht es nicht um wissenschaftliche Exaktheit.«

Shelby starrte angestrengt in Calhouns Augen… und dann schien sie allmählich zu begreifen. Sie wandte sich wieder Si Cwan zu und sagte: »Ich habe es versucht. Ich habe mir alle Mühe gegeben, es ihm auszureden. Aber er will nicht auf mich hören. Falls es Sie irgendwie tröstet, kann ich Ihnen versichern, daß ich einen ehrlichen Bericht an Starfleet schicken werde, in dem seine schändlichen Methoden keinesfalls verschwiegen werden. Wenn Sie mich jetzt entschuldigen ...« Damit wandte sie sich zum Gehen.

Kebron schaltete das Kraftfeld aus und trat in die Zelle, während er seine gewaltigen Fäuste abwechselnd schloß und öffnete.

»*Warten Sie!*« rief Si Cwan und wich unsicher einen Schritt zurück. Dann räusperte er sich und versuchte, die Fassung zu wahren. »Warten Sie bitte«, wiederholte er, diesmal jedoch wesentlich ruhiger. »Ich sehe keinen Grund, warum wir in dieser Situation feindselige Gefühle entwickeln müssen. Ich ... brauche eine Transportgelegenheit. Ich muß in meine thallonianische Heimat zurückkehren.«

In schnellen, sorgsam formulierten Sätzen stellte er ihnen seine Lage dar. Wer er war, warum er nach Hause zurückkehren wollte und daß er Schutz benötigte, der nur an Bord eines Starfleet-Schiffs gewährleistet war.

»Und deshalb zogen Sie es vor, sich heimlich an Bord zu schleichen, statt offen mit dem Captain zu reden und ihn um Erlaubnis zu bitten?« fragte Shelby.

»Ich hatte das Thema bereits mit seinen Vorgesetzten erörtert«, sagte Si Cwan. »Sie lehnten meinen Wunsch kategorisch ab. Es wäre unehrenhaft gewesen, einen untergebenen Offizier zu einer Handlung zu ermutigen, die bereits von seinen Vorgesetzten abgelehnt worden war – auch wenn ich ihre Entscheidung nicht gutheißen konnte.«

»Aber das, was Sie statt dessen getan haben, ist nicht unehrenhaft?« konterte Shelby. »Jetzt fordern Sie ihn doch dazu auf, gegen die Entscheidung seiner Vorgesetzten zu handeln.«

»Jetzt habe ich ihn vor vollendete Tatsachen gestellt«, entgegnete Si Cwan. »Es handelt sich um eine ganz andere Situation. Ich lasse ihm gar keine andere Wahl, als gegen den Wunsch seiner Vorgesetzten zu handeln und mich als Passagier zu akzeptieren.«

»Es ist also völlig richtig, jemanden zu zwingen, Ihnen zu helfen, aber es ist nicht richtig, ihn einfach darum zu bitten«, faßte Shelby zusammen. Si Cwan gab keine Antwort, sondern reagierte lediglich mit einem leichten Schulterzucken.

»Worauf gründet sich Ihre Überzeugung, daß ich Sie nicht unverzüglich in einer Rettungskapsel aus dem Schiff werfen lasse? Um Sie einfach Ihrem Schicksal zu überlassen? Oder was sollte mich daran hindern, Sie ohne Rettungskapsel in den Weltraum zu werfen?« fragte Calhoun. Shelby wußte ganz genau, daß ihn allein schon die Starfleet-Vorschriften daran hinderten. Aber sie unterließ es, auf diesen Punkt hinzuweisen, da sie ihrem Captain nicht in den Rücken fallen wollte. Außerdem wußte man bei Mackenzie Calhoun nie, woran man war. Shelby war zu neunundneunzig Prozent davon überzeugt, daß er nicht zu solchen Maßnahmen greifen würde, aber es war das restliche eine Prozent, das sie dazu veranlaßte, den Mund zu halten.

Si Cwan, der natürlich nicht wissen konnte, was Shelby durch den Kopf ging, erwiderte: »Weil eine solche Entscheidung einer unglaublichen Ressourcenverschwendung gleichkäme. Wer eine Führungsposition erreicht hat, kann es sich nicht leisten, Material und Gelegenheiten zu vergeuden, wenn sie zur Hand sind.« Si Cwan wirkte und klang völlig zuversichtlich. Ob er tatsächlich so empfand oder aus Todesangst schauspielerte, konnte Calhoun nicht eindeutig entscheiden.

»Und welchen Vorteil sollte ich davon haben, wenn ich Sie an Bord meines Schiffes dulde?«

»Ich kann Ihnen als Botschafter des guten Willens dienen. Eine Verbindung zu dem, was einmal war, in der Hoffnung, das aufzubauen, was einmal sein wird.

Ich kann Sie durch Weltraumregionen führen, mit denen Sie nicht genügend vertraut sind.«

Calhoun schnaufte zweifelnd. »Ein Reiseführer? Vielleicht sollte ich Sie lieber als Schiffskoch einstellen.«

»Captain«, sagte Si Cwan und trat einen Schritt vor. Kebron stieß warnend ein tiefes Knurren aus, das klang, als würden sich zwei Asteroiden aneinander reiben. Si Cwan blieb stehen und wich klugerweise wieder zurück. »Sie dringen in meine Heimat ein. In meinen Hinterhof sozusagen. Es wäre einfach grenzenlose Dummheit, wenn Sie eine potentielle Informationsquelle nicht nutzen. Also lautet die Frage: Sind Sie ein Dummkopf?«

»Passen Sie auf, was Sie sagen!« warnte Zak Kebron ihn.

»Nachdem ich Ihnen gegenüber völlig offen war, Captain, würde es mich interessieren, woher Sie wußten, daß ich mich in jenem Frachtcontainer an Bord geschmuggelt hatte.«

»Es gab Probleme mit den Frachtlisten. Die Daten waren stellenweise unvollständig, so daß die Techniker Tricorder einsetzten, um den Inhalt verschiedener Container zu ermitteln. Damit ersparten wir uns die Mühe, jede Kiste einzeln zu inspizieren.«

»Ein bürokratischer Irrtum, ich verstehe.«

»Ich werde die Angelegenheit mit meinen Offizieren besprechen«, teilte Calhoun dem Thallonianer mit. »Sie bleiben hier, bis wir zu einer Entscheidung gelangt sind. Verstanden?«

»Sie haben Ihren Standpunkt deutlich vermittelt. Ach, noch etwas, Captain ...«

»Ja?«

»Vielen Dank, daß Sie mich angehört haben. Und ich möchte auch Ihnen danken, Commander«, sagte er mit einem leichten Lächeln zu Shelby, »weil Sie mich vor schweren Knochenbrüchen bewahrt haben.«

»Keine Ursache«, erwiderte sie großzügig.

Zak Kebron verließ die Zelle und reaktivierte das Kraftfeld, während Shelby und Calhoun sich entfernten. Sobald sie außer Hörweite waren, sagte Shelby zuversichtlich: »Ich fühle mich schon etwas besser.«

»Tatsächlich?«

»Ja. Aufgrund unserer drei gemeinsamen Jahre schleppen wir zwar eine Menge emotionalen Ballast mit uns herum, aber gleichzeitig können wir uns in bestimmten Situationen ohne vorherige Absprachen aufeinander verlassen.«

»Zum Beispiel?«

»Ich meine, was gerade eben geschah. Als wir uns die Rollen im Spiel ›böser Bulle, netter Bulle‹ teilten.«

Er blieb stehen und starrte sie an. »Wovon zum Teufel reden Sie?«

»*Bulle* ist eine alte Slangbezeichnung für einen Polizeibeamten. Wenn früher auf der Erde jemand verhört wurde, arbeiteten manchmal zwei Beamte zusammen, wobei der eine Drohungen einsetzte und der andere sich verständnisvoll verhielt, um die zu befragende Person zu manipulieren. Das nennt man ›böser Bulle, netter Bulle‹.«

»Nie davon gehört.« Er wollte weitergehen, doch sie hielt ihn zurück, indem sie eine Hand auf seinen Unterarm legte.

In diesem kurzen Moment spürte sie die Härte seiner Muskeln und dachte: *Er hat sich offensichtlich gut in Form gehalten.* Laut sagte sie: »Sie hätten doch nicht wirklich zugelassen, daß Kebron ihm alle Knochen bricht.«

Calhoun lächelte auf so geheimnisvolle Weise, daß selbst die Mona Lisa vor Neid erblaßt wäre. Dann ging er weiter und ließ Shelby kopfschüttelnd zurück, bevor auch sie sich auf den Weg zur Brücke machte.

»Also hat er alles auf sich genommen, um mich zu entlasten«, sagte Soleta. Es war keine Frage, sondern eine sachliche Feststellung, als hätte für sie niemals ein Zweifel daran bestanden.

»Das scheint Sie nicht im geringsten zu überraschen«, sagte Calhoun.

»Ich neige dazu, niemals eine überraschte Reaktion zu zeigen. In diesem Fall jedoch … gibt es gar keinen Anlaß zur Überraschung.«

Soleta, Calhoun und Shelby befanden sich im Bereitschaftsraum des Captains. Calhoun hatte sich zurückgelehnt und die Füße auf den Tisch gelegt. »Warum nicht?« fragte Shelby.

»Er hatte den Wunsch, an Bord dieses Schiffes zu gelangen. Dieses Ziel hat er erreicht. Es hätte ihm keinerlei Vorteil verschafft, wenn er Sie über meine Komplizenschaft informiert hätte. Meine *angebliche* Komplizenschaft«, räumte sie ein.

Shelby wandte sich an Calhoun, obwohl sie die Antwort auf ihre Frage bereits wußte. »Also kam Soleta mit ihrem Dilemma zu Ihnen, und Sie billigten es, daß sie ihn an Bord geschmuggelt hat?«

»Das ist korrekt. Haben Sie damit ein Problem?«

»Mehrere. Das größte besteht darin, daß Sie mich nicht rechtzeitig darüber informiert haben. Okay, Schwamm drüber. Nun vermute ich jedoch, daß Sie beabsichtigen, ihn an Bord zu dulden.«

»Das ist eine völlig logische Annahme«, pflichtete Soleta ihr bei. Obwohl sie Shelby ansprach, blieb ihr Blick auf Calhoun fixiert. »Schließlich habe ich den Captain gewarnt, bevor wir Si Cwan an Bord brachten. Wir hätten ihn problemlos zurücklassen können.« Calhoun verneigte leicht den Kopf, um die Richtigkeit ihrer scharfsinnigen Beobachtung zu bestätigen.

»Also gut«, sagte Shelby bereitwillig. »Unter diesen Voraussetzungen frage ich mich nur, warum Sie sich auf dieses Täuschungsmanöver eingelassen haben. Warum haben Sie so getan, als wären Sie überrascht? Warum haben Sie dieses ganze Schmierentheater veranstaltet?«

Calhoun verschränkte die Hände hinter dem Kopf und lehnte sich noch weiter in seinem Sessel zurück. »Ich kenne den Typ Si Cwan, Commander. Verdammt, ich habe gegen solche Typen gekämpft! Ihre vordringlichste Sorge gilt ihrem Ego, und an zweiter Stelle kommt der Stolz. Er gehört der herrschenden Klasse an und ist es gewohnt, Dinge auf diese Weise zu erledigen, auch wenn es mit großem persönlichem Einsatz verbunden ist. Eigentlich sollten Sie in der Lage sein, seinen Standpunkt anzuerkennen, Commander.«

»Wieso das?«

»Weil ihm zwei Dinge besonders wichtig waren: die Rücksichtnahme auf die Befehlshierarchie und der Respekt vor der Ehre der Beteiligten. Er wollte es vermeiden, die Autorität vorgesetzter Offiziere zu unterminieren, aber er war der Ansicht, daß Soleta ihm einen Gefallen schuldig war, weil er ihr vor Jahren auf Thallon das Leben gerettet hat. Und Sie, Lieutenant, haben völlig richtig gehandelt, als Sie entschieden, wegen dieser Angelegenheit zu mir zu kommen.«

»Ich sah keine logische Alternative. Im Grunde hatte er recht ... ich war ihm tatsächlich zu Dank verpflichtet. Aber gleichzeitig bin ich Starfleet gegenüber verpflichtet.« Sie hielt kurz inne. »Glauben Sie, er wußte, daß ich zu Ihnen gehen würde und daß wir seinen Plan nicht verhindern würden, während uns ständig bewußt war, daß alles nur zum Schein geschah?«

»Lieutenant, Sie könnten den Verstand verlieren, wenn Sie versuchen, allzu gründlich über diese Aspekte nachzudenken.«

»Was werden wir also tun, Captain? Erlauben wir, daß er bleibt?« fragte Shelby.

»Natürlich erlauben wir es ihm. Wie Soleta bereits erwähnte, hätte ich mich niemals auf dieses Spiel eingelassen, wenn ich nicht die Absicht gehabt hätte, ihm den Aufenthalt an Bord zu gestatten.«

»Aber warum?«

Er lehnte sich wieder zurück. »Weil ich aus der Gerüchteküche viel Gutes über ihn erfahren habe. Trotz seiner Position innerhalb der herrschenden Familie war er ... ist er ein Mann, der über Mitgefühl verfügt. Von dieser Sorte gibt es nicht sehr viele, und deshalb wäre ich schon aus purer Neugierde bereit, ihn aus der Nähe beobachten zu können. Ich glaube, daß er uns zumindest einige Erkenntnisse über die Mentalität der Thallonianer vermitteln könnte. Grundsätzlich mag er ein arroganter Idiot sein, aber er ist ein angesehener arroganter Idiot. Also dachte ich mir, daß er genausogut *unser* arroganter Idiot sein kann.«

»Wir können uns nicht zu viele von dieser Sorte leisten«, entgegnete Shelby.

Er öffnete den Mund, um seinen Gedankengang weiterzuverfolgen, doch dann wurde er plötzlich durch Shelbys Bemerkung abgelenkt. »Was wollen Sie damit andeuten?«

»Nichts, Captain«, antwortete Shelby mit Pokermiene. »Es war nur eine Feststellung.«

»Aha.« Er schien nicht überzeugt, aber er ließ die Sache auf sich beruhen, als er sich wieder an Soleta wandte. »Also gut, Lieutenant. Da er Ihr Kumpel ist ...«

»Kumpel?« Es schien ihr schwerzufallen, dieses ungewohnte Wort in den Mund zu nehmen.

»... haben Sie meine Erlaubnis, ihn aus der Arrestzelle zu holen. Sprechen Sie sich mit Lefler ab und weisen Sie ihm ein Quartier zu.«

»Ein Diplomatenquartier?«

»Unterstehen Sie sich! Ein Besatzungsquartier genügt völlig. Wir wollen schließlich vermeiden, daß ihm der Kamm noch mehr anschwillt, als es bereits der Fall ist. Aber informieren Sie ihn darüber, daß er nur auf Bewährung entlassen wurde. Wir werden ihn im Auge behalten. Wenn er auch nur die geringsten Anzeichen der Niedertracht zeigt, wird er als Schmutzfleck unter Zak Kebrons Stiefel enden. Das wäre dann alles, Lieutenant. Ach, eins noch ...« fügte er hinzu. »Machen Sie einen Termin für ein Treffen der Leiter aller Abteilungen. Ich möchte eine Zusammenfassung unserer wissenschaftlichen Erkenntnisse über Thallon. Ich beabsichtige, dort unseren ersten Zwischenstopp einzulegen.«

»Direkt zur Hauptwelt?« Soleta hob eine Augenbraue. »Erwarten Sie Schwierigkeiten, wenn wir dieses recht brisante Ziel erreichen?«

»Ob ich welche erwarte? Nein. Ob ich damit rechne? Immer.«

Sie nickte, während für den Bruchteil einer Sekunde ein Lächeln um ihre Mundwinkel spielte. Doch ihre jahrelange Übung ermöglichte es ihr, es sofort wieder verschwinden zu lassen, als sie den Bereitschaftsraum verließ.

Nachdem Shelby mit Calhoun allein war, verschränkte sie die Arme und setzte sich auf den Rand seines Schreibtischs. »Darf ich fragen, wie Admiral Jellico Ihrer Ansicht nach auf diese neue Entwicklung reagieren wird? Schließlich war er es, der sich von Anfang an gegen Si Cwans Beteiligung an dieser Mission ausgesprochen hat.«

»Ich vermute, daß er sehr verärgert reagieren wird.«

»Nur aus makabrer Neugier gefragt: War diese vorhergesehene Reaktion ein Teil Ihrer Motivation, Si Cwan den Aufenthalt an Bord zu gestatten?«

»Ein Teil? Ja. Ein wesentlicher Teil? Nein. Der gute Admiral hat mir in der Vergangenheit einigen Ärger bereitet, und ich würde gewiß keine Gelegenheit verpassen, es ihm in Form von irgendwelchen Schwierigkeiten heimzuzahlen. Aber wenn ich nicht überzeugt gewesen wäre, daß Si Cwan uns auf dieser Reise nützlich sein könnte, hätte ich ihn niemals an Bord gelassen, nur um Jellico zu ärgern. Das war lediglich ...« Er hielt inne, bis er in Ermangelung eines besseren Ausdrucks sagte: »... ein Bonus.«

Si Cwan musterte sein Quartier mit kritischen Blicken. Soleta und Zak Kebron standen im Eingang. Nach einer scheinbar ewigen Phase der Überlegung drehte Si Cwan sich zu ihnen um und sagte: »Ich vermute, Ihr Captain hat mir kein Diplomatenquartier zugewiesen, weil er verhindern wollte, daß sich mein ohnehin ausgeprägtes Selbstwertgefühl ins Maßlose steigert.«

»Er hat es etwas anders formuliert, aber im wesentlichen ist Ihre Vermutung korrekt.«

Si Cwan nickte nachdenklich, dann blickte er zu Kebron auf. »Ich würde mich gerne für einen Moment unter vier Augen mit Soleta unterhalten.« Kebrons Blick wanderte mißtrauisch zwischen den beiden hin und her. »Kebron, früher oder später werden Sie mich ohnehin allein lassen müssen«, gab Si Cwan zu bedenken. »Es sei denn, Sie sehen von nun an Ihre Lebensaufgabe darin, mich zu bewachen.«

»Das ist meine Lebensaufgabe«, erwiderte Kebron.

»Wir kommen schon zurecht, Zak«, sagte Soleta, die Kebron beruhigend eine Hand auf den Arm legte. Kebron verbeugte sich leicht, und Si Cwan erkannte, daß er auf diese Weise nickte, da sein Hals nicht sehr beweglich war. Der Brikar verließ den Raum, und hinter ihm schloß sich die Tür.

»Sie und Kebron scheinen recht gut miteinander vertraut zu sein.«

»Wir haben gemeinsam an der Starfleet-Akademie studiert.«

»Und haben sich Ihre Gemeinsamkeiten auf das Studium beschränkt?«

»Nein. Wir haben uns außerdem mehrfach gegenseitig das Leben gerettet. Darf ich fragen, warum Sie mich unter vier Augen sprechen wollten?«

»Ich ...« begann er und räusperte sich. »Ich wollte Ihnen danken, daß Sie mir geholfen haben.«

»Keine Ursache.«

»Ich hoffe, ich habe Sie nicht gezwungen, sich auf irgendeine Weise zu kompromittieren.«

»Diese Besorgnis kommt ein wenig spät«, erwiderte Soleta.

»Damit haben Sie vermutlich recht. Trotzdem ...« Er mußte sich ein zweites Mal räuspern. »Trotzdem könnte ich mir vorstellen, daß wir beide irgendwann zu ... Freunden werden.«

»Ja ... ich bin überzeugt, daß Sie es sich vorstellen können.« Damit kehrte sie ihm den Rücken zu und ließ ihn in seinem Quartier allein.

BURGOYNE

VIII.

Burgoyne 172 schlich auf eine Art und Weise, die an einen Leoparden erinnerte, durch den Maschinenraum. Die *Excalibur* hatte erst vor etwas mehr als vierundzwanzig Stunden das Raumdock verlassen, doch Burgoyne hatte sich bereits den Ruf eines Perfektionisten erworben und hielt sein/ihr technisches Personal ständig in Atem. Burgoyne blieb vor den Antimaterie-Regulatoren stehen und studierte sorgfältig die Anzeigen. »Torelli!« rief er/sie. »Torelli, bewegen Sie sofort Ihren Arsch hierher und bringen Sie auch den Rest der Bande mit!«

Der technische Assistent Torelli schien wie durch Magie neben Burgoyne zu materialisieren.

»Ja, Chief«, sagte Torelli.

»Ich dachte, ich hätte Ihnen die Anweisung gegeben, den Energiefluß um fünf Prozent zu optimieren, und darum gebeten, diese Modifikation unverzüglich auszuführen.«

»Ja, Chief.«

»Haben Sie meine Anweisungen ausgeführt?«

»Ja, Chief.«

»Darf ich dann fragen, warum ich nur eine Steigerung von drei Prozent registriere?«

»Ich weiß es nicht, Chief.«

»Dann schlage ich vor, daß Sie es herausfinden.« In diesem Moment piepte Burgoynes Kommunikator. Er/sie tippte darauf und sagte: »Hier Chefingenieur Burgoyne.«

»Chief, hier spricht Maxwell aus der Krankenstation. Dr. Selar hätte sich gerne mit Ihnen unterhalten.«

»Kann es warten?«

»Es wartet schon seit einiger Zeit, Chief. Sie wirkte sehr nachdrücklich.« In Maxwells Stimme lag eine Spur von Nervosität.

»Mit anderen Worten, sie würde ein kategorisches Nein nicht als Antwort akzeptieren, habe ich recht?«

»Eine gute Einschätzung der Lage, Chief.«

Burgoyne seufzte. Er/sie hatte bereits damit gerechnet. Er/sie hatte sich hier im Maschinenraum verkrochen und jeden Aspekt der Überholung des Schiffes überwacht. Burgoyne hätte es vorgezogen, zwei Wochen mehr zur Verfügung zu haben, um die Arbeiten korrekt auszuführen, doch Starfleet schien sehr viel daran gelegen zu sein, sie möglichst schnell in den Weltraum zu schicken. Natürlich war eine solche Anordnung das oberste Gebot, aber Burgoyne konnte nicht behaupten, daß er/sie glücklich damit war.

Und nun wollte die Bordärztin, mit der Burgoyne kaum mehr als einen flüchtigen Gruß im Vorübergehen ausgetauscht hatte, ihn/sie wegen irgendeiner anderen Angelegenheit sprechen.

»Bin schon unterwegs«, sagte Burgoyne. Dann blickte er/sie zu Torelli auf und fügte hinzu: »Sorgen Sie dafür, daß das Problem behoben ist, bis ich zurückkehre.«

»Ja, Chief.«

»Übrigens ... Sie sollten zuerst feststellen, ob die Ursache des Problems nicht die Anzeige selbst ist. Wenn ein Objekt einen Meter mißt und das Maßband falsch ist, dann ist das Objekt nicht wirklich einen Meter lang.«

»Verstanden, Chief.«

»Dann kümmern Sie sich darum«, sagte Burgoyne. »Und enttäuschen Sie mich nicht, weil ich dann sehr ungemütlich werden kann. Der letzten Person, die mich enttäuscht hat, habe ich mit meinen Zähnen die Kehle aufgerissen.«

»Sie scheinen sehr gerne makabre Scherze zu machen, Chief«, sagte Torelli.

»Das ist richtig, Torelli«, stimmte Burgoyne ihm zu. Als er/sie sich der Tür näherte, hielt er/sie nur lange genug inne, um zu sagen: »Aber das bedeutet natürlich nicht, daß ich auch in diesem speziellen Fall gescherzt habe.« Er/sie ließ seine/ihre scharfen Eckzähne aufblitzen und verließ den Maschinenraum.

Als Soleta und Zak Kebron auf die Brücke traten, bemerkten sie, daß sich die Aufmerksamkeit aller Anwesenden auf den Navigator Mark McHenry konzentrierte.

Er hatte sich in seinem Sitz zurückgelehnt und die Augen halb geschlossen. Er schien nicht zu atmen. Lefler starrte ihn an, ebenso Shelby. Calhoun kam soeben aus seinem Bereitschaftsraum und sah sich nach der Ursache um, die die allgemeine Aufmerksamkeit beanspruchte. Er blinzelte mit leichter Überraschung. »Ist er tot?« erkundigte er sich leise.

»Das versuchen wir noch zu ermitteln«, sagte Lefler.

Shelby schien kurz vor einer Explosion zu stehen, doch dann gab Calhoun durch einen Wink mit dem Zeigefinger zu verstehen, daß sich alle Brückenoffiziere in seinem Büro versammeln sollten. Nach wenigen Augenblicken war Robin Lefler ganz allein auf der Brücke und starrte weiterhin erstaunt auf den augenscheinlich bewußtlosen Navigator.

Calhoun fragte sich unterdessen, ob es ihm irgendwann gelang, den Bereitschaftsraum dauerhaft zu verlassen und seine Arbeit auf der Brücke zu tun. Um sich ein wenig Abwechslung zu verschaffen, stützte er sich auf der Armlehne seiner Couch ab, während sich

Shelby ungeduldig setzte. »Das ist Wahnsinn. Wir können uns keinen Navigator leisten, der an seiner Station einschläft ... falls es sich tatsächlich darum handelt.«

»Er schläft nicht«, stellte Soleta mit Entschiedenheit richtig. »Er denkt nur nach. Dann ist er äußerst konzentriert.«

»Er *denkt?*« Shelby wollte es nicht glauben. Sie blickte Calhoun an, als würde sie eine Bestätigung von ihm benötigen, ob sie richtig gehört hatte. »Captain, das ist absurd ...!«

»Ich wurde gewarnt, daß McHenry etwas ungewöhnlich ist«, gestand Calhoun. »Ich dachte, auf dieser Basis würde er sich gut ins Team einfügen. Aber jetzt bin ich mir nicht mehr so sicher ...«

»Lieutenant Soleta hat recht«, gab Kebron ihr Rückendeckung. »McHenry war schon an der Akademie so. Eigentlich noch viel schlimmer, um genau zu sein. Es besteht kein Grund zur Besorgnis. Wie der Lieutenant sagte, denkt McHenry nur nach.«

»Worüber?« wollte Shelby wissen.

»Über alles mögliche«, sagte Soleta. »Alles und jedes. Für Routineaufgaben benutzt McHenry nicht mehr Gehirnkapazität, als wirklich nötig ist. In einem Notfall setzt er natürlich entsprechend mehr ein. Der Rest seines Gehirns beschäftigt sich mit anderen Dingen. Die meisten Menschen können sich immer nur auf eine Sache konzentrieren. McHenrys Gehirn arbeitet ... vielschichtiger. Was Sie als abweichendes Verhalten wahrnehmen, ist meinem Dafürhalten nach nicht mehr als eine ... Exzentrik.«

»Seine Augen sind halb geschlossen! Wir können uns keinen Mann an der Navigation leisten, der nicht jederzeit wachsam ist!«

»Er ist durchaus wachsam, Commander«, entgegnete Soleta zuversichtlich. »Er ist hundertprozentig aufmerksam. Wenn Sie zu ihm hinübergehen und ihn ansprechen, ist er sofort voll da.«

»Ich mache mir keine Sorgen darüber, ob er auf seinen Namen hört«, erwiderte Shelby.

»Das sehe ich genauso«, sagte Calhoun. »Wir brauchen jemanden auf diesem Posten, der selbständig auf sich entwickelnde Probleme reagiert und der nicht darauf wartet, daß jemand ihm sagt, was zu tun ist.«

»Dürfte ich vielleicht einen einfachen Test vorschlagen?« sagte Soleta. Calhoun gab ihr einen Wink fortzufahren. »Ich könnte Lefler beauftragen, die Steuerung auf Ihre Konsole umzuleiten. Dann könnte sie eine Kursänderung bewirken. Nichts Großartiges. Nur eine winzige Abweichung.«

»Was würde das beweisen?« fragte Shelby.

»Sehr viel, wenn meine Annahmen korrekt sind«, antwortete Soleta.

»Sie wollen doch nicht etwa andeuten, er würde ohne Instrumente eine Kursabweichung des Schiffes bemerken.«

»Genau das will ich damit andeuten, Commander.«

»Das ist unmöglich«, entgegnete Shelby entschieden. »Das wäre absolut unmöglich.«

»Captain«, meldete sich Kebron zu Wort, »Commander … ich gebe offen zu, daß ich exakt die gleichen Bedenken hegte, als ich McHenry vor Jahren zum ersten Mal begegnete. Daher empfehle ich, daß Sie Lieutenant Soletas Vorschlag ausführen.«

Calhoun zuckte die Schultern. »Es kann zumindest nicht schaden.«

»Captain …?!«

»Beruhigen Sie sich, Shelby. Soleta möchte uns etwas beweisen. Also soll sie es versuchen.«

Soleta verließ den Bereitschaftsraum des Captains und ging direkt zu Lefler. Die anderen folgten ihr und sahen fasziniert zu. Soleta ging fast auf Tuchfühlung mit der verblüfften Lefler und flüsterte ihr etwas ins Ohr. Lefler schien überhaupt nicht zu verstehen, was das alles zu bedeuten hatte, aber sie war nicht gewillt, sich einem direkten Befehl zu verweigern. Nach wenigen Augenblicken hatte sie die Navigationssysteme auf ihre Konsole geschaltet, dann gab sie eine Kursänderung ein, die die *Excalibur* achtzehn Grad von ihrer gegenwärtigen Flugrichtung abweichen ließ.

Als das Schiff den neuen Kurs einschlug, reagierte McHenry sofort und mit verblüffender Konsequenz. Er schnellte wie eine Sprungfeder nach vorn und hatte seine Aufmerksamkeit konzentriert – nicht auf seine Instrumente, sondern auf die Sterne, die der Bildschirm vor ihm zeigte. Erst dann warf er einen Blick auf seine Anzeigen, aber offenbar nur, um sich bestätigen zu lassen, was er bereits wußte. »Lieutenant«, erkundigte er sich ernst, »haben Sie uns vom Kurs abgebracht?«

Shelby war fassungslos. »Ich glaube es nicht!« rief sie. McHenry blickte sich zu ihr um. Offensichtlich verstand er nicht, was Shelby mit dieser Bemerkung meinte.

»Sie hat den Kurs auf meinen Befehl geändert, Lieutenant McHenry«, teilte Soleta ihm mit.

Sein Blick konzentrierte sich auf Soleta, während er verwirrt die Stirn in Falten zog. »Warum?«

»Was meinen Sie?«

Er dachte kurz über die Frage nach. »Weil jemand vermutete, ich wäre nicht bei der Sache, worauf Sie sich entschlossen, das Gegenteil zu beweisen?«

»Korrekt.«

»Ach so.«

»Wenn Sie nicht auf Ihre Instrumente blicken, Lieutenant«, sagte Calhoun, während er die Rampe zu seinem Kommandosessel hinunterging, »können Sie mir sagen, wie weit wir vom Kurs abgewichen sind?«

»Ich weiß es nicht genau, Captain. Schätzungsweise … neunzehn Grad.«

»Achtzehn«, korrigierte Robin Lefler in maßloser Verblüffung.

»Eine ziemlich gute Schätzung, würde ich sagen«, bemerkte Calhoun. »Finden Sie nicht auch, Commander?«

Shelby seufzte. »Verdammt nahe dran.«

»Lieutenant McHenry, bringen Sie uns wieder auf den alten Kurs.«

»Verstanden, Captain.«

Shelby ließ sich in ihren Sessel fallen. Calhoun nahm direkt neben ihr Platz. »Alles in Ordnung, Commander?«

»Mir geht es gut«, seufzte sie. »Mir geht es ausgezeichnet. Aber ich schwöre, daß ich noch nie auf einem ähnlichen Schiff Dienst getan habe.«

»Das fasse ich als Kompliment auf«, sagte Calhoun.

»Als befehlshabender Offizier steht es Ihnen natürlich jederzeit frei, das zu tun«, erwiderte Shelby, während sie sich fragte, welche weiteren Merkwürdigkeiten die Besatzung im Verlauf der Reise enthüllen würde.

Burgoyne 172 marschierte mit ungeduldigem Gesichtsausdruck in die Krankenstation. Er/sie wandte sich Dr. Maxwell zu und sagte: »Nun?«

»Nun was, Lieutenant Commander?«

»Dr. Selar sagte, daß sie mich sprechen wollte. Hier bin ich. Ich habe auch noch andere Arbeit zu erledigen. Also sollte sie mir bitte sagen, was sie möchte, damit ich mich schnellstmöglich wieder meinen Pflichten widmen kann.«

Selar kam aus ihrem Büro. »Treten Sie bitte ein, Burgoyne«, sagte sie, »wenn es nicht zu viele Umstände macht.« Sie erwiderte den Blick Burgoynes, der/die sie aufmerksam zu mustern schien. »Gibt es ein Problem, Lieutenant Commander?

»Nein, nicht das geringste Problem«, sagte Burgoyne, als er/sie Selars Büro betrat. »Wissen Sie, ich glaube, daß wir uns bisher noch gar nicht begegnet sind.«

»Sie haben an keiner der einführenden Abteilungsleitersitzungen teilgenommen«, erwiderte Selar. »Das wäre die beste Gelegenheit für eine erste Begegnung gewesen.«

»Ich mußte mich noch um viele Dinge kümmern«, sagte Burgoyne, ohne daß es irgendwie entschuldigend klang. Selar hatte den Eindruck, daß er/sie die vulkanische Ärztin ungewöhnlich interessiert betrachtete. »Es läuft immer darauf hinaus, daß der Chefingenieur in letzter Minute alles mögliche zusammenflicken muß. Was kann ich also für Sie tun, Doktor?«

»Ihre letzte medizinische Untersuchung liegt über zwei Jahre zurück. Wenn wir Sie ohne ein Attest jüngeren Datums in den Weltraum mitnehmen, haben wir damit bereits die Starfleet-Vorschriften verletzt.«

»Das geht natürlich nicht«, sagte Burgoyne ohne Widerstand. »Möchten Sie sie unverzüglich durchführen? Im Augenblick hätte ich etwas Zeit.«

»Dr. Maxwell wird die eigentliche Untersuchung durchführen.«

Burgoyne gab sich keine Mühe, seine/ihre Enttäuschung zu verbergen. »Ich würde es vorziehen, wenn Sie sich darum kümmern könnten. Ich möchte, daß die fähigste Kraft an Bord mich untersucht.«

Sie blickte Burgoyne mit einer überrascht erhobenen Augenbraue an. »Leiden Sie unter ungewöhnlichen Beeinträchtigungen, die meine direkte Aufmerksamkeit erfordern würden?«

»Nun … nicht direkt …«

»Dann kann ich Ihnen versichern, daß Dr. Maxwell

mehr als ausreichend qualifiziert ist, sich um Sie zu kümmern.« Sie wandte sich ab und beschäftigte sich angeregt mit ihrem Computerbildschirm, um sich mit anderen medizinischen Untersuchungsbefunden vertraut zu machen. Erst nach einer Weile wurde ihr bewußt, daß Burgoyne immer noch anwesend war und sie mit einem seltsamen schiefen Grinsen ansah. »Gibt es noch etwas, Lieutenant Commander?«

Burgoyne ließ sich gegenüber von Selar in einen Stuhl fallen und vermittelte der Ärztin damit den Eindruck, daß er/sie nicht beabsichtigte, in nächster Zeit zu gehen. »Nun, ich muß offen zugeben, daß ich von Ihnen enttäuscht bin, Doktor.«

»Wie das?«

»Bei Starfleet gibt es nicht viele Hermats, und ich bin sogar der/die einzige in einer führenden Position. Die Vulkanier, die ich kenne, legten stets eine beträchtliche Neugier bezüglich der Galaxis und der Völker, die darin leben, an den Tag. Es würde mich sehr verblüffen, wenn eine Wissenschaftlerin wie Sie nicht den galaxisweit bekannten vulkanischen Drang zur Befriedigung dieser Neugier verspüren würde.«

Sie nickte knapp. »Bis zu einem gewissen Grad haben Sie recht. Die Spezies der Hermats neigt dazu, unter sich zu bleiben. Ihre Tendenz zur Distanzierung von der übrigen Föderation ist allgemein bekannt... genauso wie ihre Vorliebe, doppelte Pronomen zu verwenden, um auf ihren zweigeschlechtigen Status hinzuweisen.«

»Wir benutzen sie, um die direkte Kommunikation mit Vertretern der Föderation zu vereinfachen, weil es in Ihrer Sprache keine übergreifende geschlechtliche Form gibt. Einige Menschen versuchten uns zu überreden, statt dessen das Pronomen ›es‹ zu verwenden, was vorübergehend zu einer schweren Krise zwischen den Hermats und dem Rest der Föderation führte. Wir lehnen es mit aller Entschiedenheit ab, den Eindruck der Geschlechtslosigkeit zu erwecken!«

»Eine derartige Andeutung liegt mir völlig fern«, erwiderte Selar diplomatisch und machte eine kurze Pause, bevor sie weitersprach. »Hat dies irgend etwas mit dem Unterschied zwischen den Hermats und den J'naii zu tun?«

»Den J'naii?!« Burgoyne stieß ein verächtliches Schnaufen aus. »Sie vergleichen uns mit diesen asexuellen und leidenschaftslosen Kreaturen? Ich muß doch sehr bitten, Doktor! Es sind Neutra ohne jegliche Orientierung. Wir sind stolz auf die Dualität unserer Natur, die uns einzigartig macht. Die J'naii sind überhaupt nichts, wir dagegen sind beides. Wir sind sowohl in männlicher als auch weiblicher Hinsicht voll funktionstüchtig.« Er/sie beugte sich vor und grinste, wobei er/sie seine/ihre geschärften Eckzähne entblößte. Er/sie schien es zu genießen, gerne und häufig auf diese Weise zu grinsen. »*Voll* funktionstüchtig!« wiederholte er/sie.

»Mir ist dieses Abverb durchaus geläufig«, erwiderte Selar nüchtern. »Doch ich bin überzeugt, daß meine Neugierde auf die medizinische Einzigartigkeit der Hermats mehr als ausreichend durch Dr. Maxwells zweifellos detaillierte Untersuchung befriedigt werden wird. Ich habe mich um andere wichtige Aufgaben zu kümmern, und eine Routineuntersuchung, die bereits von einem Studenten vor dem ersten Examen durchgeführt werden kann, fällt mitnichten in diese Kategorie. Guten Tag, Lieutenant Commander.«

Burgoynes Grinsen wurde noch breiter, als er/sie sich vom Stuhl erhob. Seine/ihre Stimme klang hell und musikalisch, als er/sie sagte: »Es gäbe da eine Sache, Doktor, die Sie über mich wissen sollten.«

»Nur eine Sache? Also gut.« Selar blickte mit kaum verhohlenem Desinteresse auf.

»Ich kann es spüren, wenn ich einer Person begegne, mit der ich mich gut verstehen werde«, teilte Burgoyne ihr mit. »Zwischen uns beiden ist etwas ... eine gewisse Chemie ... über deren Natur ich mir noch nicht ganz im klaren bin. Aber es ist zweifellos etwas vorhanden.«

Selar verschränkte die Finger und sagte: »Mir dagegen ist nicht ganz klar, was Sie damit andeuten wollen.«

»Soll ich Ihnen dabei helfen, es klarer zu machen?«

Sie dachte kurz über diesen Vorschlag nach. »Nein«, sagte sie dann. »Wenn ich ehrlich bin, ist mir die Unklarheit lieber. Guten Tag, Lieutenant Commander.«

»Aber ...«

»Die Redewendung ›Guten Tag‹ ist in diesem Kontext eine Abschiedsformel, mit der ich andeuten möchte, daß ich unser Gespräch als beendet betrachte.«

Burgoyne streckte einen Finger in Selars Richtung. »Sie sind eine wahre Herausforderung. Ich liebe Herausforderungen.«

»In diesem Fall sollte es eine wahre Herausforderung für Sie sein, im Vakuum zu überleben. Wenn Sie möchten, ließe sich in Kürze eine entsprechende Versuchsanordnung einrichten. Dann könnten wir Ihre medizinische Untersuchung praktischerweise mit einer Autopsie verbinden.«

Burgoyne lachte melodisch und fuhr sich kokett mit einer Hand durch sein/ihr kurzgeschnittenes blondes Haar. »Aber, Dr. Selar ...! Sollte das etwa eine Drohung sein?«

»Ganz und gar nicht. Es ist lediglich der Ausdruck des galaxisweit bekannten vulkanischen Drangs zur Befriedigung meiner Neugierde.«

Und mit einem letzten, singenden Lachen und einer neckischen Kopfbewegung stolzierte Burgoyne aus Selars Büro. Die vulkanische Medizinerin blieb kopfschüttelnd zurück und dachte über zwei Fragen nach:

Was konnte sie gesagt oder getan haben, um bei Burgoyne 172 den Eindruck zu erwecken, sie könnte auch nur ansatzweise an einer wie auch immer gearteten sexuellen Beziehung zu ihm/ihr interessiert sein?

Und warum starrte Selar so fasziniert auf Burgoynes schwingende Hüften, als er/sie ihr Büro verließ?

IX.

Calhoun blickte sich im Konferenzraum um und nickte anerkennend. »Commander Shelby … Lieutenant Soleta … Lieutenant McHenry … Botschafter Si Cwan … Lieutenant Kebron … ich danke Ihnen allen für Ihr Erscheinen …« Er hielt kurz inne. »Obwohl ich ganz offen gesagt nicht sicher bin, Mister Kebron, ob Ihre Anwesenheit unbedingt erforderlich ist.«

»Dies ist die erste Begegnung zwischen Ihnen und dem Botschafter, Captain, ohne daß Sie durch eine schützende Barriere getrennt sind. Daher hielt ich es für ratsam, die Dinge im Auge zu behalten.«

»Ja, Ihr Mister Kebron scheint sich in letzter Zeit mit großer Vorliebe in meiner Nähe aufzuhalten«, bemerkte Si Cwan trocken. »Ich würde gerne glauben, daß er so sehr von meiner strahlenden Persönlichkeit fasziniert ist, daß er mir nicht mehr von der Seite weichen möchte. Doch ich vermute eher, er sorgt sich darum, ich könnte das Schiff Schraube für Schraube auseinandernehmen, sobald er mir nur einmal den Rücken zukehrt.«

»Es ist lediglich begründete Vorsicht in der Gegenwart einer Person, deren Unbedenklichkeit in sicherheitstechnischer Hinsicht fragwürdig ist«, erwiderte Kebron.

Calhoun hatte das deutliche Gefühl, daß Kebrons Kommentar in Wirklichkeit ein versteckter Seitenhieb gegen Calhoun war. Kebron hatte kein Geheimnis daraus gemacht, daß er sehr unglücklich über die (um es vorsichtig auszudrücken) unorthodoxe Methode war, wie sich Si Cwan der Besatzung angeschlossen hatte, auch wenn er nur eine begrenzte und halboffizielle Position innehatte. Daß Calhoun diese Umstände billigte, machte ihn keineswegs glücklicher. Es war jedoch nicht die Art des Brikar, die Entscheidungen seines Captains in Frage zu stellen, weshalb er sich bemühte, seine Zweifel und Kritikpunkte für sich zu behalten. Aber das gelang ihm nicht immer – vor allem die Signale seiner Körpersprache waren im allgemeinen wie ein offenes Buch, genauso wie seine Angewohnheit, seine großen Finger gegen die Handfläche zu reiben, was klang, als würden Kiesel zwischen einem Mühlstein zermahlen, und was er immer dann tat, wenn er sich besonders über etwas ärgerte.

»Das ist äußerst umsichtig von Ihnen, Mister Kebron«, sagte Calhoun diplomatisch.

»Ich bin wirklich sehr vom Titel eines ›Botschafters‹ angetan, Captain«, bemerkte Si Cwan. »Werde ich demnächst ein Quartier zugewiesen bekommen, das diesem Titel angemessen ist?«

Calhoun beugte sich vor und sagte im gleichen höflichen und diplomatischen Tonfall: »Der Posten des Küchenchefs ist immer noch unbesetzt.«

»Ich habe verstanden«, sagte Si Cwan in neutralem Tonfall.

Mit einem zufriedenen Nicken wandte Calhoun sich Soleta zu. »Nun zu Ihnen, Wissenschaftsoffizier. Sie und Mister McHenry haben zusammengearbeitet, wenn ich mich nicht irre.«

»Ja, Captain. Ich habe ausführliche Gespräche mit Si Cwan geführt, um mein Wissen über Thallon zu ergänzen …«

»Und ich habe mich schon immer für Geschichte interessiert«, warf McHenry ein. »Also habe ich mich freiwillig gemeldet, um einige zusätzliche Recherchen zu betreiben.«

»Das ist sehr lobenswert, Mister McHenry«, sagte Shelby anerkennend. Aber es war nicht nur schmeichelhaft gemeint. McHenrys Konzentration und sein vergleichsweise normales Verhalten seit dem kürzlichen Zwischenfall hatten ihre Bedenken in erheblichem Umfang ausgeräumt. »Was haben Sie herausgefunden?«

Soleta und McHenry warfen sich einen kurzen Blick zu, und sie gab ihm mit einem Nicken zu verstehen, daß er anfangen sollte. Er fuhr sich mit einer Hand durch seinen roten Haarschopf, was eine nervöse Angewohnheit war, und sagte dann: »Wie ich nahezu allen Quellen entnehmen konnte, hat Thallon einen geradezu mythischen Status erlangt. Zunächst wäre zu erwähnen, daß die Thallonianer ursprünglich gar nicht aus dieser Region stammen. Thallon hat als besiedelte Welt ähnliche Anfänge wie zum Beispiel Australien.«

»Sie meinen, als Strafkolonie für Kriminelle?« fragte Kebron. Seine Abneigung war ihm deutlich anzusehen. Selbst wenn er gewollt hätte, wäre es ihm niemals gelungen, sie zu verbergen.

»Richtig. Es gab ein Stammvolk, das auf den verschiedenen Welten, die unter seinem Einfluß standen, unter einer Vielzahl von Namen bekannt war. Der Name, mit dem sie selbst sich bezeichneten, ist im Dunkel der Geschichte verlorengegangen. Ihr Imperium umfaßte viele Sonnensysteme, und wenn wir sie nach ihrem Verhalten beurteilen, waren sie einerseits große Eroberer, neigten andererseits aber auch dazu, Leben zu erhalten, statt es zu zerstören, auch wenn es für sie ohne Nutzen war. Den Planeten, der heute als Thallon bekannt ist, benutzten sie als eine Art Entsorgungsstätte für Verbrecher, unangenehme Zeitgenossen, politische Dissidenten ... also für jeden, der keinen Platz in ihrem System hatte.«

»Seinerzeit handelte es sich um eine kleine, kalte und nicht besonders fruchtbare Welt«, fügte Soleta hinzu.

»Sie könnten durchaus bewußt in Kauf genommen haben, daß nicht viele der Verbannten überleben würden. McHenry hat diesem Stammvolk gewisse humanitäre Tendenzen unterstellt, doch soweit wir wissen, betrachteten sie Thallon eher als eine Art Überlebensexperiment. Vielleicht wollten sie nur beobachten, wie lange jemand unter solchen lebensfeindlichen Bedingungen existieren kann.«

»Also beförderten sie immer wieder neue Kriminelle auf diese ungastliche Welt?« fragte Shelby.

Soleta schüttelte den Kopf. »Das ist nicht ganz korrekt. Archäologische Erkenntnisse und die Mythen, die in Si Cwans Volk weitergegeben wurden, deuten darauf hin, daß die ersten Thallonianer in Weltraumarchen eintrafen, wie wir sagen würden. Sie erhielten genügend Proviant, damit sie einige Monate überleben konnten, dazu Maschinen und Saatgut, um sich mit Hilfe der Landwirtschaft eine Lebensgrundlage schaffen zu können.«

»Sie durften unfruchtbaren Boden bestellen«, bemerkte Calhoun. »Das Stammvolk war wirklich großzügig.«

»Ja, aber es war keineswegs allwissend«, nahm McHenry den Faden auf. »Die Verbannten landeten auf einem Planeten, der ihnen als lebensfeindlich beschrieben worden war. Doch als sie dort eintrafen, stießen sie auf völlig andere Verhältnisse. Das Klima war recht gemäßigt, und der Planet nahezu paradiesisch.«

»Könnten sie auf dem falschen Planeten gelandet sein?« fragte Shelby.

»Eine logische Schlußfolgerung«, erwiderte Soleta. »Doch die Koordinaten der neuen Heimatwelt der Kriminellen waren fest in das Navigationssystem der Arche einprogrammiert worden. Schließlich wollte das Stammvolk ausschließen, daß die Verbannten das Schiff unter ihre Kontrolle brachten und ein ganz anderes Ziel ansteuerten. Zur Erklärung bieten sich jedoch mehrere Möglichkeiten an. Eine geht darauf zurück, daß es zu atmosphärischen Veränderungen auf dem Planeten kam. Eine Verschiebung der Rotationsachse beispielsweise, die eine Veränderung des Klimas bewirken würde.«

»Das wäre denkbar«, bemerkte Shelby. »Dann stellt sich allerdings die Frage, ob dieses Ereignis natürliche Ursachen hatte oder von irgendwem gezielt herbeigeführt wurde.«

»Eine zweite Möglichkeit wäre«, sprach Soleta weiter, »daß die Koordinaten einfach falsch waren und sie gar nicht an dem ihnen bestimmten Ziel eintreffen konnten. Oder jemand aus dem Stammvolk hatte Mitleid mit ihnen und nahm insgeheim die Änderung der Koordinaten vor. Es ist äußerst bedauerlich, aber wir können in diesem Punkt einfach keine wissenschaftliche Gewißheit erlangen.«

»Was wir jedoch wissen«, sagte McHenry, »ist die Tatsache, daß Thallon selbst einen nahezu unbegrenzten Vorrat an reiner Energie darstellte.«

»Reiner Energie? Ich fürchte, ich kann Ihnen nicht folgen«, sagte Kebron.

»Stellen Sie sich einfach vor, der gesamte Planet würde aus Dilithiumkristallen bestehen«, erklärte Soleta. »Natürlich handelte es sich nicht um Dilithium, aber es ist ein guter Vergleich. Der Boden besteht aus einem energiereichen Mineral, das nur auf dieser Welt vorkommt. Es läßt sich zu zahlreichen Zwecken verwenden und bietet eine größere Palette von Einsatzmöglichkeiten als jedes andere bislang entdeckte Material. Es ist so reich an Nährstoffen, daß alles, was man darin pflanzt, wächst und gedeiht. *Alles.* Und das Gestein läßt sich zu Werkzeugen und Maschinen verarbeiten, die für friedliche und lebenserhaltende Zwecke eingesetzt wurden …

»Und später auch zu kriegerischen Zwecken«, ergänzte McHenry.

Der Tenor der Konferenz schien sich plötzlich zu verändern, und als das Thema Krieg erwähnt wurde, wandten sich alle Blicke Si Cwan zu. Er zuckte die Schultern, beinahe als wäre es ihm gleichgültig. »Das war vor meiner Zeit«, stellte er fest.

»Mit Thallon als Energieversorgungsbasis konnten sie die Eroberung der Nachbarwelten in Angriff nehmen«, sagte McHenry. »Und nachdem sie dort ihre Herrschaft etabliert hatten, breiteten sie ihren Einfluß und ihre Macht auf weitere Systeme in der Umgebung aus. Im wesentlichen machten sie es dem Stammvolk nach, aus dem sie ursprünglich verbannt worden waren.«

»Was geschah mit diesem Ursprungsvolk, das Sie erwähnten?« fragte Calhoun. »Gerieten die Thallonianer jemals in einen Konflikt mit ihm? Kehrte es irgendwann nach Thallon zurück, um zu erfahren, was aus den Verbannten geworden war? Oder haben die Thallonianer nach ihm gesucht?«

»Nein als Antwort auf die erste Frage und ja auf die zweite«, entgegnete McHenry. »Aber die Thallonianer haben das Stammvolk niemals wiedergefunden. Das ist eins der großen Geheimnisse der thallonianischen Geschichte.«

»Und ein großes Problem für unser Selbstverständnis«, warf Si Cwan ein.

»Ich verstehe«, grollte Kebron. »Ihre Vorfahren wollten es ihnen heimzahlen, weil man sie entwürdigt und wie Abfall auf eine ferne Welt deponiert hatte.«

»Sehen Sie, Lieutenant Kebron«, sagte Si Cwan mit leichtem Spott, »Sie verstehen die Thallonianer viel zu gut. Wahrscheinlich werden wir beide sehr schnell zu guten Freunden.«

Kebron starrte ihn einfach nur aus den Tiefen seines dunklen und harten Gesichts an.

»Die thallonianische Heimatwelt war stets die Quelle der thallonianischen Macht, sowohl in physischer als auch in spiritueller Hinsicht«, sagte Soleta. »Die Ereignisse der vergangenen Wochen, einschließlich des Zusammenbruchs des Imperiums, könnten direkt auf eine Veränderung der Natur des Planeten zurückzuführen sein. Es scheint, daß die Welt im Verlauf der letzten Jahrzehnte einen großen Teil seines Überflusses an Energie verloren hat.«

»Wie das?« fragte Calhoun.

»Da die Thallonianer niemals in der Lage waren, hinlänglich zu erklären, wie ihr Planet diese ungewöhnlichen Eigenschaften erworben hat, besteht verständlicherweise eine genauso große Verwirrung über den Grund, warum sie nun wieder verschwinden«, sagte Soleta. »Dennoch wäre es den Thallonianern vielleicht gelungen, diese Schwierigkeiten zu überwinden, wenn es nicht zu Problemen mit verschiedenen Welten innerhalb des Thallonianischen Imperiums gekommen wäre.«

»Die von den Danteri verursacht wurden«, sagte Si Cwan düster.

Calhoun schien bei der Erwähnung dieses Namens zu erstarren. »Das sollen Sie bereits während der Besprechung an Bord der *Enterprise* behauptet haben. Können Sie irgendwelche konkreten Gründe angeben?«

»Die Danteri waren schon immer darauf erpicht, unser Imperium zu unterminieren. Daraus haben sie niemals ein Geheimnis gemacht, genausowenig wie aus ihrer Eroberungssucht. Ich glaube, daß sie es waren, die die Rebellion durch sorgsam ausgewählte Agenten anzettelten. Wenn sie nicht gewesen wären, wären wir ...«

»Dann wären Sie heute noch an der Macht?«

»Vielleicht, Captain. Vielleicht.«

»Genauso könnte man behaupten«, sagte Calhoun,

während er die Finger verschränkte und sich vorbeugte, »daß die Danteri Ihnen lediglich als willkommene Ausrede dienen, um die Unzulänglichkeiten Ihrer Politik zu verschleiern. Daß der Zusammenbruch des Thallonianischen Imperiums nur das Resultat Ihrer Unfähigkeit war. Daß es, unverblümt ausgedrückt, einfach nur Ihre eigene Schuld war.«

Einen Moment lang herrschte Totenstille im Raum, bis Si Cwan unerschütterlich wiederholte: »Vielleicht, Captain. Vielleicht. Wir alle sind unvollkommen ... und wir alle hängen Überzeugungen an, die unser Leben bestimmen. Ich schätze, in dieser Hinsicht unterscheiden wir uns nicht im geringsten.«

»Vielleicht, Si Cwan. Vielleicht«, entgegnete Calhoun mit einem schwachen Lächeln.

Dann meldete Calhouns Kommunikationseinheit einen Anruf. Er aktivierte das Gerät. »Calhoun hier.«

»Captain, hier spricht Lefler. Wir empfangen ein Notsignal von einem Transportschiff namens *Cambon*.«

»Stellen Sie es zu mir durch, Lieutenant.«

Es gab eine kurze Pause, bis die Übertragung von den Lautsprechern wiedergegeben wurde. »Hier ist die *Cambon*«, sagte eine rauhe, erschöpfte und zornige Stimme. »Captain Hufmin. Wir haben schwere Schäden während des Fluges durch das Lemax-System erlitten. Die Triebwerke sind ausgefallen, die Lebenserhaltung ist beeinträchtigt. An Bord befinden sich fast vier Dutzend Passagiere – Zivilisten, darunter Frauen und Kinder –, und wir brauchen Hilfe.« Es klang, als würde der Sprecher an diesem Wort ersticken, als wäre es für ihn ein obszöner Ausdruck. »Ich wiederhole ... Hier ist ...« Dann brach das Signal ab.

»Lefler, können Sie die Verbindung wiederherstellen?«

»Wir hatten niemals eine Verbindung, Captain. Wir haben die Nachricht automatisch empfangen. Sie haben sozusagen eine Flaschenpost ausgeworfen und gehofft, daß jemand sie auffischt.«

»Läßt sich ihre Position ermitteln?«

»Ich kann die Sendung zurückverfolgen und die ungefähren Koordinaten berechnen. Wenn ihre Triebwerke ausgefallen sind, kann ich sie nicht präzise anpeilen. Andererseits können sie sich ohne Triebwerksenergie nicht allzuweit vom Ursprungsort der Sendung entfernt haben.«

»Unsere Befehle lauten, direkt Thallon anzufliegen«, gab Shelby zu bedenken.

Calhoun warf ihr einen zweifelnden Blick zu. »Wollen Sie etwa vorschlagen, daß wir ein Schiff in Not ignorieren sollten, Commander?«

Es gab nur eine kaum bemerkbare Pause, bis Shelby antwortete: »Auf gar keinen Fall, Captain. Wir sind hier, um humanitäre Hilfe zu leisten. Es wäre einfach barbarisch, wenn wir die erste Gelegenheit zur Hilfestellung ignorieren würden.«

»Gut formuliert. McHenry, begeben Sie sich auf die Brücke und helfen Sie Lefler, dieses Schiff aufzuspüren. Bringen Sie uns mit Höchstgeschwindigkeit zu seiner Position. Shelby ...«

Aber sie war ihm bereits einen Schritt voraus, als sie mit einem bestätigenden Nicken auf ihren Kommunikator tippte. »Shelby an Maschinenraum.«

»Hier Maschinenraum. Burgoyne.«

»Burgy, wir müssen in Kürze auf maximale Warpgeschwindigkeit beschleunigen. Ist bei Ihnen alles einsatzbereit?«

»Für Sie ist hier ständig alles einsatzbereit, Commander. Alle Systeme im grünen Bereich. Sogar ich bin zufrieden.«

»Wenn Sie Ihren Anforderungen genügen, Burgy, dann besteht kein Zweifel an der Einsatzbereitschaft. Shelby Ende.«

McHenry hatte sich bereits auf den Weg gemacht, und Calhoun war von seinem Sitz aufgestanden. »Wenn es keine weiteren Fragen gibt …«

Doch Si Cwan schüttelte den Kopf, als wäre er überhaupt nicht zufrieden. Calhoun bemerkte die Geste und fragte: »Was gibt es, Si Cwan?«

»Das Lemax-System. Ich kenne diese Gegend. Er hat offenbar versucht, durch die Walstatt zu fliegen. Es hätte eigentlich keine Probleme geben dürfen.« Er seufzte.

»Die Walstatt?«

»Ein Schlachtfeld oder ein Schießstand. Dort befanden sich zwei Planeten im Krieg miteinander, bis wir ihnen den Frieden aufzwangen. In der Vergangenheit war die Walstatt eine gefährliche Umgebung, aber nun scheinen sich dort neue Probleme entwickelt zu haben. Eine weitere Folge des allgemeinen Zusammenbruchs, der rings um uns stattfindet.« Erneut schüttelte er den Kopf, und blickte dann in die stummen Gesichter, die ihn ansahen. Ohne ein weiteres Wort erhob er sich und verließ den Raum.

Si Cwan starrte auf die Wand seines Quartiers. Irgendwann ertönte der Türmelder. Er ignorierte das Geräusch. Doch es wiederholte sich. »Herein!« sagte er schließlich mit einem Seufzer.

Calhoun trat ein und baute sich mit verschränkten Armen vor ihm auf. »Sie haben die Besprechung recht überstürzt verlassen.«

»Ich hatte den Eindruck, daß sie beendet war.«

»Im allgemeinen gilt es als höflicher, diese Entscheidung dem Captain zu überlassen.«

»Ich bin ein wenig aus der Übung, wenn es darum geht, daß andere Entscheidungen für mich treffen.«

Calhoun ging in dem Raum auf und ab, ähnlich wie Si Cwan zuvor. »Wie möchten Sie an Bord dieses Schiffes betrachtet werden, Cwan? Als bemitleidenswerter Zeitgenosse?«

»Natürlich nicht«, erwiderte Si Cwan energisch.

»Dann vielleicht mit Verachtung? Oder vielleicht Verblüffung?« Calhoun blieb stehen und drehte sich zu ihm um. »Ihr Titel, der Ihnen in erster Linie aus Höflichkeit verliehen wurde, lautet ›Botschafter‹, nicht Prinz, nicht Lord. Sondern ›Botschafter‹. Ich hoffe, daß Sie sich irgendwann damit anfreunden können. Und genauso sollten Sie verstehen und akzeptieren, daß ich an Bord dieses Schiffes die Befehlsgewalt besitze. Ich möchte nicht, daß meine Entscheidung, Sie unter uns zu dulden, von Ihnen als Schwäche meiner Persönlichkeit interpretiert wird.«

»Nein. So interpretiere ich es keineswegs.«

»Es freut mich, das zu hören.«

Si Cwan musterte den Captain nachdenklich. »Darf ich Sie fragen, wie Sie zu dieser Narbe gekommen sind?«

Calhoun berührte sie instinktiv. »Diese?«

»Es ist die einzige, die mir aufgefallen ist, ja.«

»Um offen zu sein … ich habe sie mir zugezogen, während ich jemanden wie Sie tötete.«

»Ich verstehe. Sollte ich sie also als Warnung betrachten?«

»Ich muß niemanden mehr töten … hoffe ich zumindest«, sagte Calhoun.

Sie setzten sich, und für einen Moment herrschte Schweigen zwischen ihnen, bis Si Cwan sagte: »Es ist sehr wichtig für mich, daß Sie meine Situation verstehen, Captain. Wir haben ein Imperium verwaltet, das ist richtig. In mancherlei Hinsicht könnte man uns nach Ihren Begriffen als tyrannisch bezeichnen. Aber es war mein Leben, Captain. Es war mein Leben und das Leben der Menschen in meiner Umgebung, die daran arbeiteten, das Imperium zu erhalten und es gedeihen zu lassen. Ob Sie nun mit unseren Methoden einverstanden sind oder nicht – auf jeden Fall herrschte Frieden. Es war *Frieden!*« Er schlug mit den Händen auf seine Knie und stand auf. Er kehrte Calhoun den Rücken zu und stützte sich mit den Händen an der Wand ab. »Ein Frieden, der von meinen Vorfahren begründet und von meiner Generation bewahrt wurde. Unsere Geburt verpflichtete uns dazu … doch wir versagten. Und jetzt erlebe ich mit, wie die Arbeit meiner Vorfahren und meiner Familie zerstört wird. In einhundert Jahren … vielleicht schon in zehn Jahren … wird alles, was wir erreicht haben, im Guten wie im Schlechten, fortgespült sein. Verschwunden. So beständig wie eine Sandburg am Strand, die von der Flut eingeebnet wird. Was wir geleistet haben, wird keine Rolle mehr spielen. Alles wird umsonst gewesen sein. Jede schwierige Entscheidung, jedes erlassene Gesetz wird letztlich auf nichts reduziert. Wir werden künftigen Generationen kein Erbe hinterlassen können. Wahrscheinlich wird es nicht einmal künftige Generationen geben. Ich habe keine königliche Gemahlin, mit der ich unsere Linie fortsetzen könnte. Niemand wird mit meinem königlichen Blut in den Adern weiterleben können.«

»Trotzdem hoffen Sie, mit Hilfe dieses Schiffes Ihre Machtbasis erneuern zu können. So ist es doch.«

Si Cwan drehte sich um und starrte ihn an. »Ist es das, was Sie glauben?«

»Zumindest kam es mir in den Sinn.«

»Ich gebe zu, daß auch ich diesen Gedanken verfolgt habe. Aber ich gebe Ihnen mein Wort, Captain, daß ich nichts unternehmen werde, was die Mission dieses Schiffes oder das Leben seiner Besatzung gefährden würde. Mein höchstes Ziel ist genau das gleiche wie Ihres: Ich will dem Wohl des Ganzen dienen, wo ich einen Beitrag dazu leisten kann.«

Calhoun nickte langsam; offenbar war er mit dieser

Antwort zufrieden. »Gut. Das kann ich akzeptieren … zumindest vorläufig.«

»Captain …?«

»Ja?«

Si Cwan lächelte dünn. »Sie wußten es schon die ganze Zeit, nicht wahr? Daß ich mich als blinder Passagier in Ihr Schiff geschlichen habe.«

Einen Moment überlegte Calhoun, ob er ihn anlügen sollte, wozu er ohne zu zögern bereit gewesen wäre, wenn er das Gefühl hätte, daß es seinen Zwecken dienlich war. Doch sein Instinkt sagte ihm, daß in diesem Fall Offenheit angebrachter wäre. »Ja.«

»Gut.«

»Gut?«

»Ja. Es ist eine gewisse Erleichterung für mich, wirklich. Die Vorstellung, ich würde mich an Bord eines Schiffes befinden, dessen Kommandant keine Ahnung hätte, was um ihn herum geschieht … wäre für mich recht beunruhigend gewesen.«

»Es freut mich, daß ich Ihre Besorgnis zerstreuen konnte. Und …«

»Ja?«

»Ob Sie es glauben oder nicht … aber ich kann es Ihnen nachfühlen. Auch für mich gab es Situationen, in denen ich das Gefühl hatte, mein Leben wäre vergeudet.«

»Und darf ich fragen, wie Sie mit solchen Momenten der Verzweiflung umgegangen sind?«

Mackenzie Calhoun lachte leise und sagte: »Ich übernahm das Kommando über ein Raumschiff.« Doch dann erhob er warnend einen Finger. »Ich hoffe nur, daß Sie sich nicht davon inspirieren lassen.«

»Ich werde mir Mühe geben, es nicht zu tun, Captain. Ich werde mir alle Mühe geben.«

X.

Hufmin starrte auf die Sterne hinaus. Er konzentrierte sich auf einen Stern nach dem anderen, während er jeden einzelnen mit einem wüsten Schimpfwort bedachte.

In der Enge der Pilotenkanzel der *Cambon* konnte er immer noch nicht glauben, daß er sich in eine derartige Zwangslage hineinmanövriert hatte. Er kratzte sich die Bartstoppeln am Kinn und hielt sich zum tausendsten Mal das alte Sprichwort vor, demzufolge keine gute Tat ungestraft bleiben konnte.

Er warf erneut einen Blick auf seine Instrumente, während seine Lungen sich immer schwerer anfühlten. Er wußte, daß man es nach einer Kopfverletzung tunlichst vermeiden sollte einzuschlafen. Also hatte er sich wach gehalten, indem er in der engen Räumlichkeit auf und ab gegangen war, Aufputschmittel zu sich genommen hatte, vor Jahren auswendig gelernte Poesie aufgesagt und sich durch Bisse Schmerzen zugefügt hatte – kurzum alles, was ihm eingefallen war. Doch letztlich hatten all diese Bemühungen nicht viel genützt, denn nun würde ihm zu allem Überfluß in Kürze die Atemluft ausgehen. Die Lebenserhaltungssysteme litten unter dem generellen Ausfall der Maschinen. Wenn diese versagten, schaltete die Lebenserhaltung auf die Notversorgung um, doch nun gab auch diese allmählich ihren Geist auf. Hufmin spürte deutlich, daß ihm das Atmen schwerer fiel, aber er war sich nicht ganz sicher, ob die Sauerstoffkonzentration wirklich nachließ oder ob seine Phantasie allmählich mit ihm durchging. Doch selbst wenn es jetzt noch nicht geschah, so würde es schon in Bälde geschehen, wenn die Systeme nicht mehr in der Lage waren, die Atmosphäre innerhalb des Schiffes zu reinigen. Dann würde jeder an Bord ersticken.

Jeder …

Jeder an Bord war dem Tod geweiht …

Wenn er an die Anzahl der Betroffenen dachte, wurde ihm nicht zum ersten Mal bewußt, daß dies einer der Fälle war, in denen mehr nicht unbedingt besser war. Jeder einzelne Passagier in diesem Schiff war eine Person mehr, die Platz einnahm, die Luft atmete und Sauerstoff verbrauchte, der dann nicht mehr zur Verfügung stand, um ihn, Hufmin, am Leben zu erhalten.

Was war nur in ihn gefahren? Welcher Teufel hatte ihn geritten, sich auf dieses sinnlose und völlig unprofitable Geschäft einzulassen? Wenn er ein Ferengi gewesen wäre, hätte man ihn in aller Öffentlichkeit zur Schnecke gemacht … oder was immer Ferengi mit Artgenossen anstellten, die eine unglaubliche Dummheit in geschäftlichen Belangen an den Tag legten. Das Problem war nur, daß es nun nicht mehr nur darum ging, daß er Geld verlieren würde. Nun würde die Sache ihn außerdem das Leben kosten.

Viele waren dem Tod geweiht …

»Wirf sie aus der Schleuse!« sagte er und sprach damit zum ersten Mal den Gedanken aus, der ihm schon seit Stunden durch den Kopf ging. Es war ein völlig vernünftiger Plan. Er mußte nur seine Passagiere loswerden, und dann konnte er vielleicht einige weitere Tage oder gar Wochen überleben. Dann war es nicht mehr nur eine Sache von Stunden, wie alle seine Instrumente anzudeuten schienen.

Doch es wäre keineswegs einfach. Immerhin waren

es siebenundvierzig, und er selbst war nur eine Person. Es war unwahrscheinlich, daß sie sich freiwillig und jubelnd der Leere überantworten würden, nur damit er, Hufmin, eine bessere Überlebenschance hatte. Nein, die einzige Möglichkeit, sie loszuwerden, bestand im Einsatz von Gewalt. Doch auch in diesem Punkt sah das Zahlenverhältnis etwas ungünstig für ihn aus ... ungefähr eins zu siebenundvierzig.

In einem Fach zu seinen Füßen hatte er eine Handvoll Disruptoren versteckt. Er könnte sie an sich nehmen, in die Hecksektion gehen, wo sich sämtliche Passagiere aufhielten, und einfach das Feuer eröffnen. Er könnte die Todgeweihten einen nach dem anderen erschießen und dann die Leichen in den Weltraum stoßen. Doch dann sah er bildlich vor sich, wie er dort stand und einer nach dem anderen starb, wie er die Todesangst in ihren Augen sah, wie er ihre Todesschreie nicht nur einmal oder zweimal, sondern siebenundvierzigmal hörte. Denn er würde sie alle töten müssen. Alle oder keinen, dessen war er sich ohne jeden Zweifel bewußt. Er konnte keine Auswahl treffen. Alle oder keinen. Aber er war kein Mörder. In seinem ganzen Leben hatte er noch nie jemanden getötet. Die Disruptoren dienten lediglich seinem Schutz, sie waren ein letzter Ausweg, und er hatte sie bis heute nicht ein einziges Mal abgefeuert. Es war niemals notwendig gewesen. Wäre er wirklich in der Lage, sie alle zu töten und aus dem Schiff zu stoßen ...?

Dann kam ihm eine geniale Idee. Er mußte sie gar nicht eigenhändig töten. Es genügte, wenn er sie einfach in den Weltraum, in die Leere stieß. Sicher, sie würden einen schrecklichen Tod erleiden, wenn sie im Vakuum erstickten, aber durch einen Disruptortreffer zu sterben, war nicht unbedingt eine bessere Todesart.

Die *Cambon* war in drei Sektionen unterteilt: die Pilotenkanzel, in der er sich gegenwärtig aufhielt, die

Mittelsektion, die hauptsächlich die Ausrüstung sowie sein Privatquartier beherbergte, und die Hecksektion … die größte Sektion, in der die Fracht untergebracht wurde …

… und wo sich nun all seine Passagiere befanden. Sie drängten sich auf engstem Raum, es war sehr unbequem für sie, aber sie waren am Leben.

Hufmin studierte die Kontrollen für die Hecksektion. Hier befanden sich die Schaltungen, mit denen sich die hinteren Ladeschotten bedienen ließen. In der Hecksektion gab es ebenfalls solche Kontrollen, aber sie waren redundant und ließen sich – falls nötig – von der Pilotenkanzel aus übergehen. Und die Pilotenkanzel war völlig autark und ließ sich durch eine schwere Tür vom Rest des Schiffes isolieren.

Es genügte völlig, wenn er einfach die Ladeschotten am Heck öffnete. Die Passagiere würden es vermutlich gar nicht mehr bemerken, daß ihr Leben endete, bevor sie in den luftleeren Weltraum hinausgerissen wurden. Bedauerlicherweise würde er dadurch etwas Luft verlieren. Mit der wenigen Energie, die noch zur Verfügung stand, würden die Schiffssysteme es niemals schaffen, das zu ersetzen, was ins Vakuum entweichen würde. Andererseits blieb ihm dann noch die Luft in der Pilotenkanzel und der Mittelsektion. Das war nicht viel, aber zumindest wäre alles für ihn. Nur für ihn.

Nicht für die Todgeweihten …

Der Schalter für das Heckschott übte eine magische Anziehungskraft auf seine Hände aus, und er streckte den Arm aus, um ihn mit den Fingern zu berühren. Er war entschlossen, das zu tun, was er tun mußte, wenn er überleben wollte, bevor er es sich anders überlegen konnte. Als er ihn betätigte, leuchtete sofort ein gelbes Warnlicht auf, und der Computer meldete sich mit seiner monotonen männlichen Stimme zu Wort: »Warnung. Dieses Schiff befindet sich nicht innerhalb einer planetaren Atmosphäre. Eine Öffnung der äußeren Frachtraumschotten würde zu einem Verlust der Atemluft in der Hecksektion und aller unzureichend gesicherten Objekte führen. Möchten Sie diesen Befehl wirklich ausführen? Wenn ja, bestätigen Sie durch die mündliche Anweisung ›Befehl ausführen‹.«

»Bef...« Das Wort blieb ihm in der Kehle stecken.

... viele Todgeweihte ...

»Bef... Befehl ...«

Hinter ihm klopfte es an die Tür. Das Geräusch hallte durch die Pilotenkanzel, wie ein Zeichen aus der Hölle. »*Was gibt es?*« rief er dem unsichtbaren Störenfried zu.

»Mister Hufmin?« sagte eine schwache, helle Stimme. Die Stimme eines Kindes, eines kleinen Mädchens. Das demnächst als Leiche durch den Weltraum treiben würde ...

»Ja. Was ist?«

»Ich ... ich wollte mich erkundigen, ob jemand unseren Hilferuf gehört hat.«

»Ich weiß es nicht. Ich würde es gerne wissen, aber ich habe keine Ahnung. Geh jetzt wieder zu deinen Eltern, ja?«

»Sie sind tot.«

Diese Antwort versetzte ihm einen Schlag, doch dann erinnerte er sich, daß eins der Kinder seine Eltern durch besonders aggressive Plünderer verloren hatte. Das Mädchen war mit einem Onkel unterwegs, der weit über neunzig Jahre alt zu sein schien. »Ach ja, nun ... dann geh wieder zu deinem Onkel.«

Danach blieb es eine Weile still, und er glaubte bereits, daß das Mädchen seinen Vorschlag befolgt hatte. Er wollte sich wieder an den Computer wenden, als er erneut die Stimme hörte. »Mister Hufmin?«

»*Was gibt es denn, verdammt noch mal?*«

»Ich ... ich wollte mich nur bei Ihnen bedanken.« Als er nichts erwiderte, sprach das Mädchen weiter. »Ich weiß, daß Sie Ihr Bestes gegeben haben, und ich weiß, daß Sie auch weiterhin alles versuchen werden. Und ich wollte sagen, daß ich … daß ich an Sie glaube. Danke für alles.«

Er starrte blicklos auf das blinkende gelbe Lämpchen. »Warum sagst du das? Wer hat dir gesagt, daß du das sagen sollst?« fragte er tonlos.

»Die Götter. Ich habe gebetet, daß sie uns helfen, und dann bin ich während des Betens eingeschlafen … bis ich in meinem Kopf hörte, wie sie mir sagten, ich soll mich bei Ihnen bedanken. Und … das habe ich getan.«

Hufmins Mund bewegte sich, aber kein Wort kam heraus. »Das ist … gut«, schaffte er schließlich zu sagen. »Ich … habe es gerne getan. Okay? Keine Ursache.«

Er horchte aufmerksam und nahm das Geräusch ihrer Schritte wahr, mit denen sie sich entfernte. Jetzt war er wieder ganz allein. Und konnte sich dem widmen, was er zu tun hatte.

»Computer.«

»Warte auf Anweisungen«, erwiderte der Computer. Dem Computer war all dies natürlich gleichgültig. Er wartete nur darauf, zu tun, was ihm befohlen wurde. Er war eine Maschine, die keinerlei Werturteile fällen konnte. Und er war auch nicht in der Lage, Maßnahmen zu ergreifen, die seine eigene Weiterexistenz sicherten. Hufmin jedoch war dazu sehr wohl imstande.

»Computer …«

Er dachte an das Kind. Er dachte an die Leichen, wie sie im Weltraum trieben. So viele Leichen. Doch er würde überleben oder zumindest seine Überlebenschancen verbessern, und das war das einzige, was zählte. »Computer, Befehl aus...«

Was zählte ein Kind mehr oder weniger? Ein Leben oder siebenundvierzig Leben? Was spielte überhaupt eine Rolle? Das einzig Wichtige war, daß er überlebte. So war es doch! Nicht wahr?

Er sah die Todgeweihten an seinem Sichtfenster vorbeitreiben, die Körper vom Vakuum zerrissen, die Gesichter im Schrecken der letzten Erkenntnis verzerrt und erstarrt. Und er würde noch am Leben sein …

… und er konnte dann genausogut tot sein.

Mit dem zitternden Seufzer eines Mannes, der genau wußte, daß er soeben alles verloren hatte, sagte Hufmin: »Computer, Befehl löschen.«

»Befehl gelöscht«, bestätigte der Computer. Natürlich war es dem Computer völlig gleichgültig, ob er den Befehl ausführte oder löschte. Wie gesagt, er war nur eine Maschine. Aber Hufmin bildete sich gerne ein, daß er selbst etwas mehr als nur das war, und er mußte sich widerstrebend eingestehen, daß damit – sofern es wirklich der Fall war – eine gewisse Verantwortung verbunden war.

Er lehnte sich im Pilotensitz zurück, blickte auf die Sterne hinaus und sagte: »Also gut, ihr Götter. Jetzt könnt ihr *mir* etwas einflüstern. Sagt mir, was für ein Idiot ich bin. Daß ich der größte Trottel bin. Na los! Gebt es mir, mitten zwischen die Augen!«

Und die Götter antworteten ihm.

Zumindest hatte es diesen Anschein, denn in der Dunkelheit des Weltalls genau vor ihm begann es plötzlich zu flimmern. Fluktuierende Bänder aus Farben erschienen, die sich zu einer kreisrunden Gestalt zusammenzogen.

Langsam beugte er sich vor, während sein Geist noch nicht genau registrieren wollte, was er hier sah. Dann schälten sich die Götter explosionsartig aus der Finsternis.

Diese Götter hatten sich jedoch entschieden, in einer unverkennbaren und segensreichen Gestalt zu erscheinen. Es war eine Gestalt, die Hufmin unverzüglich als die eines Raumschiffs der Föderation erkannte. Es war aus dem Warpraum gefallen und bewegte sich immer noch so schnell, daß es eben noch hunderttausend Kilometer entfernt gewesen war und nun, einen Lidschlag später, praktisch direkt vor seiner Nase hing. Ein solches Raumschiff hatte er noch nie zuvor mit eigenen Augen gesehen, und er konnte nicht glauben, wie groß dieses Gebilde war. Das Schiff hatte eine winzige Kurskorrektur ausgeführt und die Geschwindigkeit verlangsamt, so daß es nun über ihn hinwegglitt, statt ihn frontal zu rammen. Auf der Unterseite erkannte er die Aufschrift mit dem Namen des Schiffes: *U.S.S. Excalibur*. Es war so riesig, daß es das Licht einer nahen Sonne verdeckte und die *Cambon* in tiefen Schatten hüllte, was jedoch Hufmins allergeringste Sorge war.

Hufmin war niemals ein religiöser Mensch gewesen. Die Vorstellung unsichtbarer und unerkennbarer Gottheiten hatte den praktisch orientierten Mann überhaupt nicht interessiert. Doch als er nun jubelnd aufschrie und mit den Armen wedelte, als könnte man ihn von dort drüben sehen, beschloß er, daß er schließlich doch an Götter glauben sollte. Seine Götter waren jene unbekannten, aber wunderbaren Individuen, die dieses gewaltige Raumschiff lenkten. Sie waren von jenem Ort gekommen, von dem Götter zu kommen pflegten, und hatten sich in diese triste Region begeben, in der sich zu diesem Zeitpunkt Captain Hufmin und seine Fracht aus siebenundvierzig eingeschüchterten Seelen aufhielten.

Damit wurde gleichzeitig eine sehr alte Frage beantwortet, nämlich:

Wozu braucht Gott ein Raumschiff?

Und die Antwort war natürlich eine der ältesten Antworten im bekannten Universum:

Um auf die andere Seite zu kommen.

XI.

Robin Lefler blickte von ihrer Station auf und sagte: »Captain, wir haben alle Personen aus dem Schiff an Bord gebeamt. Den Kommandanten und siebenundvierzig Passagiere.«

Shelby stieß ein erstauntes Pfeifen aus, während Calhoun mit sichtlicher Überraschung wiederholte: »Siebenundvierzig? Dieses Schiff ist nicht gerade winzig, aber so groß ist es auch wieder nicht. Der Captain muß die Leute an die Decke geklebt haben. Shelby, sorgen Sie dafür, daß die Passagiere in mehreren Schichten durch die Krankenstation geschleust werden, damit Dr. Selar sie durchchecken kann. Wir müssen uns davon überzeugen, daß niemand an Auskühlung, Austrocknung und so weiter leidet.«

»Sollen wir das Schiff in Schlepptau nehmen, Captain?« fragte Kebron.

»Und wohin sollten wir es Ihrer Meinung nach schleppen, Mister Kebron?« fragte Calhoun sachlich. »Die nächste gutausgerüstete Starbase ist Lichtjahre entfernt. Brücke an Maschinenraum.«

»Hier Burgoyne«, kam die Antwort ohne Verzögerung über das Interkom.

»Chief, wir haben hier ein Transportschiff, das Ihre magischen Fähigkeiten benötigt.«

»Mein Zauberstab ist bereit, Captain.«

»Ich weiß nicht, wie oft ich diesen Spruch schon gehört habe ...« murmelte Robin Lefler – ein wenig lauter, als sie beabsichtigt hatte. Die Bemerkung hatte ein kurzes Kichern von McHenry und einen tadelnden Seitenblick von Shelby zur Folge – die sie eigentlich als recht witzig empfand, sich aber dazu verpflichtet fühlte, dies nicht zu zeigen.

»Stellen Sie ein Reparaturteam zusammen, lassen Sie sich hinüberbeamen und sagen Sie mir dann, wieviel Zeit Sie voraussichtlich für die Instandsetzung benötigen.«

»Verstanden, Captain.«

Dann wandte er sich an Shelby. »Commander«, sagte er knapp, »reden Sie mit dem Piloten. Versuchen Sie herauszufinden, was genau geschehen ist und was er gesehen hat. Ich möchte wissen, womit wir es hier zu tun haben. Und sehen Sie zu, ob Sie Si Cwan auftreiben können. Er ist schließlich unser Botschafter. Es interessiert mich, wie die Leute auf ihn reagieren. Wenn sie Dinge nach ihm werfen und schreiend davonrennen, könnte das darauf hindeuten, daß er für uns vielleicht doch nicht so nützlich ist, wie wir gehofft haben. Verdammt, wir hätten ihm einen Kommunikator geben sollen, damit er leichter ...«

»Brücke an Si Cwan«, unterbrach Shelby seinen Redefluß.

»Ja?« antwortete Si Cwans Stimme.

»Treffen Sie sich bitte in der Krankenstation mit mir. Wir haben dort einige Flüchtlinge, und wir möchten, daß Sie sich mit ihnen unterhalten.«

»Bin schon unterwegs.«

Shelby wandte sich an Calhoun. »Ich habe mir die Freiheit erlaubt, ihn mit einem Kommunikator auszustatten. Natürlich gehört er nicht zu Starfleet, aber es schien mir die einfachste Möglichkeit zu sein, um ihn erreichen zu können.«

»Gut gemacht, Commander.«

Sie lächelte. »Auch ich habe gelegentlich meine genialen Augenblicke«, sagte sie und machte sich auf den Weg zum Turbolift.

Sie war kaum verschwunden, als Kebron an Calhoun herantrat. »Captain, soll ich ebenfalls gehen?«

»Sie, Kebron? Warum?«

»Um Cwan im Auge zu behalten.«

»Was könnte er Ihrer Meinung nach anstellen?«

»Ich weiß es nicht«, erwiderte Kebron düster. Er schien noch mehr sagen zu wollen, aber er entschied sich zu schweigen.

»Lieutenant, wenn Sie etwas auf dem Herzen haben, dann spucken Sie's aus.«

»Also gut. Ich habe das Gefühl, daß Sie einen schweren Fehler begingen, als sie Si Cwan erlaubten, unser Schiff zu betreten. Er könnte unsere Mission in große Gefahr bringen.«

»Wenn mir Anzeichen für eine solche Gefahr aufgefallen wären, hätte ich ihm niemals erlaubt zu bleiben.«

»Dessen bin ich mir bewußt, Captain. Dennoch bin ich der Ansicht, daß es ein Fehler war.«

»Normalerweise läßt mich mein Instinkt niemals im Stich, wenn es um die Beurteilung von Menschen geht. Ich habe gelernt, mich darauf zu verlassen, und es hat mir schon mehrfach das Leben gerettet. Wenn Sie nicht gewillt sind, sich meiner Einschätzung anzuschließen, dann ist das Ihr gutes Recht.«

»Dann fürchte ich, daß ich bei meiner Meinung bleibe, bis ich eines Besseren belehrt werde.«

»Und wie lange wird das Ihrer Einschätzung nach dauern?«

Zak Kebron dachte über diese Frage nach. »In Erdjahren oder in Brikar-Jahren?«

»In Erdjahren.«

»In Erdjahren?« Er machte eine kurze Pause, bevor er antwortete: »Niemals.«

Shelby betrat die Krankenstation und betrachtete die ausgezehrten Gesichter der Patienten. Sofort empfand sie tiefes Mitgefühl für ihr Schicksal. Es war ein buntes Völkergemisch, deren Hautfarben das gesamte Regenbogenspektrum umfaßten. Was sie einte, war die unverkennbare Tatsache, daß sie verängstigt waren und alles verloren hatten, daß sie keine Ahnung hatten, was vor ihnen lag. Dr. Selar erfüllte zügig und effizient ihre Pflicht. Shelby fiel auf, daß die Ärztin und ihre Leute bereits reibungslos als Team zusammenarbeiteten. Sie war erleichtert über diese Beobachtung, denn Calhoun hatte ihr gegenüber erwähnt, daß es irgendwelche Schwierigkeiten zwischen Selar und einem ihrer Mediziner gegeben hatte. Doch als ahnungsloser Zuschauer hätte Shelby niemals etwas davon bemerkt.

»Ich suche nach dem Kommandanten des Schiffs«, rief sie in den Raum, ohne jemand Bestimmten anzusprechen.

Eine der verwahrlosteren Personen trat vor. »Dann suchen Sie nach mir.« Er streckte ihr eine Hand hin. »Mein Name ist Hufmin.«

»Commander Shelby, Erster Offizier.«

»Sie haben gerade unseren Hintern gerettet.«

»Dazu sind wir da«, sagte sie zu ihm und dachte schon im nächsten Augenblick: *Habe ich das wirklich gesagt? Ich rede, als hätte ich das Handbuch der Starfleet-Klischees auswendig gelernt.*

Dann bemerkte Shelby, wie sich das Verhalten der Personen in der Krankenstation schlagartig änderte, als wären alle plötzlich elektrisiert. Einige, die bereits auf den Diagnosebetten lagen, sprangen wieder herunter. Ein Patient stieß sogar Dr. Selar zur Seite, damit er auf die Beine kommen konnte. Alle blickten auf einen Punkt hinter Shelbys Rücken. Als sie sich umdrehte, sah sie, daß Si Cwan den Raum betreten hatte.

Für eine Weile herrschte Totenstille, was Shelby wie eine halbe Ewigkeit vorkam, dann setzte sich eine junge Frau in Bewegung, die nach irdischen Maßstäben

Anfang Zwanzig sein mußte, und flog geradezu durch den Raum. Sie stürzte sich auf Si Cwan und umklammerte ihn so fest, daß es schien, als wollte sie ihn zerbrechen oder zerquetschen, obwohl sie ihm kaum bis zur Brust reichte.

»Sie leben! Den Göttern sei Dank, Sie leben!« flüsterte sie.

Und nun folgten auch die anderen ihrem Beispiel. Die meisten legten jedoch nicht den gleichen totalen Mangel an Zurückhaltung an den Tag, sondern näherten sich vorsichtiger, ehrfürchtiger und mit unterschiedlich ausgeprägter Demut und Hochachtung. Si Cwan strich unterdessen über das volle blaue Haar der jungen Frau, so zärtlich wie ein Vater, der sein neugeborenes Kind in den Armen hielt. Er blickte zu den anderen auf und streckte ihnen seine freie Hand entgegen, als wollte er sie zu sich rufen. Sie wiederum schienen neue Kraft aus seiner bloßen Gegenwart zu gewinnen, viele von ihnen neigten den Kopf oder fielen auf die Knie.

»Bitte ... das ist nicht nötig«, sagte Si Cwan. »Bitte stehen Sie wieder auf. Verbeugen Sie sich nicht vor mir. Bitte ... tun Sie es nicht.« Er bedeutete ihnen mit Gesten, daß sie sich erheben sollten. »Manchmal glaube ich, daß es gerade diese Gepflogenheiten waren, die unser Volk entzweit haben und letztlich für unsere gegenwärtigen Probleme verantwortlich sind. Stehen Sie auf ... auch Sie im Hintergrund.«

Aus tief verwurzelter Gewohnheit leisteten sie seinen Anweisungen Folge. »Dieses Schiff wird Sie wieder an die Macht bringen, Lord Cwan?« fragte einer der Männer. »Seine Waffen werden in Ihrem Namen sprechen?«

Shelby setzte bereits zu einer kategorischen Erwiderung an, daß dem auf gar keinen Fall so sein würde, doch Si Cwan kam ihr zuvor, als er mit überraschend sanfter Stimme sprach: »Dieses Schiff befindet sich auf einer Mission des Friedens, meine Freunde. Ich bin nur an Bord, um mit meinen bescheidenen Mitteln dazu beizutragen.« Dann warf er Shelby einen kurzen Blick zu, als wollte er sagen: *Zufrieden mit dieser Antwort?* Sie nickte in stummer Bestätigung.

Dann wandte sie sich wieder den Flüchtlingen zu. »Wovor sind Sie geflohen?« wollte sie von ihnen wissen.

Ein Dutzend unterschiedlicher Antworten stürmte gleichzeitig auf sie ein. Die Details variierten zwischen den Individuen oder einzelnen Gruppen, doch es gab eine Reihe von Gemeinsamkeiten. Gestürzte Regierungen, Plünderer aus den verschiedensten Völkern, Kriege, die aus allen möglichen Gründen – von strittigen Grenzen bis hin zu versuchtem Genozid – ausgebrochen waren. Eine Welt der Ordnung, die ins Chaos stürzte.

»Wir wollten uns nur in Sicherheit bringen«, sagte die junge Frau, die Si Cwan auf so überschwengliche Weise umarmt hatte. »Ist das zu viel verlangt?«

»Bedauerlicherweise«, entgegnete Si Cwan seufzend, »lautet die Antwort auf diese Frage in manchen Fällen ja.«

»Der Rest der königlichen Familie … sind sie alle …?«

Als er nickte, waren unterdrückte Schluchzer zu hören … aber auch, wie Shelby bemerkte, einige Seufzer der Erleichterung.

»Was wird jetzt mit uns geschehen?« fragte einer.

»Zuerst werden wir Captain Hufmins Raumschiff reparieren. Wir haben bereits ein Team hinübergeschickt«, teilte Shelby den Leuten mit. Darauf stöhnte Hufmin leise auf und schüttelte den Kopf, was Shelbys Neugier erregte. »Gibt es damit irgendwelche Probleme, Captain?«

»Nun, glauben Sie bitte nicht, ich wäre undankbar für die Rettung und die Reparatur. Ihre Hilfe bedeutet mir mehr, als Sie glauben. Aber ich muß Sie fragen ... wieviel mich diese Hilfeleistung kosten wird. Denn dieser Auftrag wirft für mich wesentlich geringere Gewinne ab, als Sie vermutlich erwarten ...«

»Captain Hufmin«, setzte Shelby zu einer Erwiderung an.

»... und ich bin überzeugt, daß Ihre technischen Experten die besten sind, die für Geld zu haben sind, aber mein Kreditrahmen ist so eng, daß Sie mir bestenfalls mit einem großzügigen Ratenzahlungsplan entgegenkommen ...«

»Captain, wir erwarten keine Bezahlung von Ihnen«, unterbrach Shelby den Mann.

Er hielt verdutzt inne. »Keine Bezahlung?«

»Nein.«

»Aber ... welchen Nutzen ziehen Sie dann aus dieser Aktion?«

»Der einzige Nutzen, den wir daraus ziehen, ist das Bewußtsein, daß wir den Auftrag von Starfleet erfüllt haben. Daß wir unsere Arbeit gemacht haben.« Diesmal dachte Shelby: *Verdammt, ich weiß, daß ich darauf spezialisiert bin, gegen die Borg zu kämpfen, und ich habe mehr Erfahrung mit Weltraumstrategie als mit diplomatischen Winkelzügen, aber ich muß mit diesem Sermon aufhören, bevor mich jemand mit einem Baseballschläger niederknüppelt!*

»Und was dann?« fragte ein anderer Flüchtling.

»Dann sorgen wir dafür, daß Sie das Ziel Ihrer unterbrochenen Reise erreichen. Wohin waren sie überhaupt unterwegs?«

»Nach Sigma Tau Ceti«, antwortete Hufmin. »Es ist zwar nicht die angenehmste der Randwelten, aber der Planet entspricht dem, was diese Leute sich leisten konnten. Wenn Sie jedoch andere Vorschläge haben, bin ich sicher, daß sie gerne mit Ihnen darüber reden werden …«

In diesem Moment piepte Si Cwans Kommunikator. Das Geräusch ließ ihn überrascht zusammenzucken, da er sich verständlicherweise noch nicht daran gewöhnt hatte, ein solches Gerät zu tragen. Er berührte es zaghaft und sagte: »Ja?«

»Si Cwan, hier spricht Soleta«, meldete sich die Stimme der Vulkanierin. »Wir haben eine Nachricht empfangen, die Sie interessieren dürfte.«

»Worum geht es?«

»Sie stammt von einem Raumschiff. Es hat einen Notruf samt angehängter Passagierliste abgeschickt. Wenn ich mich recht erinnere, sagten Sie, der Name Ihrer Schwester sei Kallinda.«

Für einen Moment hatte Si Cwan das Gefühl, sein Herzschlag hätte ausgesetzt. »Ja. Ja, so ist es.«

»Nun, ihr Name steht auf dieser Liste.«

»Ich komme«, sagte er ohne Zögern. Doch zuvor wandte er sich noch einmal an die Flüchtlinge. »Sie können diesen Leuten vertrauen«, sagte er. »Sie werden sich um Sie kümmern.« Dann hatte er bereits den Raum verlassen. Seine langen Beine trugen ihn so schnell davon, daß es Shelby vorkam, als wäre er während eines Lidschlags entschwunden.

Hufmin trat einen Schritt vor, räusperte sich und sagte: »Ähm, Commander … wenn Ihre Leute schon einmal drüben auf meinem Schiff sind … wissen Sie, der Phasenkonverter hat niemals mit der Zuverlässigkeit gearbeitet, die ich mir gewünscht hätte. Es wäre auch nicht schlecht, wenn die Dilithiumkalibrierung erneuert und eine komplette Reinigung des …«

»Hufmin …!«

»Ja, Commander Shelby?«

Sie lächelte schwach. »Übertreiben Sie es nicht, ja?«

Burgoyne, der/die sich in der mittleren Sektion der *Cambon* aufhielt, schüttelte verärgert den Kopf, als er/sie den Schadensbericht durchging. »Interne und externe Beschädigungen an den Impulsstäben und am primären Warpstabilisator. Und schauen Sie sich an, wie alt einige dieser Teile schon sind! Ich hoffe, daß wir noch etwas retten können. Ganz zu Schweigen von der Notwendigkeit, EVA-Reparaturen durchführen zu müssen.« Er/sie seufzte. »Das wird ewig dauern!«

»Könnten wir dieses Schiff nicht in den Shuttle-Hangar bringen und die Arbeiten dort ausführen?« fragte Yates.

Burgoyne schüttelte den Kopf. »Zu groß. Wenn die *Excalibur* ein Schiff der *Galaxy*-Klasse wäre, würde die *Cambon* hineinpassen. Aber wir müssen uns mit der *Ambassador*-Klasse begnügen. Der Platz würde nicht annähernd ausreichen. Allerdings kann ich mir vorstellen, daß wir es nahe genug an die *Excalibur* heranbringen, um es innerhalb der Schilde mit einer künstlichen Atmosphäre zu umgeben. Dann bräuchten wir nur ein paar Antigraveinheiten und müßten uns nicht in klobigen Schutzanzügen bewegen. Man sollte meinen, daß wir nach vierhundert Jahren Weltraumfahrt bessere Raumanzüge besitzen als die, mit denen wir Vorlieb nehmen müssen.« Burgoyne tippte auf seinen Kommunikator. »Burgoyne an Brücke.«

»Brücke hier. Kebron spricht.«

»Zak? Sagen Sie dem Captain, daß wir mindestens neun Stunden lang mit der *Cambon* beschäftigt sein werden.«

»Neun Stunden?« wiederholte Kebron skeptisch. »In neun Stunden können Sie die Triebwerke der *Excalibur* auseinandernehmen und wieder zusammenbauen.«

»Wenn Sie glauben, daß Sie es schneller schaffen, Kebron, dann dürfen Sie es gerne versuchen. Burgoyne Ende.«

Si Cwan studierte die Passagierliste mit wachsender Beunruhigung. »Wie war noch gleich der Name des Schiffes?« fragte er.

»*Kayven Ryin*«, sagte Soleta, die von der wissenschaftlichen Station herüberkam. Si Cwan befand sich an der taktischen Station, wo er die eingegangene Nachricht überflog. Kebron war ihm zunächst nicht von der Seite gewichen, aber schließlich einige Schritte zurückgetreten, um ihn lediglich mit verschränkten Armen mißtrauisch zu beobachten. »Es ist kein Schiff der Föderation, aber es ist trotzdem von uns registriert. Es handelt sich um ein privates Wissenschafts- und Erkundungsraumschiff.«

»Warum sollte ein Wissenschaftsschiff Passagiere an Bord haben – und vor allen Dingen Si Cwans Schwester?« fragte Kebron.

»Das ergibt durchaus Sinn«, sagte Si Cwan aufgeregter, als Soleta ihn jemals zuvor erlebt hatte. »Sie haben völlig recht, Kebron, ein solches Schiff wird normalerweise nicht zum Passagiertransport benutzt. Und zweitens ist es recht groß, wenn ich mich nicht täusche.«

»Ziemlich groß«, bestätigte Soleta. »Aber das ist nichts Ungewöhnliches für Wissenschafts- und Erkundungsschiffe, weil sie in der Regel auf alle Eventualitäten vorbereitet sein müssen. Sie können mühelos ein Team von über einhundert Wissenschaftlern beherbergen und müssen über entsprechende Einrichtungen zur Lebenserhaltung und ...«

»Wir haben schon verstanden, worum es geht«, sagte Calhoun, der sich von seinem Sessel erhob und im unteren Bereich der Brücke an die taktische Station trat. »Doch wie viele Passagiere sollen sich nach diesen Angaben insgesamt in der *Kayven Ryin* befinden?«

»Nur neun.«

»Ich verstehe. Wie lange ist es her, daß diese Nachricht abgeschickt wurde?«

»Sie wird immer noch gesendet, Captain«, sagte Kebron. »Es ist ein in regelmäßigen Abständen wiederholter Notruf.«

»Versuchen Sie eine Verbindung herzustellen.«

Kebron vollführte die leichte Verbeugung, die seine Entsprechung eines Nickens darstellte, und wandte sich der taktischen Konsole zu. Es verschaffte ihm eine gewisse Genugtuung, Si Cwan beiseite drängen zu können, bevor er ein Signal durch den Subraum schickte, das die empfangene Sendung bis zum Ursprung zurückverfolgte. Während er auf eine Antwort wartete, beobachtete er sorgfältig Si Cwans Reaktionen. Und er konnte erkennen, daß Si Cwan …

… Angst hatte.

Diese Tatsache verblüffte Kebron in einem nicht unerheblichen Maß. Er wußte nicht genau, was er von Si Cwan erwartet hatte, aber mit Angst hatte er nicht gerechnet. Sofort ärgerte sich Kebron über sich selbst, weil er bemerkte, daß er etwas für Si Cwan empfand, das ihm überhaupt nicht recht war: nämlich Sympathie. Er schob diese unangenehmen Gedanken so weit wie möglich von sich und meldete schroff: »Keine Antwort.«

»Wie weit ist das Schiff entfernt?«

»Bei Warp zwei schätzungsweise zwei Stunden.«

»Captain, wir müssen uns um dieses Schiff kümmern«, sagte Si Cwan eindringlich. »Wir dürfen es nicht ignorieren, wenn es kaum mehr als einen Katzensprung entfernt ist.«

»Wir sind bereits mit einer Rettungsaktion beschäftigt, Botschafter«, erwiderte Calhoun. »Wenn wir diese beendet haben, werden wir uns um das nächste Problem kümmern. Wir können nicht kopflos durch diesen Sektor hetzen.«

»Captain, bitte!« begann Si Cwan.

Doch Calhoun schnitt ihm entschlossen das Wort ab.

»An Bord dieses Schiffes befinden sich vier Dutzend verängstigter und gepeinigter Individuen. Ich bin nicht bereit, sie nur wegen einer Spritztour links liegen zu lassen.«

»Einer Spritztour? Captain, hier geht es um Leben und Tod!«

»Meine Entscheidung steht fest, Botschafter. Es tut mir leid.« Dann zögerte er. »Es sei denn …«

»Was?« verlangte Si Cwan mit offensichtlicher Dringlichkeit zu wissen.

Calhoun drehte sich zu Lefler um. »Helfen Sie meinem Gedächtnis auf die Sprünge, Lefler. Wir haben doch einen Runabout im Hangar, nicht wahr?«

»Richtig, Captain. Die *Marquand.*«

»Schafft sie Warp zwei?«

»Das und im Notfall sogar noch etwas mehr.«

Er nickte und wandte sich wieder Si Cwan zu. »Botschafter … wir bleiben an dieser Position, bis die Reparaturarbeiten abgeschlossen sind und unsere Passagiere ihre Reise fortsetzen können. Doch wenn Sie sich einen Runabout schnappen und der *Kayven Ryin* einen Besuch abstatten wollen, haben Sie meine Erlaubnis.«

»Das ist mehr als großzügig, Captain«, sagte Si Cwan. »Ich werde mich darauf vorbereiten, unverzüglich …«

»Captain!« rief Zak Kebron alarmiert.

»Gibt es ein Problem, Mister Kebron?«

»Captain, als Leiter der Sicherheit muß ich einen offiziellen Protest einlegen.«

»Offiziell … und ich habe es versäumt, meine Galauniform anzulegen.«

»Jemandem, der nicht zum Starfleet-Personal gehört, einen Runabout anzuvertrauen ist …« Kebron hatte Mühe, die richtigen Worte zu finden.

»Wenn ich es mir recht überlege, Mister Kebron, muß ich sagen, daß Ihr Einwand berechtigt ist.«

Zak stieß einen Seufzer der Erleichterung aus. »Es freut mich, daß Sie …

»Deshalb werden Sie ihn begleiten.«

»Captain! Nein, Sie können unmöglich …«

Calhoun trat ganz nahe an Kebron heran, und als er sprach, war seine Stimme leise und zornig, und seine Narbe schien sich deutlicher als gewöhnlich in seinem Gesicht abzuzeichnen. »Ich kann es tun, und ich werde es tun«, sagte er. »Ich verlange von meinen Besatzungsmitgliedern nur das Beste, was sie anzubieten haben. Und wenn Ihr bestes Angebot Insubordination ist, dann werde ich Ihren Posten mit einem anderen Besatzungsmitglied besetzen müssen. Haben Sie verstanden?«

»Ja, Captain«, sagte Kebron gepreßt.

»Gut.« Calhoun trat zurück und konzentrierte seinen Blick dann auf Si Cwan. »Haben Sie irgendwelche Probleme damit, daß Mister Kebron Sie begleitet?«

Si Cwan schien sich bereits eine ausführliche Erwiderung zurechtgelegt zu haben, doch dann überlegte er es sich anders und sagte nur: »Nicht die geringsten.«

»Genau das wollte ich hören: keine Probleme. Lefler, im Shuttle-Hangar soll alles für den Start der *Marquand* vorbereitet werden. Meine Herren … ich wünsche Ihnen einen angenehmen Flug. Und bleiben Sie in Verbindung mit uns. Sie wissen, wie leicht ich mir Sorgen mache.«

XII.

Shelby starrte Calhoun ungläubig an. »Sie müssen völlig den Verstand verloren haben.«

Calhoun blickte von seinem Schreibtisch auf. »Ich vermute, Sie spielen auf den Auftrag an, den Mister Kebron und Botschafter Cwan gemeinsam übernommen haben.«

»Worauf sollte ich wohl sonst anspielen? Kebron hat nie einen Hehl daraus gemacht, daß er Si Cwan nicht leiden kann. Wie konnten Sie die beiden zusammen in einen Runabout stecken und sie auf eine Spritztour schicken? Wir könnten mühelos die Reparaturen der *Cambon* unterbrechen. Wenn wir das Schiff für ein paar Stunden im Weltraum alleinlassen, während wir diesem zweiten Notrufsignal nachgehen ...«

»Dann hätten wir nichts zu befürchten, ja, ich weiß. Aber darum geht es auch gar nicht.«

»Worum geht es dann?«

»Sie haben sich doch bestimmt mit Mister Kebrons psychologischem Profil vertraut gemacht.«

»Ja, ich habe mir den Verlauf seiner glanzvollen Karriere angesehen. Ein zuverlässiger Offizier, fleißig, gründlich.«

»Ja, aber manchmal fällt es ihm schwer ... wie hat man früher noch gleich gesagt? ... für ein gutes Arbeitsklima im Umgang mit seinen Kollegen zu sorgen. Vor allem wenn es um die Vertreter von Völkern geht, mit denen er wenig oder gar nicht vertraut ist.«

»Die Tatsache, daß er extrem mißtrauisch ist, prädestiniert ihn für eine leitende Position in der Sicherheitsabteilung. Sie wollen doch bestimmt keinen allzu vertrauensseligen Sicherheitsoffizier, oder?«

»Das ist richtig. Aber genauso ungeeignet wäre jemand, der so mißtrauisch ist, daß dadurch seine Leistungsfähigkeit behindert wird ... insbesondere wenn es um die Interaktion mit anderen Besatzungsmitgliedern geht.«

»Dieser Punkt geht an Sie«, sagte Shelby widerstrebend. »Haben Sie Grund zur Annahme, daß dies auf Kebron zutreffen könnte?«

»Es hat einen Zwischenfall gegeben – eine Reihe von Zwischenfällen, um genau zu sein –, und zwar schon während seines ersten Jahres an der Starfleet-Akademie. Wie es scheint, befand er sich kaum fünf Minuten an diesem Institut, als er bereits in eine Schlägerei mit einem anderen Kadetten verwickelt wurde, der zufällig der erste klingonische Schüler an der Akademie war ...«

»Worf?« fragte Shelby überrascht.

»Sie kennen ihn?«

»Ich habe mit ihm zusammengearbeitet. Er ist ein ... recht einzigartiges Individuum.«

»Das sind die meisten Individuen«, stellte Calhoun trocken fest. »Auf jeden Fall scheint es, daß sich Mister Kebrons Neigung zu Vorurteilen und Mißtrauen als sehr problematisch erwies, und es kam immer wieder zu Reibereien zwischen ihm und Worf. Um die Situation zu entspannen, ordneten die Leiter der Akademie an, daß Mister Kebron und Mister Worf gemeinsam in einem Zimmer untergebracht wurden. Die persönliche Nähe zwang sie dazu, an ihren Schwierigkeiten zu arbeiten und schließlich eine reibungslose Zusammenarbeit zu entwickeln.«

»Ich verstehe. Und Sie stellen sich vor, daß auch die Feindseligkeiten zwischen Kebron und Si Cwan abgebaut werden, wenn sie für einige Zeit auf engstem Raum miteinander auskommen müssen.«

»So sieht mein Plan aus. Was halten Sie davon?«

»Ich finde ihn riskant und überflüssig. Sie können Kebron nicht einfach befehlen, mit Si Cwan zu kooperieren, und hoffen, daß sich alles weitere von selbst regelt.«

»Ich habe festgestellt, daß die menschliche Natur – oder in diesem Fall die Natur von Brikar oder Thallonianern – im allgemeinen nicht sehr günstig auf ...«

Er ließ den Satz unvollendet und runzelte die Stirn.

Shelby beobachtete ihn verwirrt. »Mac?« sagte sie nach einer Weile. »Was ...?«

»Wir haben Schwierigkeiten«, sagte er.

»*Captain!*« meldete sich Leflers Stimme, in der zwar keine Panik, aber große Besorgnis lag. »Wir haben Gesellschaft bekommen!«

Im nächsten Moment war Calhoun auf der Brücke und hatte seine Aufmerksamkeit auf den Sichtschirm konzentriert. Soleta hatte sich an die taktische Station begeben, um den abwesenden Kebron zu vertreten. »Es ist soeben aus dem Warp gekommen«, sagte sie.

Das Raumschiff auf dem Schirm näherte sich ihnen mit hoher Geschwindigkeit. Es war groß und schwarz und mit silbernen Markierungen ausgestattet. Dadurch schien es beinahe mit dem Sternenhintergrund zu verschmelzen.

»Gehen Sie auf Alarmstufe Gelb. Beamen Sie sofort das Reparaturteam aus der *Cambon* und aktivieren Sie dann unsere Schilde. Scannen Sie das Schiff auf Waffensysteme«, sagte Calhoun.

»Ich scanne«, bestätigte sie, während die Alarmsirene ertönte.

Shelby sprach Calhoun mit leiser Stimme an: »Verdammt, wie konntest du es vorher wissen?«

»Das passiert mir häufiger. Es ist eine Art sechster Sinn.«

Bevor sie diesen Punkt weiter verfolgen konnte, meldete Soleta: »Scan abgeschlossen. Das fremde Schiff besitzt Plasmastrahlkanonen an Bug und Heck. Primitiv, aber sehr effektiv. Wenn wir in ein Gefecht verwickelt werden, könnten wir in Schwierigkeiten geraten.«

»Captain«, sagte Shelby. »Das Schiff läßt keinerlei feindselige Absichten erkennen. Bei allem Respekt, aber Sie können nicht auf jedes fremde Schiff reagieren, als würde es im nächsten Augenblick das Feuer eröffnen …«

Plötzlich rief Lefler: »*Captain, Sie haben das Feuer eröffnet!*«

An Bord der *Marquand* herrschte bedrücktes Schweigen. Kebron gab sich alle Mühe, nicht in Si Cwans Richtung zu blicken.

»Lieutenant«, sagte Si Cwan schließlich, »würde es Ihnen etwas ausmachen, mir zu erklären, worin Ihr Problem besteht?«

»Problem? Ich habe kein Problem«, erwiderte Kebron übertrieben sachlich.

»Lieutenant, Heuchelei steht Ihnen nicht gut zu Gesicht.«

»Wollen Sie mich als Lügner bezeichnen?« fragte Kebron zurück.

Si Cwan musterte ihn eine Weile schweigend, dann löste er seine Sitzgurte und ging in den hinteren Bereich des kleinen Schiffes. »Also gut«, sagte er. »Kommen Sie. Bringen wir es hinter uns.«

»Wovon reden Sie?«

»Ich weiß genau, worum es geht. Es geht um die Tatsache, daß Sie während Ihres ersten Einsatzes als Sicherheitsoffizier der *Excalibur* verprügelt wurden.«

»Ich bin nicht verprügelt worden.«

»Streiten Sie es nicht ab. Ich muß es wissen. Schließlich war ich es, der es getan hat.«

Kebron stand so unvermittelt auf, daß er beinahe seinen Sitz umgerissen hätte – was ein bemerkenswerter Umstand war, wenn man berücksichtigte, daß der Sitz fest am Boden verschraubt war. »Mich aus dem Gleichgewicht zu bringen, ist wohl kaum das gleiche wie mich zu ›verprügeln‹.«

»Wie dem auch sei, jedenfalls erhalten Sie jetzt die Gelegenheit, es zu beweisen.« Si Cwan stand in lockerer, kampfbereiter Haltung da, die Arme angewinkelt und die Knie leicht gebeugt. »Kommen Sie schon. Zeigen Sie es mir. Wir wollen diese Angelegenheit ein für alle Mal klären.«

»Wir sind auf einer offiziellen Mission«, entgegnete Kebron wütend. »Jetzt ist nicht der Zeitpunkt für überflüssige Kampfspiele.«

»So ist das! Dann haben Sie vielleicht Angst vor mir.«

»Vor Ihnen?« Kebron lachte voller Verachtung. »In einem ordentlichen, ehrenhaften Kampf hätten Sie nicht die geringste Chance gegen mich.«

»Dann sollten wir es unverzüglich ausprobieren.«

»Nein«, sagte Kebron und setzte sich wieder.

Si Cwan kam nach vorn. »Warum nicht?«

»Das will ich Ihnen sagen«, antwortete er vernünftig. »Wenn Ihre Schwester an Bord dieses Schiffes ist, möchten Sie sie bestimmt nicht mit blutunterlaufenem Gesicht in die Arme schließen. Ich glaube, sie hätte große Angst, wenn sie Sie in einem solchen Zustand erleben würde.«

Si Cwan lachte knapp. »Es geht überhaupt nicht um den Zustand meines Gesichts.«

»Ihre Zuversicht ist völlig unbegründet.«

»Genauso wie Ihre Feindseligkeit. Wir stehen auf derselben Seite, Kebron.«

Kebron starrte entschlossen auf die Sterne, die an

ihnen vorbeizogen. »Ich habe eine Abneigung gegen Diktatoren«, sagte er. »Und gegen blinde Passagiere. Und gegen Personen, die glauben, sie seien anderen überlegen. Sie erfüllen alle drei Bedingungen. Daraus können Sie zweifellos schlußfolgern ... daß ich eine Abneigung gegen Sie habe.«

Eine Zeitlang sagte Si Cwan gar nichts. Dann rückte er sehr nahe an Kebron heran und sagte mit leiser Stimme, in der ein tiefer Schmerz mitschwang: »Ich habe die Erfahrung gemacht, daß jene, die am meisten davon überzeugt sind, eine andere Person genau zu kennen, mit größter Wahrscheinlichkeit am wenigsten über diese Person wissen.«

Damit setzte er sich wieder in seinen Sitz vor den Kontrollen des Runabouts und schwieg für die nächste volle Stunde. Bis die Sensoren meldeten, daß das Wissenschaftsschiff *Kayven Ryin* direkt voraus lag. Sofort begann Kebron, es über Subraum anzufunken, und während er es tat, sagte Si Cwan immer noch nichts. Kebron wurde sich bewußt, daß Si Cwan den Atem anhielt, was ihn zutiefst irritierte und verärgerte. Denn Si Cwans Besorgnis um seine Schwester hatte ihn in Kebrons Augen bereits wesentlich »menschlicher« werden lassen. Es war viel leichter, jemanden zu verabscheuen, wenn man keinerlei positive Aspekte im Charakter des Betreffenden fand.

Dann drang eine Stimme aus dem Lautsprecher. Si Cwan zuckte bei diesem Geräusch so heftig zusammen, daß er sich den Kopf an der Decke des Runabouts stieß. »Hier ist die *Kayven Ryin*«, sagte die Stimme. »Sind Sie gekommen, um uns zu helfen?«

»Hier ist die *Marquand*, ein Shuttle des Föderationsraumschiffs *Excalibur*«, antwortete Kebron. »Wir sind gekommen, um Ihnen jede sofortige Hilfe zukommen zu lassen, zu der wir imstande sind, bevor wir zur *Excalibur* zurückkehren. In Kürze werden wir jedoch in der Lage sein, Ihnen mit sämtlichen Mitteln unseres Mutterschiffs zur Verfügung zu stehen.«

»Kallinda«, flüsterte Si Cwan eindringlich. »Fragen Sie nach …«

»In Ihrer Passagierliste ist eine Thallonianerin namens Kallinda verzeichnet«, sagte Kebron. »Handelt es sich dabei um das Mitglied der entmachteten königlichen Familie von Thallon?«

Am anderen Ende der Verbindung gab es ein kurzes Zögern. »Normalerweise diskutieren wir keine Privatangelegenheiten unserer Passagiere, *Marquand* …«

»Sie haben von uns nichts zu befürchten, *Kayven Ryin*. Wir arbeiten für Starfleet. Wir sind hier, um humanitäre Hilfe zu leisten und …« Er warf dem furchtbar aufgeregten Si Cwan einen kurzen Blick zu. »… um in Erfahrung zu bringen, ob es sich wirklich um die genannte Kallinda handelt. Ihr Bruder befindet sich an Bord unseres Schiffes.«

Es gab eine kurze Pause. »Si Cwan ist bei Ihnen?«

»Ja, das ist richtig.«

»Sagen Sie ihm … daß seine Schwester ständig nur über ihn redet und sich darauf freut, ihn wiederzusehen.«

Si Cwan konnte sich nur mit großer Anstrengung zusammenreißen. Kebron zeigte auf die Kontrollen und deutete ihm damit an, daß er jederzeit sprechen konnte, wenn er etwas sagen wollte. Doch Kebron mußte zu seiner Überraschung feststellen, daß Cwan gar nicht dazu in der Lage war, weil er offenbar viel zu sehr von seinen Gefühlen hin und her gerissen wurde. »Die Nachricht hat ihn erreicht. Wir werden in fünf Minuten bei Ihnen sein …«

»Wir bereiten uns auf Ihr Eintreffen vor, *Marquand* …«

An Bord der *Kayven Ryin* hatten sich mehrere Thallonianer um die Kommunikationskonsole versammelt.

»Wir bereiten uns auf Ihr Eintreffen vor, *Marquand*«, sagte einer von ihnen. Dann unterbrach er die Verbindung und drehte sich zu dem Mann um, der von allen Anwesenden am kräftigsten gebaut war. Er schob gerade ein neues Energiemagazin in den Lauf seiner Plasmawaffe. »So ist es doch ... nicht wahr, Zoran?«

»Aber sicher«, sagte Zoran. »Ich habe lange darauf gewartet, endlich Si Cwan wiederzusehen.«

Und mit einem kräftigen Schlag seiner Hand ließ er das Energiemagazin einrasten ...

STAR TREK™

in der Reihe
HEYNE SCIENCE FICTION & FANTASY

STAR TREK: CLASSIC SERIE

Vonda N. McIntyre, Star Trek II: Der Zorn des Khan · 06/3971
Vonda N. McIntyre, Der Entropie-Effekt · 06/3988
Robert E. Vardeman, Das Klingonen-Gambit · 06/4035
Lee Correy, Hort des Lebens · 06/4083
Vonda N. McIntyre, Star Trek III: Auf der Suche nach Mr. Spock · 06/4181
S. M. Murdock, Das Netz der Romulaner · 06/4209
Sonni Cooper, Schwarzes Feuer · 06/4270
Robert E. Vardeman, Meuterei auf der Enterprise · 06/4285
Howard Weinstein, Die Macht der Krone · 06/4342
Sondra Marshak & Myrna Culbreath, Das Prometheus-Projekt · 06/4379
Sondra Marshak & Myrna Culbreath, Tödliches Dreieck · 06/4411
A. C. Crispin, Sohn der Vergangenheit · 06/4431
Diane Duane, Der verwundete Himmel · 06/4458
David Dvorkin, Die Trellisane-Konfrontation · 06/4474
Vonda N. McIntyre, Star Trek IV: Zurück in die Gegenwart · 06/4486
Greg Bear, Corona · 06/4499
John M. Ford, Der letzte Schachzug · 06/4528
Diane Duane, Der Feind – mein Verbündeter · 06/4535
Melinda Snodgrass, Die Tränen der Sänger · 06/4551
Jean Lorrah, Mord an der Vulkan Akademie · 06/4568
Janet Kagan, Uhuras Lied · 06/4605
Laurence Yep, Herr der Schatten · 06/4627
Barbara Hambly, Ishmael · 06/4662
J. M. Dillard, Star Trek V: Am Rande des Universums · 06/4682
Della van Hise, Zeit zu töten · 06/4698
Margaret Wander Bonanno, Geiseln für den Frieden · 06/4724
Majliss Larson, Das Faustpfand der Klingonen · 06/4741
J. M. Dillard, Bewußtseinsschatten · 06/4762
Brad Ferguson, Krise auf Centaurus · 06/4776
Diane Carey, Das Schlachtschiff · 06/4804
J. M. Dillard, Dämonen · 06/4819
Diane Duane, Spocks Welt · 06/4830
Diane Carey, Der Verräter · 06/4848
Gene DeWeese, Zwischen den Fronten · 06/4862
J. M. Dillard, Die verlorenen Jahre · 06/4869
Howard Weinstein, Akkalla · 06/4879
Carmen Carter, McCoys Träume · 06/4898
Diane Duane & Peter Norwood, Die Romulaner · 06/4907
John M. Ford, Was kostet dieser Planet? · 06/4922
J. M. Dillard, Blutdurst · 06/4929
Gene Roddenberry, Star Trek I: Der Film · 06/4942
J. M. Dillard, Star Trek VI: Das unentdeckte Land · 06/4943
Jean Lorrah, Die UMUK-Seuche · 06/4949

STAR TREK™

A. C. Crispin, Zeit für gestern · 06/4969
David Dvorkin, Die Zeitfalle · 06/4996
Barbara Paul, Das Drei-Minuten-Universum · 06/5005
Judith & Garfield Reeves-Stevens, Das Zentralgehirn · 06/5015
Gene DeWeese, Nexus · 06/5019
D. C. Fontana, Vulkans Ruhm · 06/5043
Judith & Garfield Reeves-Stevens, Die erste Direktive · 06/5051
Michael Jan Friedman, Das Doppelgänger-Komplott · 06/5067
Judy Klass, Der Boaco-Zwischenfall · 06/5086
Julia Ecklar, Kobayashi Maru · 06/5103
Peter Norwood, Angriff auf Dekkanar · 06/5147
Carolyn Clowes, Das Pandora-Prinzip · 06/5167
Michael Jan Friedman, Schatten auf der Sonne · 06/5179
Diana Duane, Die Befehle des Doktors · 06/5247
V. E. Mitchell, Der unsichtbare Gegner · 06/5248
Dana Kramer-Rolls, Der Prüfstein ihrer Vergangenheit · 06/5273
Barbara Hambly, Der Kampf ums nackte Überleben · 06/5334
Brad Ferguson, Eine Flagge voller Sterne · 06/5349
J. M. Dillard, Star Trek VII: Generationen · 06/5360
Gene DeWeese, Die Kolonie der Abtrünnigen · 06/5375
Michael Jan Friedman, Späte Rache · 06/5412
Peter David, Der Riß im Kontinuum · 06/5464
Michael Jan Friedman, Gesichter aus Feuer · 06/5465
Peter David/Michael Jan Friedman/Robert Greenberger, Die Enterbten · 06/5466
L. A. Graf, Die Eisfalle · 06/5467
John Vornholt, Zuflucht · 06/5468
L. A. Graf, Der Saboteur · 06/5469
Melissa Crandall, Die Geisterstation · 06/5470
Mel Gilden, Die Raumschiff-Falle · 06/5471
V. E. Mitchell, Tore auf einer toten Welt · 06/5472
Victor Milan, Aus Okeanos Tiefen · 06/5473
Diane Carey, Das große Raumschiff-Rennen · 06/5474
Margaret Wander Bonanno, Die Sonde · 06/5475
Diane Carey, Kirks Bestimmung · 06/5476
L. A. Graf, Feuersturm · 06/5477
A. C. Crispin, Sarek · 06/5478
Simon Hawke, Die Terroristen von Patria · 06/5479
Barbara Hambly, Kreuzwege · 06/5681
L. A. Graf, Ein Sumpf von Intrigen · 06/5682
Howard Weinstein, McCoys Tochter · 06/5683
J. M. Dillard, Sabotage · 06/5685
Denny Martin Flinn, Der Coup der Promethaner · 06/5686
Diane Carey/Dr. James I. Kirkland, Keine Spur von Menschen · 06/5687
William Shatner, Die Asche von Eden · 06/5688
William Shatner, Die Rückkehr · 06/5689
William Shatner, Der Rächer · 06/5690
Peter David, Die Tochter des Captain · 06/5691

STAR TREK™

Dean Wesley Smith/Kristine Kathryn Rusch, Die Ringe von Tautee · 06/5693
Diane Carey, Invasion – 1: Der Erstschlag · 06/5694
Dean Wesley Smith/Kristine Kathryn Rusch, Tag der Ehre – 4: Das Gesetz des Verrats · 06/5702

STAR TREK: THE NEXT GENERATION
David Gerrold, Mission Farpoint · 06/4589
Gene DeWeese, Die Friedenswächter · 06/4646
Carmen Carter, Die Kinder von Hamlin · 06/4685
Jean Lorrah, Überlebende · 06/4705
Peter David, Planet der Waffen · 06/4733
Diane Carey, Gespensterschiff · 06/4757
Howard Weinstein, Machthunger · 06/4771
John Vornholt, Masken · 06/4787
David & Daniel Dvorkin, Die Ehre des Captain · 06/4793
Michael Jan Friedman, Ein Ruf in die Dunkelheit · 06/4814
Peter David, Eine Hölle namens Paradies · 06/4837
Jean Lorrah, Metamorphose · 06/4856
Keith Sharee, Gullivers Flüchtlinge · 06/4889
Carmen Carter u. a., Planet des Untergangs · 06/4899
A. C. Crispin, Die Augen der Betrachter · 06/4914
Howard Weinstein, Im Exil · 06/4937
Michael Jan Friedman, Das verschwundene Juwel · 06/4958
John Vornholt, Kontamination · 06/4986
Mel Gilden, Baldwins Entdeckungen · 06/5024
Peter David, Vendetta · 06/5057
Peter David, Eine Lektion in Liebe · 06/5077
Howard Weinstein, Die Macht der Former · 06/5096
Michael Jan Friedman, Wieder vereint · 06/5142
T. L. Mancour, Spartacus · 06/5158
Bill McCay/Eloise Flood, Ketten der Gewalt · 06/5242
V. E. Mitchell, Die Jarada · 06/5279
John Vornholt, Kriegstrommeln · 06/5312
David Bischoff, Die Epidemie · 06/5356
Peter David, Imzadi · 06/5357
Laurell K. Hamilton, Nacht über Oriana · 06/5342
Simon Hawke, Die Beute der Romulaner · 06/5413
Rebecca Neason, Der Kronprinz · 06/5414
John Peel, Drachenjäger · 06/5415
Diane Carey, Abstieg · 06/5416
Diane Duane, Dunkler Spiegel · 06/5417
Jeri Taylor, Die Zusammenkunft · 06/5418
Michael Jan Friedman, Relikte · 06/5419
Susan Wright, Der Mörder des Sli · 06/5438
R. Thomson, Planet der Schuldner · 06/5439
Carmen Carter, Das Herz des Teufels · 06/5440
Michael Jan Friedman & Kevin Ryan, Requiem · 06/5442
Dafydd ab Hugh, Gleichgewicht der Kräfte · 06/5443

STAR TREK™

Michael Jan Friedman, Die Verurteilung · 06/5444
Peter David, Q² · 06/5445
Simon Hawke, Die Rückkehr der Despoten · 06/5446
Robert Greenberger, Die Strategie der Romulaner · 06/5447
Gene DeWeese, Im Staubnebel verschwunden · 06/5448
Brad Ferguson, Das letzte Aufgebot · 06/5449
Kij Johnson/Greg Cox, Die Ehre des Drachen · 06/5751
J. M. Dillard/Kathleen O'Malley, Wahnsinn · 06/5753
Dean Wesley Smith/Kristine Kathryn Rusch, Invasion – 2: Soldaten des Schreckens · 06/5754
Pamela Sargent & George Zebrowski, Verhöhnter Zorn · 06/5756
J. M. Dillard, Star Trek VIII: Der erste Kontakt · 06/5757
Diane Carey, Tag der Ehre – 1: Altes Blut · 06/5763
John Vornholt, Der Dominion-Krieg – 1: Hinter feindlichen Linien · 06/5765
John Vornholt, Der Dominion-Krieg – 3: Sternentunnel · 06/5766
Peter David, Imzadi II · 5767
J. M. Dillard, Star Trek IX: Der Aufstand · 06/5770

STAR TREK: DIE ANFÄNGE
Vonda N. McIntyre, Die erste Mission · 06/4619
Margaret Wander Bonanno, Fremde vom Himmel · 06/4669
Diane Carey, Die letzte Grenze · 06/4714

STAR TREK: DEEP SPACE NINE
J. M. Dillard, Botschafter · 06/5115
Peter David, Die Belagerung · 06/5129
K. W. Jeter, Die Station der Cardassianer · 06/5130
Sandy Schofield, Das große Spiel · 06/5187
Dafydd ab Hugh, Gefallene Helden · 06/5322
Lois Tilton, Verrat · 06/5323
Esther Friesner, Kriegskind · 06/5430
John Vornholt, Antimaterie · 06/5431
Diane Carey, Die Suche · 06/5432
Melissa Scott, Der Pirat · 06/5434
Nathan Archer, Walhalla · 06/5512
Greg Cox/John Gregory Betancourt, Der Teufel im Himmel · 06/5513
Robert Sheckley, Das Spiel der Laertianer · 06/5514
Diane Carey, Der Weg des Kriegers · 06/5515
Diane Carey, Die Katakombe · 06/5516
Dean Wesley Smith/Kristine Kathryn Rusch, Die lange Nacht · 06/5517
John Peel, Der Schwarm · 06/5518
L. A. Graf, Invasion – 3: Der Feind der Zeit · 06/5519
Michael Jan Friedman, Saratoga · 06/5721
Diane Carey, Neuer Ärger mit den Tribbles · 06/5723
L. A. Graf, Tag der Ehre – 2: Der Himmel von Armageddon · 06/5725
Diane Carey, Der Dominion-Krieg – 2: Verlorener Friede · 06/5727
Diane Carey, Der Dominion-Krieg – 4: Beendet den Krieg! · 06/5728

STAR TREK™

STAR TREK: STARFLEET KADETTEN
John Vornholt, Generationen · 06/6501
Peter David, Worfs erstes Abenteuer · 06/6502
Peter David, Mission auf Dantar · 06/6503
Peter David, Überleben · 06/6504
Brad Strickland, Das Sternengespenst · 06/6505
Brad Strickland, In den Wüsten von Bajor · 06/6506
John Peel, Freiheitskämpfer · 06/6507
Mel Gilden & Ted Pedersen, Das Schoßtierchen · 06/6508
John Vornholt, Erobert die Flagge! · 06/6509
V. E. Mitchell, Die Atlantis Station · 06/6510
Michael Jan Friedman, Die verschwundene Besatzung · 06/6511
Michael Jan Friedman, Das Echsenvolk · 06/6512
Diane G. Gallagher, Arcade · 06/6513
John Peel, Ein Trip durch das Wurmloch · 06/6514
Brad & Barbara Strickland, Kadett Jean-Luc Picard · 06/6515
Brad & Barbara Strickland, Picards erstes Kommando · 06/6516
Ted Pedersen, Zigeunerwelt · 06/6517
Patricia Barnes-Svarney, Loyalitäten · 06/6518
Diana G. Gallagher, Tag der Ehre – 5: Ehrensache · 06/6530

STAR TREK: VOYAGER
L. A. Graf, Der Beschützer · 06/5401
Dean Wesley Smith/Kristine Kathryn Rusch, Die Flucht · 06/5402
Nathan Archer, Ragnarök · 06/5403
Susan Wright, Verletzungen · 06/5404
John Betancourt, Der Arbuk-Zwischenfall · 06/5405
Christie Golden, Die ermordete Sonne · 06/5406
Mark A. Garland/Charles G. McGraw, Geisterhafte Visionen · 06/5407
S. N. Lewitt, Cybersong · 06/5408
Dafydd ab Hugh, Invasion – 4: Die Raserei des Endes · 06/5409
Karen Haber, Segnet die Tiere · 06/5410
Jeri Taylor, Mosaik · 06/5811
Melissa Scott, Der Garten · 06/5812
David Niall Wilson, Puppen · 06/5813
Greg Cox, Das schwarze Ufer · 06/5814
Michael Jan Friedman, Tag der Ehre – 3: Ihre klingonische Seele · 06/5815
Christie Golden, Gestrandet · 06/5816
Dean Wesley Smith/Kristine Kathryn Rusch/Nina Kiriki Hoffman, Echos · 06/5817

STAR TREK: DIE NEUE GRENZE
Peter David, Captain Calhoun · 06/6551
Peter David, U.S.S. Excalibur · 06/6552

DAS STAR TREK-UNIVERSUM, 2 Bde., von *Ralph Sander* · 06/5150
DAS STAR TREK-UNIVERSUM, 1. Ergänzungsband

STAR TREK™

von *Ralph Sander* · 06/5151
DAS STAR TREK-UNIVERSUM, 2. Ergänzungsband
von *Ralph Sander* · 06/5270

Ralph Sander, Star Trek Timer 1996 · 06/1996
Ralph Sander, Star Trek Timer 1997 · 06/1997
Ralph Sander, Star Trek Timer 1998 · 06/1998
Ralph Sander, Star Trek Timer 1999 · 06/1999

William Shatner/Chris Kreski, Star Trek Erinnerungen · 06/5188
William Shatner/Chris Kreski, Star Trek Erinnerungen: Die Filme · 06/5450

Phil Farrand, Cap'n Beckmessers Führer durch STAR TREK – DIE CLASSIC SERIE · 06/5451
Phil Farrand, Cap'n Beckmessers Führer durch STAR TREK – DIE NÄCHSTE GENERATION · 06/5199
Phil Farrand, Cap'n Beckmessers Führer durch STAR TREK – DIE NÄCHSTE GENERATION – Teil 2 · 06/6457
Phil Farrand, Cap'n Beckmessers Führer durch STAR TREK – DEEP SPACE NINE · 06/6458

David Alexander, Gene Roddenberry – Die autorisierte Biographie · 06/5544
Judith & Garfield Reeves-Stevens, Star Trek Design · 06/5545
Nichelle Nichols, Nicht nur Uhura · 06/5547
Leonard Nimoy, Ich bin Spock · 06/5548
Lawrence M. Krauss, Die Physik von Star Trek · 06/5549
Judith & Garfield Reeves-Stevens, Star Trek – Deep Space Nine: Die Realisierung einer Idee · 06/5550
Herbert F. Solow & Yvonne Fern Solow, Star Trek: Das Skizzenbuch – Die Classic-Serie · 06/6469
Judith & Garfield Reeves-Stevens, Star Trek – Phase II: Die verlorene Generation · 06/6470
Herbert F. Solow/Robert H. Justman, Star Trek – Die wahre Geschichte · 06/6499
J. M. Dillard, Star Trek: Wo bisher noch niemand gewesen ist · 06/6500

Diese Liste ist eine Bibliographie erschienener Titel,
KEIN VERZEICHNIS LIEFERBARER BÜCHER!